영미시에 나타난
'참을 수 없는 존재의 가벼움'과 무거움:
그 아리아드네적 전망

"이 저서는 2011년도 정부(교육과학기술부)의 재원으로
한국연구재단의 지원을 받아 연구되었음(NRF-2011-35C-2011-2-A00767)."

21세기 디지털 시대의 실존

영미시에 나타난
'참을 수 없는 존재의 가벼움'과 무거움:
그 아리아드네적 전망

A Heaviness and An 'Unbearable Lightness of Being'
in the British & American Poetry: A Perspective of Ariadne

이규명 지음

도서출판 ∎동인

▌머리글

여태까지 삶을 지켜본바 인간이 세상에 태어나 할 일은 비본질적인 것의 추구이다. 그것은 인간이 원천적이고 본질적인 것을 창조할 수 없기 때문이다. 인간이 사물의 원소를 창조할 수 있단 말인가? 그러므로 인간이 밤을 지새워 하는 일은 고작 문서에 적힌 사물의 본질을 공부하여 나아가는 수밖에 다른 도리가 없다. 하지만 인간이 규정한 본질도 사실은 비본질적인 차원에 머문다. 역설적으로 인간은 비본질적인 것을 추구하면서 본질적인 것을 추구한다고 호도하는 심각한 정신착란 증세를 가지고 있다. 사물을 창조하지는 못하고 그저 그것을 향유할 수밖에 없다. 유감스럽지만 사물의 본질에 접근하기 위해 인간에게 허용된 수단은 언어외에 다른 수단이 없다. 언어는 자의성을 내포한 이차적인 수단이기에 사물의 본질과 절대 일치할 수 없음을 소수의 식자들은 알고 있다. 그럼에도 전 세계 도서관에는 적어도 수만, 수십만, 수백만 권의 장서를 소장하고 있다. 이 도서들은 사실 사물과 괴리되어 진리와 상관이 없는 것 같지만 진리의 보고라고 세상에 널리 알려진다. 이는 어불성설이면서도 인간이 사물에 접근하는 유일한 인위적 진리는 언어이다. 그런데 사물에 도달할 수 없고 사물을 제대로 포획할 수 없는 언어를 굳이 사용하는 이유는 무엇인가? 그것은 인간에게 부여된 수단이 고작 언어밖에 없다는 것이고 여태 인간은 언어를 뛰어 넘기 위하여 갖가지 파격을 시도했다. 탈속한 산 속 수행자들의 묵언과 이심전심과 선문답이 그 일탈의 사례들이다. 이는 사물을 제대로 바로 보는 것이 아니라 사물을 오히려 왜곡시키는 언어에 대한 저항이다. 그런데 사물, 실재, 진리에 대한 이런 식의 인간적인 저항은 이해는 되지만 인간시장에는 유용하지 않다. 문제는 언어가 없이는 인간의 역사가, 인간시장이 하루도 가동되지 않는다는 것이다. 따라서 인간은 진리와 무관하게 살아가면서도 요절복통(腰折腹痛)할 일이지만, 진리를 언어로 포착한 것을 진리로 여긴다. 사물과 사건의 완벽한 재현을 목표로 하는 [미메시스](mimesis)만이, 사물을 기호로 전위하는 은유만이 상징계의 움막에 거주하는 인간에게 남은 보편적인 진리이다. 아울러 미술에서 외부의 현실을 그대로 모방하는 고전적인 차원에서 그 실상이 부재하는 방향으로 나아가는 현대적인 차원은 진리에 대한 좌절의 표현이다.

이러한 진리부재의 상황에서 인간의 존재회복을 위한 실존탐색의 증상으로 나타나는 [불만], [불안], [공포], [부조리]는 당연한 것이다. 세인들이 세상에서 진리에 이를 수 있는 것은 진리로 위장한 허위의 언어를 가득담은 정전(canon)을 통과하는 것 외에 별다른 방법이 없다. 물론 무의식, 꿈, 원형, 선, 침묵, 이심전심도 진리에 도달하는 길이긴 하지만 언어에 선험적으로 오염되었다. 라캉(J. Lacan)이 [주체는 타자의 담론의 구성물]이라고 언명하였듯이 인간에게 순수한 생각은 애초에 없는 셈이다. 불신의 반목을 해소하기 위해 진정성을 표방하는 [나에게 진실을 말해봐!]라는 말은 오히려 의심을 조장하며, 이제 [나에게 거짓말을 해봐!]로 토로해야 정직하다. 이런 점에서 [거짓말]도 사실은 [진실]의 결정적인 단서가 된다. 인간에게 불가피하게 부여된 인간과 언어, 인간과 인간, 인간과 사회, 인간의 외면[의식]과 내면[무의식]의 이분법(dichotomy)은 공존하기 위하여 상호 대립하고 마찰음을 일으키며 평생 나아갈 수밖에 없다. 이는 인간자체가 박테리아 덩어리로서 자기의 본질인 박테리아를 평생 박멸하며 살아가야 하는 어이없는 운명과 다름 아니다. 살균소독과 항생제 투여는 인간의 숙명적인 사업이다.

실연에 좌절한 베르테르(Werther)와 달리 허위의 세상에서도 현재를 살아갈 수밖에 없다면 살아가는 방법을 합당하게 연구해야 한다. 유사 이래 전 세계 기라성 같은 석학들이 인간의 비밀을 탐구하였지만 현재 그것은 무효이며 거짓임이 판명되었다. 플라톤, 아리스토텔레스, 소크라테스, 다빈치, 미켈란젤로, 셰익스피어, 괴테, 뉴턴, 아인슈타인, 스티븐 호킹. 따라서 경천동지했었던 세기의 석학들의 엄청난 학식과 사고의 수준이 그 모양인데 그들의 수준에 턱없이 미달하는 우리 보통사람들의 인생이 거창할 것이 뭐 있겠는가? 이런 점에서 의미의 분열을 주장하는 포스트구조주의는 지극히 정당하며 인간사회에서 결핍된 진정성의 부재는 천지창조 이래 인간에게 부여된 냉엄한 현실이다. 사물은 인간을 유혹하고 언어는 인간을 농락하며 인간은 사물과 언어의 주재자인양 행세를 하지만 실상은 이차적인 존재에 불과하다. 이와 달리 사물과 언어는 인간이라는 존재가 전제되어야 작동하기에 인간을 사물과 언어의 주재자라고 볼 수도 있다. 뒤숭숭한 불신의 와중에 인도의 붓다(Buddha)는 수족이 저리는 탁상공론의 용맹정진 외에는 별다른 수단을 제시하지 못했으나, 자신이 진리의 실재이자 실체임을 설파한 사람이 곧 예수이다. 역사적인 인물인 [예수께서 가라사대 내가 곧 길이요 진리요 생명이니 나로 말미암지 않고는 아버지께로 올 자가 없느니라](John 14:6)라고 하시며 로마병정들에 의해서 죽임을 당하시고 사흘 만에 부활하여 불신의 제자들과 머물다가 하늘로 승천하신 것으로 성경에 기록되어 있다. 그러니 진리를 탐구하기 위해 어이없이 책이나 문서를 뒤지는 합리적이고 [이기적인 유전자]를 지닌 우리에게 소위 실존주의자들이 말하는 삶의 방향에 대한 초인적인 [선택]은 예수의 선택이고, 그것으로 인해 삶의 [불안]과 죽음의 [공포]로부터 [자유]를 획득하는 것이 삶의 현명한 태도로 생각된다. 다음은 불신과 불안의 인간들에게 던지는 구체적이고 확증적인 구원의 황금률이다. [그리스도께서 죽은 자 가운데서 다시 살아나셨다 전파되었거늘 너희 중에서 어떤 사람들은 어찌하여 죽은 자 가운데서 부활이 없다 하느냐 / 만일 죽은 자의 부활이 없으면 그리스도도 다시 살아나지 못하리라 / 그리스도께서 다시 살아나지 못하셨으면 우리가 전파하는 것도 헛것이요 또 너희 믿음도 헛것이며](Corinthian I 15:12-14).

인간으로서의 '참을 수 없는 존재'는 자기-원인적이자 타자-원인적이기도 하다. 전자는 자기 환멸이며, 후자는 인격모독이다. 이처럼 인간은 외부적 모독과 내부적 환멸에 시달리며 살아간다. 그리하여 육체적으로 접시 물에 코를 박고 죽을 수 있는 [가벼운 존재]이지만 한편 접시 물을 뛰어넘어 대양으로 우주로 나아가는 [무거운 존재]가 아닐 수 없다. 코끼리보다 육체적으로 [가벼운 존재]이지만 정신적으로 조물주와 교통하여 중력을 뚫고 승천하는 [무거운 존재]이다. 가벼운 육체의 유한함을 극복하고 초월을 지향하는 무거운 정신의 현실적 상황 속에서 인간은 불가피한 선택의 기로에 서있다. 그 답을 이후 전개될 전 세계 실존주의의 석학들의 다양한 견해들 속에서 찾아보는 진중함이 인생이라는 미궁에 빠진 우리의 '아리아드네'적 사명이다.

2013. 11. 19
이 규 명

▌ Acknowledgements

A book such as this humble one naturally owes a special debt to many scholars and critics who have written ordinarily or extraordinarily on the naive matters I roughly treat with the death of author and the theory of library recurring. I am glad to acknowledge here my huge debt to the work of those whose views have frustrated and challenged me as an blind outsider of philosophy to confront the theoretical questions and issues like those of the Sphinx for the intentional communication between poetry and philosophy I try to quibble. Beyond these formidable professional debts, I have over a few of years reminisced about personal indebtedness not to pay back which I should like to express hearty compliment here. For advice, encouragement and criticism, I want to engrave my mind with the following Scholars and patrons: Dr. Chi-kyu Kim, who has stood for the field of English Poetry in Korea, Dr. Dong-chun Shin who has inspired me to further efforts as the poet who wrote the famed poem [An Elegy], Dr. Hyung-chul Chung who has trained and taught me, Dr. Sang-soo Park and Dr. Chu-sung Kim and Dr. Bong-jin Kong and Dr. Hyun-chang Chung, the scholars who have advised and encouraged me, the devoted mother So-ja Oh, the considerate wife Myoung-il Lee as a master of gayageum meaning twelve-stringed

Korean harp, the CEO of the Dong-in Press Sung-mo Lee, and Dr. Pil-do Chung at the Sooyoungro-church as my spiritual teacher. Above all this book is justly dedicated to the Almighty God Jesus Christ.

2013. 11. 19
Kyu-myoung Lee

| 싣는 순서

서론 실재적 실존 ___ 15

주요개념   델포이의 신탁, 혜가, 달마, 성배, 실재론적 세계관, 실존적 주체론, 자의성,
          영원한 현재, 들뢰즈, 오이디푸스 콤플렉스, 외면적/내면적 구성, 주이상스,
          이상적 자아, 자아이상
분석작품   뫼비우스, 봄 여름 가을 겨울 그리고 봄, 자화상

01. 존 던 & 키에르케고르 ___ 23

주요개념   불안, 절망, 죽음에 이르는 병, 죽음의 태도, 신앙의 도약(leap), 신앙과 이성,
          하나님 앞의 실존, 주체성의 진리
분석작품   죽음이여 거만치 말라, 대기와 천사들, 수태고지와 수난

02. 딜런 토머스 & 니체 ___ 44

주요개념   허무주의, 초인, 기독교, 디오니소스/아폴론, 원한, 억압의 계보학, 권력의지,
          영겁회귀
분석작품   내가 쪼개는 이 빵은, 빛이 터진다 태양이 없는 곳에서, 푸른 도화선을 통
          해 꽃을 몰고 가는 힘이, 펀 힐, 런던에서 불타 죽은 어린이에 대한 애도를
          거부한다

〈하버드 도서관의 불타는 주체들〉

실재적 실존

주요개념___ 델포이의 신탁, 혜가, 달마, 성배, 실재론적 세계관, 실존적 주체론, 자의성,
영원한 현재, 들뢰즈, 오이디푸스 콤플렉스, 외면적/내면적 구성, 주이상스,
이상적 자아, 자아이상
분석작품___ 뫼비우스, 봄 여름 가을 겨울 그리고 봄, 자화상

　　문명과 의식주의 풍요로 인간은 [포만증]에 걸려있다. 정보의 범람으
로, 칼로리의 증가로 의식과 몸이 동시에 비만 증세로 신음하고 있다. 이
질곡에서 벗어나고자 인간은 사방팔방으로 진리를 추구한다. 그러나 진
리의 길은 묘연하고 오리무중이다. 자기에게서 벗어나 수만 리 만행을 시
도한 뒤 인간은 결국 진리가 자기 마음속에 있음을 인식한다. 그러니 우
리 각자가 [천상천하 유아독존], 즉 진리의 주체인 셈이다. 손오공이 창천
을 날아 도착한 곳이 붓다의 손바닥이라고 한다. 진리의 길은 인간에게
멀어 보이나 사실 인간의 마음속에 머물고 델포이의 신탁(the Oracle of
Delphi)인 [너 자신을 알라!] 속에 함축되어 있다. 인간이 평생 나름대로
진리를 인식하려 애를 쓰지만 반면 사물은 진리의 유/무와 아무 상관이
없다. 이에 현실을 벗어나 잡히지 않는 인위적인 진리에서 벗어나고자 하
는 것이 실존의 정신이다. 이와 연관될 수 있는 선종의 예화는 이러하

다.[1] 어느 날 [혜가]가 [달마]에게 와서 청했다. "저의 마음이 아직도 불안하오니, 저의 마음을 편케 해주십시오." 그러자 달마가 말했다. "그렇다면 그 불안한 마음을 가져 오너라. 그러면 편케 해주겠다!" 그러자 혜가가 대답했다. "아무리 찾아도 저의 마음을 찾을 수가 없습니다." 이에 달마는 "찾아지면 그것이 어찌 너의 마음이겠느냐? 벌써 너의 마음을 편안케 해주었느니라." 이것은 마음이라는 것이 심오한 것이 아니라, 구천에 머무는 것이 아니라, 인간이 공연하게 만들어 내는 [불안의 마음]이라는 것이다. 이것은 마음의 진리에 대한 달마의 해법이다. 이렇듯 [혜가]를 포함한 인간은 진리를 유식(有識)의 성찬과 경험의 고고학을 포함하여 삶에서 파생되는 불안과 공포를 회피하는 방어기제로 삼고자 한다. 그것은 영생불멸을 기도하기 위해서 성배(Holy Grail)를 찾아 헤매는 원탁의 기사와 불로초를 찾아 헤매는 진시황제와 동일한 우리의 모습이다.

생의 고민을 덜어줄 진리를 추구하는 이기적인 인간은 안팎의 적을 방어하며 맹목적인 삶을 살아가야 한다. 내면의 갈등과 분열, 외면의 공격과 파괴공작에 대응하여 전전긍긍하는 와중에 인간은 현실을 탈피하고자 진리로서의 [신]을 찾아 안식하려 한다. 그러나 인간의 마음은 이성적인 꾀와 탐욕스러운 욕망으로 가득 차 있어 순수의식인 신성(divinity)에 도달하기도, 그것을 주워 담기도 어렵다. 그럼에도 인간이라는 동물은 동물의 신분을 망각하고 피안의 신을 찾아 헤매는 모순적인 존재이다. 인간 누구나 죄를 아예 짓지 않으면 될 것을 굳이 죄를 짓고 반성하고 속죄한다. 매일 남의 먹이를 가로채 먹으며 위선의 눈물을 흘린다. 나의 식사는 지구 다른 곳에 사는 인간들의 기아상태를 확정한다. 그러나 존재의 전제가 되는 상대성의 원리에 입각한 인생의 도정에서 무의식은 의식을 통해서, 신은 인

---

1) E. 프롬/스즈키/R. 데 마르티노. 『서양철학과 선』. 서울: 황금두뇌, 2000. (pp. 265~269)

간을 통해서, 영원은 순간을 통해서, 실재는 상징을 통해서, 세밀한 사회 구조는 느슨한 실존을 통해서 구현될 수밖에 없다. 그것은 인간이 확인할 수 있는 차원이 인식 가능한 후자에 한정되기 때문이다.

공존의 상대로서의 실존은 군주중심의 전제철학에서 정치제도의 분열에 따라 변질된 극성스럽고 수다스러운 개인철학의 개념인가? 하나님의 산성수훈은 기독교로, 싯다르타는 불교로, 빛은 전기로, 실재는 비유로, 진리가 책으로 변질된다. 본심으로 신을 추구하는 인간의 공동체는 오히려 속물의 소굴인지라 개인의 가치를 매사 외면의 조건으로 평가한다. 실존의 강령은 개인을 억압하는 사회적 위치, 명성, 외모, 의식수준을 타파하기 위해 결국 세계, 국가, 사회의 용광로 속으로 함몰되어 가지만 끝까지 원자적인 자유의 쟁취를 목표한다는 점에서 너무나 인간적인 입장을 취한다. 그러므로 실존주의는 20세기 초반 프랑스 파리에서 끝난 것이 아니라 전 지구적으로 [현재진행] 중이다. 그것은 문화적인 인간이 실재의 구속으로부터, 체제의 구속으로부터, 관습의 구속으로부터 호시탐탐 탈출하려는 야심(野心)을 가지고 있기 때문이다. 인간을 위로해주는 것은 오직 존재에 대한, 실존에 대한, 신에 대한 언어의 성찬밖에 없기에 영원을 향한 각자의 선택은 지속될 수밖에 없을 것이다. 이 선택은 오늘도 갖가지 방법으로 진행되고 있다. 곰[한국인], 코끼리[인도인], 까마귀[일본인], 닭[프랑스인]을 숭배하고, 큰 바위에 음식을 바치고, 고목에 제사하고, 샘물에 동전을 던지고, 조상의 묘지에 절하고, 경전을 암송하고, 석가모니 석상 앞에 머리를 조아리고, 성모 마리아 상에 눈물 흘리며 기도하고, 십자가를 목에 걸고 다니는 이 모든 염원의 행동은 하나같이 인간의 심정이 공허하다는 반증이며 이 틈을 메우기 위해 실재의 탐색은 무한히 지속될 수밖에 없을 것이다.

〈「뫼비우스」의 비극〉

이처럼 인간이 추구하는 실재의 단서는 무생물, 생물, 기호를 망라한다. 실존주의 탄생은 신에 대한 인간의 믿음이 깨어진, [실재론적 세계관]이 붕괴된 르네상스 이후의 계몽과 자각에 의해 촉발된 것으로 본다. 그러나 유사 이래 사물의 근본을 천착해온 습성으로 말미암아 기적/신비/초월/실재/피안을 추구하려는 인간의 공허한 근성이 쉽사리 사라질 것이라고는 볼 수 없을 것이다. 그러므로 사물의 배후를 흠모하는 [실재론], 인간의 의식에 치중하는 [인식론], 몸의 가치를 탐색하는 [존재론]의 삼각구도, 아니 세 가지 모두를 절충한 [실재론적 인식론], [인식론적 존재론], [존재론적 인식론]을 포함하여 [실존적 주체론]은 인간시장이 한 순간에 종말을 맞이할 때까지 끝없이 지속될 것이다.

최근에 상영된 영화 「뫼비우스」는 우리에게 인간 존재에 대한, 인간의 기원에 대한 근본적인 물음을 던진다. 기억 속에서 이 영화에 대한 영상이 퇴색되기 전에 이 무형의 기억을 엉성한 문자로나마 얽어매어 놓아야겠다. 감독은 지금까지도 프랑스 파리에서 상영된다는 「봄 여름 가을 겨울 그리고 봄」의 [김기덕]이다. 이 영화에서 가장 인상적인 장면은 부정한 제자의 죄악상에 책임을 통감하고 인간의 면목을 사멸하려는 세상의 사악한 감각이 통과하는 자신의 눈, 귀, 입, 코에 뚫린 구멍을 틀어막고 자신의 몸에 불을 붙이는 양식 있는 비구(比丘)의 분신공양이다. 죄의 온상이 되는 감각의 장치에 대한 저항이다. 그러나 감각이 삶의 전제가 됨을 어떻게 부정할 수 있겠는가? 꿈인지 생시인지를 확인하기 위하여 꼬집어 느끼는 감각으로 인해 살아있음을 느끼지만 한편 삶을 부여하는 감각으로 인해 인간은 스스로 몰락한다. 감각은 삶의 동인이자 동시에 삶의 죽음이다. 「뫼비우스」에서도 이와 유사한 주제가 설정되어 있다. 인간의 원초적인 성욕이 관습과 도덕이라는 정상성의

〈[감각소여]의 봉쇄〉

멍에를 뒤집어쓰고 있지만 이 성욕이 그 멍에를 비집고 나온다.

근친상간의 전례는 우선 오이디푸스 신화에서 확인되며 그 결과는 파멸이다. 어미와 관계한 오이디푸스가 파멸하듯이, 영화 속의 어미와 아들도 파멸한다. 이 영화의 특징은 문자를 사용하지 않는다는 것이다. 이는 사물에 대한 문자의 자의성(arbitrariness)을 인식한 것이고 암묵적으로 인간을 사물의 본질에서 유리시키는 기호의 유희를 보여주려는 것이다. 그런데 인간이 만일 사물의 본질을 올바로 바라본다면 시끄러운 현재의 세상은 성립하지 않는다. 오직 선(善)만이 난무하는 적막한 침묵의 [영원한 현재]만이 존재할 뿐이다. 또 어미와 아들의 관계를 분리의 관계가 아니라 [뫼비우스의 띠]처럼 일체의 관계에서 바라본다는 점은 본질적이긴 하지만, 만일 어미와 아들이 분리되지 않는다면 인간관계 자체가 성립되지 않는다. 그러므로 어미는 아들과의 분리로 인한 상실을 충족하기 위해 그 남근을 찾아 헤맨다. 남편의 남근이 아들에게 이식되었을 때 어미의 입장에서 이 남근을 남편의 남근으로 바라볼 수 있다. 그런데 상징계의 관습에 사로잡힌 남편은 이 비정상적인 상황을 용인하지 않고 아내를 살해한다. 영화에서 말하는 [어미와 아들은 일체]라는 메시지가 일면 타당성이 있지만 다수의 사회적 통념과 윤리에 반하고 분열주의자 들뢰즈(G. Deleuze)가 비판하는 오이디푸스 콤플렉스가 여성을 배제하는 남자 중심적인 이론이

긴 하지만 사회형성과 사회분화의 원리로써 합리적으로 생각된다. 아들이 어미 곁을 떠나 다른 여성을 만나지 않고 어찌 인간사회가 형성되겠는가? 인간사회의 [내면적 구성]을 위하여 감각은 필요악이며 동시에 인간사회의 [외면적 구성]을 위하여 인간 사이의 분리는 정당하다. 인간이 생존하는 한 감각은 필요 조건이기에 영화 속 시적 화자들이 지향하는 본질적이고 원초적인 것은 생시가 아니라 어디까지나 경험의 차원을 넘어선 실재적 사후의 문제이다. 또 한 가지 특이한 점은 성행위로 의한 희열이 남녀 간의 성기(genital organ)의 마찰에서만 집중적으로 발생하는 관점을 불식하고 피부의 마찰을 통해서도 발생될 수 있다는 것이다. 피부의 마찰을 통해 극도의 아픔에 이르는 순간 곧바로 희열(bliss)이 찾아온다는 것이다. 이것이 라캉이 말하는 고통을 초월하는 희열인 주이상스(jouissance)가 아니던가?

마음, 거울, 타자의 시선이 동원되는 [이상적 자아]의 희구와 [자아이상]으로 형성되는 인간의 모습에 대하여 인간은 내면적으로 분열되고 외부적으로 비판을 당한다. 그리하여 인간의 얼굴은 준엄한 변증법적(dialectic) 자아/타자가 휘두르는 비판의 단두대 위에 서게 된다. 이 점을 윤동주의 「자화상」에서 엿볼 수 있다.

산모퉁이를 돌아
논가 외딴 우물을 홀로 찾아가선
가만히 들여다봅니다.

우물 속에는 달이 밝고
구름이 흐르고 하늘이 펼치고
파아란 바람이 불고 가을이 있습니다.

그리고 한 사나이가 있습니다.
어쩐지 그 사나이가 미워져 돌아갑니다.

돌아가다 생각하니
그 사나이가 가엾어집니다.
도로 가 들여다보니
사나이는 그대로 있습니다.

다시 그 사나이가 미워져 돌아갑니다.
돌아가다 생각하니
그 사나이가 그리워집니다.

우물 속에는 달이 밝고
구름이 흐르고 하늘이 펼치고
파아란 바람이 불고 가을이 있고
추억처럼 사나이가 있습니다.

윤동주의 「자화상」은 스스로 귀를 자른 고흐의 자화상과 다름없다. 양자 공통적으로 자신이 내부, 외부에서 거세(castration)당한 모습이다. 그것은 자신을 외부, 내부에서 길들이고 자신이 길들여지는 일그러진 모습이다. 그러나 사람에 따라 이 균열된 모습을 인식하는 사람도 있고 인식하지 못하고 살아가는 사람들이 있다. 이처럼 자신의 변화를 인식하는 사람도 있고 인식하지 못하는 사람도 있기에 사람이 모두 다 똑같은 사람이 아니다. 시적화자는 우물

〈고흐의 자화상〉

속에 나타나는 자기의 모습을 부정적으로 바라보고 "미워져" 지나쳤다가 "가여워져" 찾아보고 다시 미워져 가버리고 또다시 "그리워" 찾아온다는 것은 자아에 대한 변증법적 인식이다. 자기정체성에 대한 부정과 긍정이 반복되는 분열의 모습이다. 우물 밖의 환경에 대한 근거로서의 우물 속 자신의 모습은 "달", "구름", "하늘", "바람", "가을"을 향유하는 "추억"이 있는 "사나이"로서 낭만적인 상태를 유지하고 있으나, 대조적으로 우물 밖의 모습은 우물 속의 환경을 향수하려는 퇴행적 욕망이 노출되어 각박한 현실의 인식을 반영한다고 볼 수 있다. 아울러 인적이 사라지는 "산모퉁이"는 현실에서 인식의 소멸 혹은 배제를 의미하는 은유로 볼 수 있다. 또한 자기 동일시를 지향하는 [이상적 자아]에 대한 반성적인 관점이 드러나 있지만 "우물"을 볼 때마다 "사나이"가 "그대로" 존재한다는 것은 자기진화의 과정이 정체된 모습을 보여주는 것이다. 이때 "우물"은 스스로 자기를 바라보고 동일시하는 상상계의 매체로서 거울의 기능을 수행한다. 개성화의 과정 위에 놓인 인간은 거울을 보고 내면적으로[상상적으로] 이상적인 자아를 형성하고 타자의 욕망에 의해서 외면적으로[상징적으로] 자아이상을 형성해야 한다. 이런 점에서 "추억"에 잠긴 시적화자는 개성화의 과정에서 상징계로 향하는 도정에서 지체된 모습을 보여준다. 물론 일본에 조국을 빼앗긴 당시의 상황은 [아버지의 법]으로서의 상징계를 상실한 상태로 보아 시인의 개성화가 지연되는 것은 당연하다. 이런 점에서 본고에서 언급하려는 실존적인 존재는 외면에서 강제되는 [상징적 타율]에 저항하면서도 이를 스스로 내면화(internalization)하여 자발적으로 구조와 동일시하는 박제된 시민으로서의 주체의 [상상적 자율]을 구현하려는 구조의 동일화의 음모에 버티기를 시도한다.

01.

존 던 & 키에르케고르

주요개념 ── 불안, 절망, 죽음에 이르는 병, 죽음의 태도, 신앙의 도약(leap), 신앙과 이성,
　　　　　　하나님 앞의 실존, 주체성의 진리
분석작품 ── 죽음이여 거만치 말라, 대기와 천사들, 수태고지와 수난

　　키에르케고르(Søren Aabye Kierkegaard)는 덴마크 인이다. 우리가
흔히 낙농업과 햄릿을 떠올리는 작은 나라에서 위대한 철학자가 탄생했
다. 일반적으로 실존주의의 선구자로 간주되는 그는 무신론적 실존주의자
들이 배격할 법한, 인간의 삶을 억압한다고 보는 현존(presence)으로서의
신의 존재를 인정한 기독교적 실존주의자이다. 그러므로 신의 존재를 부
인한 실존주의자인 사르트르나 니체와는 너무 다르다. 르네상스적 저항을
인식한 탓인지 그는 많은 저술들을 익명으로
발표했다. 그의 가정사에서 특징적인 사건은
부친이 집안의 하녀와 결혼했으며 독실한 개
신교도로서 하나님의 심판을 늘 의식했다고
한다. 부친은 아들에게 그리스도의 은총과
자비를 역설했으며 진정한 그리스도인이 되
기를 강조했다. 따라서 그의 기독교적 색채

〈키에르케고르〉

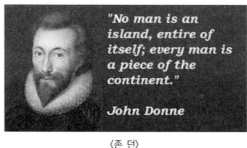

〈존 던〉

는 부친으로부터 전승된 것이다. 그런데 부친의 기대와는 달리 코펜하겐 대학 신학부에 입학한 후 방탕한 생활을 하고, 삶의 회의에 사로잡혀 심지어 자살을 기도하기도 했다. 죽음 언저리까지 접근해본 그에게 불가피한 죽음에 대한 불안과 공포가 일평생 가장 중요한 테제가 되었다.

인간에게 애초에 선고된 죽음을 맞이하는 태도를 존 던(John Donne)[2]은 「죽음이여 거만치 말라」("Death Be Not Proud")에서 당당하게 재현한다.

죽음이여 거만치 말라, 몇몇 이들은 너를
힘세고 두렵다고 했다, 하지만 너는 그렇지 않기에,
네가 생각하기에, 네가 죽였다는 사람들은,
죽지 않는다, 불쌍한 죽음이여, 나를 죽일 수 없다.

---

2) [형이상학파 시인] 그룹의 주모자이며 사제이었던 존 던의 시적 경향을 단적으로 말하면 은유적으로 두 가지 명백하게 괴리된 개념을 이미저리를 사용하여 하나의 개념으로 통합하는 것이다. [Donne is considered a master of the metaphysical conceit, an extended metaphor that combines two vastly different ideas into a single idea, often using imagery. An example of this is his equation of lovers with saints in "The Canonization". Unlike the conceits found in other Elizabethan poetry, most notably Petrarchan conceits, which formed "clichéd comparisons between more closely related objects (such as a rose and love), metaphysical conceits go to a greater depth in comparing two completely unlike objects. One of the most famous of Donne's conceits is found in "A Valediction: Forbidding Mourning" where he compares two lovers who are separated to the two legs of a compass.] (poemhunter.com)

휴식과 잠, 이는 너의 그림에 불과하며,

많은 즐거움이 있다, 그대로부터 많고 많은 기쁨이 흘러나와야 한다,

그리고 곧 우리의 멋진 사람들은 너와 함께 간다,

그들의 유골이 휴식하고, 영혼의 해방을 찾아서.

너는 운명, 기회, 왕, 절망하는 자들의 노예이다,

그리고 독약, 전쟁, 질병과 동거한다,

양귀비, 마법이 우리를 또한 잠들게 한다,

네가 어루만지는 것보다 훨씬 낫다; 그런데 왜 그렇게 뽐내느냐?

짧은 수면이 시간이 지나고, 우리는 영원히 깨어난다,

그리고 죽음은 더 이상 없으리라; 죽음, 너는 결코 우리를 죽이지 못하리라.

Death be not proud, though some have called thee

Mighty and dreadfull, for, thou art not so,

For, those, whom thou think'st, thou dost overthrow,

Die not, poor death, nor yet canst thou kill me.

From rest and sleep, which but thy pictures bee,

Much pleasure, then from thee, much more must flow,

And soonest our best men with thee do go,

Rest of their bones, and soul's delivery.

Thou art slave to Fate, Chance, kings, and desperate men,

And dost with poison, war, and sickness dwell,

And poppy, or charms can make us sleep as well,

And better then thy stroke; why swell'st thou then?

One short sleep past, we wake eternally,

And death shall be no more; death, thou shalt die.

여기 보이는 죽음에 대한 달관의 태도와는 달리 실제로 인간은 죽음이 마냥 두렵다. 그렇지만 이미 사형선고(sentence to death)를 받은 인간은 결국 시시각각 발생하는 내부, 외부적인 사건에 따라 죽을 수밖에 없다. 인간은 태어나는 순간 죽음의 에스컬레이터를 타고 있는 셈이다. 죽음이라는 미래완료적인 상황에서 인간이 대처할 방법은 다양하다. 생물학적 체념과 초월적인 극복. 전자의 경우 사자에게 사냥당하는 들소의 운명과 같고 후자는 그리스도의 부활 같은 것이다. 시간의 풍상에 매몰되고 사건에 의해 골격(skeleton)과 살점(flesh)이 와해되어 아무 소망 없이 쓰러지는 인간의 종말은 전자와 같다. 후자는 시간과 사건이 인간의 삶을 좌우하더라도 인간의 기원으로서의 제1 원인인 조물주에게 운명을 위탁하는 키에르케고르적인 선택이다. 여기서 시적화자는 인간을 엄습하는 죽음을 지혜롭게 수용한다. 이 때, 인간이 무시무시하게 여기는 죽음을 "휴식"과 "잠"으로 희화화하는 점이 최근 인터넷 방송에서 선풍적인 인기를 끄는, 책상 위에 양반다리를 하고 강의하는 기인(奇人) 예일대 셸리 케이건(Shelley Kagan)3) 교수의 주장을 상기시킨다.

그는 『죽음이란 무엇인가』에서 [죽음의 본질]과 [삶의 의미]와 [생명의 존엄성]이라는 궁극적인 테제에 도전한다. 그것은 인간이 유사 이래

---

3) Shelly Kagan is the Clark Professor of Philosophy at Yale University and the former Henry R. Luce Professor of Social Thought and Ethics. Originally a native of Skokie, Illinois, he received his B. A. from Wesleyan University and his Ph. D. from Princeton University under the supervision of Thomas Nagel in 1982. He taught at the University of Pittsburgh and at the University of Illinois at Chicago before arriving at Yale. Kagan's Yale course "Death" was recorded for Open Yale Courses in Spring 2007 and the book Death is based on these lectures. Kagan also explores the concept of desert, which is a philosophical concept of what individuals do or do not deserve, in his book The Geometry of Desert. (wikipedia.com)

고민해왔던 죽음에 대해 보통의 인간들이 접근하기 불가능한 초현실적인 주술·마술·극기·종교적 접근을 배제하고, 인간이 가지고 있는 도구적인 수단으로 실행 가능한 합리·논리·이성으로 접근한다.

〈예일대 기인 셸리 케이건〉

그는 죽음에 대한 각오를 말하고 있으나 실상은 삶의 가치를 노래하고 있다. 죽음은 인생에서 병가지상사(兵家之常事)라는 것이며 삶은 죽음이 있어야 의미가 있다고 본다. 죽음이 없는 삶은 고통의 영원한 연속이 아니겠는가? [불편한 진실]로서의 죽음을 [속편한 진실]로 수용하자는 것이다. [죽음]은 인간이라면 누구나 부정하고 싶지만 언젠가 다가올 사건이니 그 정체에 대해 안달할 필요가 없다. 죽음에 대해 미리 초조해하고 불안해함은 현재를 좀먹는 일이다. 그는 사후의 세계를 절대 예측하지 않는다. 사후에는 아무것도 없으며 단지 TV 스위치가 꺼지면 화면에 아무것도 나오지 않는 그런 상태가 된다는 것이다. 이것은 우주와 인간의 기원을 평생 탐색해 온 영국 물리학자 스티븐 호킹(Stephen Hawking)의 생각과 유사하다. 그가 보기에 죽음의 순간은 컴퓨터의 스위치를 끄는 순간과 같다는 것이다. 그러므로 죽음에 대한 양자의 생각은 죽음에 대한 처방으로 사후세계를 의지하는 키에르케고르가 보기에 굉장히 황당한 주장이고, 한국의 신실한 천만 기독교인들이 듣기에 천부당만부당한 주장이다. 그가 기대하는 죽음의 이미지는 고통, 환희, 천사, 유령, 해골, 천국, 지옥이 아니고 한순간 그저 깜깜한 암흑 속으로 사라지는 것이다. 사물에 대한 인식이 정지하는 것이 죽음이라는 것이다. 따라서 죽음의 비밀은 전혀 놀랍고 신비스럽고 새삼스러울 것이 없다. 그의 관점은 [끝이 있는 삶이 끝이 없는 삶보다 행복하다]는 것이다. 아무리 좋은 오락도, 부귀도, 향락도 영원히 누리면 물리고 식상하다는 것이다. 아무리 좋은 것도 지겨운 영원 앞에서는 오히려 지옥이 된다. 죽음은 두려워할 존재가 아니고 살벌한 대상도 아니고, 그저 삶이 끝나는 한 지점 혹은 새로운 지경으로 나아가는 한 순간에 불과하다. 인생이 유한하기에 유한한 인생에 대한 애정이 있을 것이다. 따라서 죽음에 대한 공포는 비합리적이며 죽음에 대한 부정적인 선입견에 대해 [판단중지]를 할 때 인간에게 삶의 새로운 비전이 나타날 것이다. 그의 요지는 유한한 인생에 당연히 다가오는 질서로서의 죽음에 대한 공포는 적절치 않은 감정이므로 이 적절하지 못한 감정에 유한한 시간을 낭비할 필요는 없으며 주어진 삶은 일시적인 축복이므로 이를 선용하기 위한 전략을 수립해야 한다고 본다. 도래하지 않은 죽음에 대한 염려보다 이미 각자에게 주어진 삶의 가치는 80평생의 세월 자체가 아니라, 삶 속에 채워질 [내용물]에 달려 있다. 죽음은 원인에 대한 결과이며 인간의 행동 뒤에 수렴되는 궁극적인 결말이자 사물에 대한 엔트로피 법칙의 실현이다. 그러나 죽음은 탄생의 시발점이므로 시적화자는 죽음에 대한 공포를 불식하고 당당히 죽음과 대면하는 긍정적이고 당당한 태도를 보인다. 우리의 의식은 궁극적으로 지향하는 죽음의 문을 관통하여 이런저런 양상으로 다시 깨어날 것이며, 죽음은 단지 재생의 입구일 뿐이다. 따라서 자연스러운 소멸과 재생의 황홀을 즐겨야 할 것이다. 이 상황을 상기시키는 키에르케고르의 명제가 [주체성의 진리]이며, 이때 [주체성]은 제도나 관습에 종속되는 주체성이 아닌 어떤 고정관념이나 기성의 문화에도 휘둘리지 않는 [원초적인 실존의 상태]를 의미한다.

키에르케고르가 기독교로 전향한 후 쓴 논문이 [아이러니의 개념-소크라테스를 염두에 두고]였다. 인생은 그야말로 아이러니가 아닐 수 없다. 나의 생각과 타자들의 생각이 다르고 인간의 생각이 신의 생각과 다르기에. 다행스럽게도 부친이 남긴 유산은 그의 생계유지와 집필활동에 많은 도움이 되었다. 예이츠가 평생 사랑했던 모드 곤(Maud Gonne)처럼 그의 여인은 레진 올슨(Regine Olson)이었다. 그런데 그는 심각한 번민 후에 그녀와 헤어지고 공무원인 슐레겔(Johan Frederik Schlegel)과 결혼했다. 이러한 와중에 노상 선택의 기로 위에서 서성이는 인간을 위한 지침서로서 『이것이냐, 저것이냐』(1843)가 나왔다. 여기서 레드오션의 사회 속에서 발생하는 삶에 대한 [불안의 개념]과 아울러 결정론적인 [죽음에 이르는 병]을 진단하고 그 대책을 신앙이라고 주장하며, [기독교인 담론]에서 기독교의 부패를 지적하고, [기독교의 실천]에서 기독교인이 응당 따라야 할 모델로 예수를 제시한다.

그의 두 가지 사상은 [주체성]과 [신앙의 도약]이다. 후자는 인간이 신을 믿는 방법과 사랑을 실천하는 방법에 관한 것이다. 그것은 이성적인 실천이 아니라 초자연적인 것이다. 사랑은 세상의 이기심과 갈등을 초월함으로써 인간 상호간의 쓰린 상처를 치유하는 유일한 치료제이다.[4] 인간에 대한 사랑은 절대자에 대한 신앙으로 나아간다. 그러나 키에르케고르가 보기에 신앙은 맹목적인 것이 아니다. 신앙은 동시에 의심을 수반한다. 그가 보

---

[4] 사랑의 의미에 대한 성경의 백미는 고린도전서 13장 이하에 나오는 말씀이다. [1. 내가 사람의 방언과 천사의 말을 할지라도 사랑이 없으면 소리 나는 구리와 울리는 꽹과리가 되고 / 2. 내가 예언하는 능력이 있어 모든 비밀과 모든 지식을 알고 또 산을 옮길 만한 모든 믿음이 있을지라도 사랑이 없으면 내가 아무것도 아니요 / 3. 내가 내게 있는 모든 것으로 구제하고 또 내 몸을 불사르게 내줄지라도 사랑이 없으면 내게 아무 유익이 없느니라. / 4. 사랑은 오래 참고 사랑은 온유하며 시기하지 아니하며 사랑은 자랑하지 아니하며 교만하지 아니하며 / 5. 무례히 행하지 아니하며 자기의 유익을 구하지 아니하며 성내지 아니하며 악한 것을 생각하지 아니하며 / 6. 불의를 기뻐하지 아니하며 진리와 함께 기뻐하고 / 7. 모든 것을 참으며 모든 것을 믿으며 모든 것을 바라며 모든 것을 견디느니라. / 8. 사랑은 언제까지나 떨어지지 아니하되 예언도 폐하고 방언도 그치고 지식도 폐하리라.]

기에 의심은 증거를 요하는 인간의 이성적인 부분이기에 의심 없는 신앙은 의미가 없다. 성경은 원래 불가지 하여 인간적으로 논할 수 없는 정전이다. 성경을 인간적인 관점에서 객관성을 담보할 수 없다고 해서 의심을 하는 사람은 기독교도로서의 신앙을 가진 것이 아니라 단지 무언가에 쉽게 현혹될 수 있는 호기심 많은 사람일 뿐이다. 다시 말해 인간이 무엇인가에 대해 의심하고 회의할 수 있으나 그렇다고 해서 종이나 연필처럼 만져보고 하나님을 인식하고 믿는 것은 신앙이 아니라는 말이다. 보지 못해도 만지지 못해도 신의 현전을 믿는 것이 신앙인 것이다. 제자 도마(Thomas)처럼 예수의 상처를 만져보고 믿는 것은 신앙이 아니라는 말이다. 의심은 신앙의 반대편에 위치하지만 의심은 신앙을 확인하는 필수적인 요소가 된다. 예수를 믿기 위하여 내적인 성찰의 중심이 되는 것이 [개인성]이다. 이 [개인성]은 개인과 세계의 관계를 인식하는 절대요소이다. 「대기와 천사들」("Air And Angels")에서 시적화자는 현실의 잠재태로서 천국의 존재에 대한 개인적인 관심을 표명한다.

두 배 세 배 나는 그대를 사랑했다,
내가 그대의 얼굴과 이름을 알기 전에;
그래서 어떤 목소리로, 그래서 형체 없는 불꽃 속에서
천사들은 종종 우리에게 영향을 준다, 그리고 숭배를 받는다;
그대가 머물었던 곳으로, 내가 왔을 때조차,
나는 [그대처럼] 어떤 사랑스럽고 영광스러운 것을 보지 못했다.

그러나 나의 영혼은, 그의 아들이 사랑이라,
육체의 수족을 가지며, 그밖에 어떤 것도 할 수 없다,
사랑은 그 부모보다 더 섬세하지 않아야 하기에,

역시 육체를 가진다;
그러므로 그대가 어떤 사람이며, 누구인지,
물어보기를 사랑에게 내가 명하노라, 그리고 지금
사랑이 내가 허용하는 육체를 지니고 있고,
사랑 자체가 그대의 입술에, 눈에, 이마에 스며든다.

그래서 내가 생각하기에 사랑의 바닥짐을 싣고,
그리고 한층 꾸준하게 가리라,
감탄을 침식시킬 수 있는 화물과 더불어,
나는 사랑의 보트가 넘치는 것을 보았다
그대의 모든 머리칼은 사랑이 작용하기가
너무 많다, 어떤 적절함이 추구되어야 한다;

무가 아니라, 사물이 아니라
극단적으로 흩어지는 밝은 빛으로, 사랑이 태어난다.
천사처럼, 공기의 얼굴과 날개들이
천사만큼 순수하지 않지만, 순수함을 입는다,
그래서 공기의 사랑은 나의 사랑의 세계가 되리라.
그런 불일치가
공기와 천사의 순수함에 있듯이,
남자와 여자의 사랑에도 있으리라.

Twice or thrice had I loved thee,
Before I knew thy face or name;
So in a voice, so in a shapeless flame,
Angels affect us oft, and worshipped be;
Still when, to where thou wert, I came,
Some lovely glorious nothing I did see.

But since my soul, whose child love is,

Takes limbs of flesh, and else could nothing do,

More subtle than the parent is,

Love must not be, but take a body too;

And therefore what thou wert, and who,

I bid love ask, and now

That it assume thy body I allow,

And fix itself to thy lip, eye, and brow.

Whilst thus to ballast love I thought,

And so more steadily to have gone,

With wares which would sink admiration,

I saw I had love's pinnace overfraught

Every thy hair for love to work upon

Is much too much, some fitter must be sought;

For, nor in nothing, nor in things

Extreme and scatt'ring bright, can love inhere.

Then as an angel, face and wings

Of air, not pure as it, yet pure doth wear,

So thy love may be my love's sphere.

Just such disparity

As is twixt air and angel's purity,

'Twixt women's love and men's will ever be.

여기에 보이듯 인간의 허물 중에 하나는 욕망의 과잉이다. 많이 먹어야 하고 많이 가져야 한다. 그러나 인간의 욕망은 적절하게 통제하기가 힘들다. 적절하게 통제하는 순간은 삶의 즐거움을 상실하는 죽음의 순간이다. 이는 욕망의 불이 꺼지는 법열의 순간이며 득도의 경지이며, 주/객이 없고 사물이 모두 무색무취의 수준에 이르는 영도(零度)의 순간이다. 삶의 즐거움이 잠시 있을 때 절체절명의 고독을 느끼는 실존에 대한 자각은 잠시 퇴영한다. 고독과 소외를 느끼는 그 공간에 욕망의 잉여가 자리하기 때문이다. 인간에게 적절한 수준의 사랑을 요구하기가 어렵다. 여기에 등장하는 "무"는 실존주의의 필수 인식소(episteme)이다. 인간은 제1 원인에 의해서 지상에 던져진 존재이기에 이미 그 기원의 근거를 상실한다. 그래서 인간은 아무 근본이 없는 존재이며 고향을 모르는 외계인이된다. 인간을 지지하는 공간은 무(無)이다. 그러기에 나락으로의 추락의 가능성을 상상할 때에 유한자로서의 인간은 한없는 절망과 불안을 느낀다. 인간의 "사랑"은 "공기"라는 들숨날숨의 매연이 발생하는 "천사"보다 저급한 혈떡임의 매체를 통하여 실현될 수밖에 없다. "공기"는 "사랑"이 이루어지는 "세계"이며, 나와 세계, "사랑"과 "공기", "남자와 여자" 사이에 본질적인 "불일치"가 있을 것이다. 그리고 나와 세상 사이의 불일치, 즉 부조리는 실존의 기본명제이다.

설사 기독교도라 할지라도 기독교 교리가 논리적 이성적으로 타당하다고 보는 것은 기독교와 전혀 상관이 없는 사람이다. 진정한 신앙은 개인이 주체적으로 하나님에 대한 절대적인 신뢰와 의존을 표명함 속에 존재한다. 키에르케고르의 독특한 저술방식은 간접적인 표현과 익명성인데 이는 사람들의 다양한 인식을 이해하기 위한 것이다. 아울러 이런 방식은 자신의 저술이 들뢰즈가 지적하는 것처럼 철학과 같이 수목적인(arborescent) 방식으로 체계화되는 것을 회피한 것이라 볼 수 있다. 아니면 저자가 입법적으로 군림하는 의미의 주체가 아니라 독자에게 의미해석의 권리를 위임한 것이라고 볼 수 있어 일종의 주관적인 독서(subjective reading)

에 해당한다. 그런 점에서 그의 저술은 [저자의 죽음]을 주장하는 포스트모던의 경향을 미리 추구한 셈이 된다. 이 점을 「수태고지와 수난」("The Annunciation And Passion")에서 살펴볼 수 있다.

고분고분한, 나약한 육체여, 오늘을 삼가시오; 오늘
나의 영혼은 두 번 먹는다, 그리스도 여기서 저기로 갔다.
그녀는 그를 인간으로 본다, 그래서 이 속에서 만들어진 하나님 같이,
그들 가운데 둘은 원의 상징이다,
첫 번째와 나중의 것이 일치한다; 이 의심스러운 날에
잔치 혹은 단식하는, 그리스도는 왔으며, 그리고 가셨다;

그녀는 그를 전혀 보지 못했다, 동시에 두 번이 아니라, 그는 전부이다;
그녀는 삼나무 자체를 본다, 그리고 넘어 진다;
그녀의 조물주는 제작한다, 그리고 생명의
머리는 동시에 살아있지 않고, 그러나 죽어있다;
그녀는 본다 성모마리아가
집에서 은둔하다, 곧 골고다에 나타남을;
그녀는 슬프고 동시에 기쁘다, 그리고 보인다
거의 50살, 그리고 거의 15세로;

그녀에게 한 아들이 약속되고, 그리고 동시에 사라진다;
가브리엘은 그녀에게 그리스도를 준다, 그는 요한에게 그녀를 준다;
완전히 어머니가 아닌데 상실감에 빠져있다;
상속인임과 동시에 유산이다.

이 모든 일을, 천지간에 모든 일을, 오늘 보여준다,

그리스도 이야기의 요약, 그것은 하나를 만든다—
단순한 지도 속에서와 같이, 가장멀리 서(西)로 나아가면 동(東)이 된다—
천사의 방문으로 모든 것이 이루어진다.
교회가, 하나님 능력의 궁전이, 얼마나 잘
처리하는지, 간혹, 이것들이 연결이 되지 않는다,

스스로 고정된 지점으로 우리가 결코
나아갈 수 없지만, 그 다음 별이,
다른 별의 위치를 알려주기에, 우리는 말하는 그것을
—그것이 먼 곳에 있지 않기에—결코 길을 잃지 않으리라,
그래서 교회에 의해서 하나님을, 그에게 가장 밀접한, 우리는 안다,
그리고 굳건하다, 우리가 그 별의 움직임을 따른다면.

그의 영혼은, 그의 불같은 기둥 같이,
이끈다, 그리고 그의 교회는, 구름처럼; 둘 다 한 가지 목적으로.
이 교회는 그 날들을 합류함으로써, 보여 준다
임신과 사망이 인류에게 하나라는 것을;
혹은 그것은 그에게 똑같은 겸손이었다는 것을,
그가 죽을 사람이었고, 동시에 존재한다는 것을;
혹은 그가 만든 피조물처럼, 하나님처럼,

최후의 심판으로 그러나 한 시기만,
흉내 내는 그의 배우자(제자)가 가담하리라
한 사내다움의 극치에; 그는 장차 올 것이요, 지금은 가버렸다;
혹은 피 한 방울이 떨어지듯이, 그것은 그때부터 떨어졌다,
인정받았으며, 쓸모 있었으리라, 그러나 그는 피를 몽땅 쏟았다,
그래서 최소한의 그의 고통, 행위, 말씀이,

삶을 바쁘게 할지라도, 그녀는 오늘 내내 여유가 있다.
그래서 이 보물은, 대규모로, 나의 영혼을, 쌓아두고,
그리고 나의 삶 속에서 그것을 매일 소매로 팔고 있다.

TAMELY, frail body, abstain to-day; to-day
My soul eats twice, Christ hither and away.
She sees Him man, so like God made in this,
That of them both a circle emblem is,
Whose first and last concur; this doubtful day
Of feast or fast, Christ came, and went away;

She sees Him nothing, twice at once, who's all;
She sees a cedar plant itself, and fall;
Her Maker put to making, and the head
Of life at once not yet alive, yet dead;
She sees at once the Virgin Mother stay
Reclused at home, public at Golgotha;
Sad and rejoiced she's seen at once, and seen
At almost fifty, and at scarce fifteen;

At once a son is promised her, and gone;
Gabriell gives Christ to her, He her to John;
Not fully a mother, she's in orbity;
At once receiver and the legacy.

All this, and all between, this day hath shown,
Th' abridgement of Christ's story, which makes one—
As in plain maps, the furthest west is east—

Of th' angels Ave, and Consummatum est.
How well the Church, God's Court of Faculties,
Deals, in sometimes, and seldom joining these.

As by the self-fix'd Pole we never do
Direct our course, but the next star thereto,
Which shows where th'other is, and which we say
—Because it strays not far—doth never stray,
So God by His Church, nearest to him, we know,
And stand firm, if we by her motion go.

His Spirit, as His fiery pillar, doth
Lead, and His Church, as cloud; to one end both.
This Church by letting those days join, hath shown
Death and conception in mankind is one;
Or 'twas in Him the same humility,
That He would be a man, and leave to be;
Or as creation He hath made, as God,

With the last judgment but one period,
His imitating spouse would join in one
Manhood's extremes; He shall come, He is gone;
Or as though one blood drop, which thence did fall,
Accepted, would have served, He yet shed all,
So though the least of His pains, deeds, or words,
Would busy a life, she all this day affords.
This treasure then, in gross, my soul, upplay,
And in my life retail it every day.

〈실존의 상태5)〉

이천 년 전에 예수가 오셨다. 예수는 하나님이다. 하나님은 형체를 드러내지 않으시기에 예수의 형상으로 역사적으로 지상에 오셨다. 왜 오셨을까? 그 이유를 아무도 모른다. 실존적으로 지상에 내던져진 절망에 빠진 인간을 구하러 오셨다고 성경에 기록되어 있다. 예수가 탄생하기 전에 생물적 부모에게 천사가 그 탄생을 "고지"했다. 예수 탄생의 목적은 원죄에 사로잡힌 인류를 구원하기 위함이다. 인간은 태어나면서부터 죄악에 빠진다. 그것은 인간은 지속적으로 남의 것을 먹어야 하기 때문이며, 이때 지상에 속한 인간은 누구라도 물질을 추구하며 물질을 섭취하고 산다. 그런데 예수는 하늘나라의 법을 말한다. 이것은 인간의 상식으로 보아도 타당하다. 사물은 본질적으로 이면과 내면, 겉과 속으로 구성되어 있기 때문이다. 사물의 양면을 교대로 다루어 온 것이 인간의 철학으로 나타난다. 전 세계의 사상을 뒤흔드는 헤브라이즘과 헬레니즘의 내/외면의 교차. 현재는 표층의 화려함을 중시하는 외면의 시대이며, 심층을 중시하며 샤먼(shaman)을 통해 하늘의 계시를 알려고 하고 그런 하늘을 두려워한 고대는 내면의 시대이다. 계몽시대 이후에서부터 인간은 보이지 않는 신과 무저갱(dungeon)의 내면을 버리고 외면에 치중한다. 세상의 외면에 치중하는 법에 저항하고 하늘나

---

5) 르네 마그리트(Rene Magritte)의 돌. 인간이 지상에 내던져진 상태로 볼 수 있다. 그러나 인간은 지상에 마냥 내던져져 다른 사물들처럼 그렇게 널브러져 있으면 될 텐데 공중부양을 시도하는 이상한 돌이다. 지상에 발을 담그기도, 공중에 붕 떠있기도 여의치 않는 어중간한 인간 존재의 모습을 잘 묘사한다.

라의 법을 주장하는 예수는 당연히 지상의 인간들에게 박해를 당한다. 하늘나라에 속한 예수도 십자가에 매여 현실적으로 지상에 매인 몸이라 인간의 입에서 나올 고통스러운 말을 한다. "그가 죽을 사람이었고, 동시에 존재한다는 것을; 혹은 그가 만든 피조물처럼, 하나님처럼"에서 나오듯 예수는 "하나님"이자 동시에 사람의 아들로서의 번민을 피할 수 없다. 마태복음에 나오는 "엘리엘리 라마사박다니?"(My God, My God, Why Hast Thou Forsaken Me?: 하나님, 하나님, 왜 나를 버리시나이까?) 이 말은 하나님께 운명을 의탁한 자로서 인간의 체제를 거부하는 예수의 말이자 이 지상에 투기된 인간으로서의 지극히 당연한 절망적인 심정이기도 하다. "임신과 사망이 인류에게 하나"에서 시사하듯이 인간의 공통적인 주제는 [내가 왜 태어났으며 왜 내가 죽어야 하는가?]이다. 그런데 이 비밀을 인간이 안다면 인간이 지상에 존재할 이유가 없을 것이다. 이 문제를 지속적으로 규명하기 위하여 인간은 오늘도 살아가는 것이다.

신앙의 진심을 설파하면서도 키에르케고르는 기독교를 관료적인 제도라고 비판했다. 그는 하나님 자체로서의 기독교가 아니라 제도로서의 기독교를 부정했다. 선문답에서 달을 보지 않고 손가락을 쳐다보는 것을 비판한 것처럼 본질보다 비본질적인 것을 추구하는 기독교를 비판했다. 하나님에 대한 절대적인 경외심이 아니라 교회라는 제도나 조직에 대한 정치적인 권위에 복종하는 것은 주객전도된 것이다. 현재 로마 가톨릭은 전형적인 정치적 종교제도로 인간 위에 군림한다. 물론 세속의 금관을 쓰고도 신실하게 하나님을 섬길 수 있다고 항변할 수 있지만 인간세계의 규례와 이해관계를 영성보다 우선시하며 성직자가 신자들 위에 군림하는 것은 분명히 예수의 가르침에서 벗어난 것이다. 기독교라는 제도로부터의 실존확립과 아울러 하나님에의 구속됨이 키에르케고르의 삶의 목표이다. 이것이 인생에 대해 해답 없는 인간세계로부터 미지의 하나님의 세계로 나아가는 [도약]인 것이다. 그러나 세상의 제도로부터의 진정한 해방은 거저 주어지는 것이 아니라 그 반역으로 인한 소외의 고통을 반드시 감수해야 한다. 그러기에 우리가 거룩한 하늘을 바라보는 것은 땅을 디뎌야 한다는 점에서 몸과 마음이 지향하는 바가 다르기에 하나님에 대한 진정한 신앙을 확립하기가 어렵다. 인간은 보편성의 산물로 매몰되는 경향이 있지만 그럼에도 인간은 보편성의 조류를 매몰차게 거부해야 한다. 세상의 모든 인간은 독특하고 개별적이다. 그러기에 각자의 운명은 각자의 선택에 놓인다. 키에르케고르는 세상에서 유일무이한 개인은 전부 단독으로 신 앞에 존재함을 역설한다. 누구의 지도와 지시를 따를 것 없이 하나님 앞에서 대등하게 존재한다는 것이다.

문제는 교회의 교리를 역행하는 문제가 아니라 개인의 주관적인 열정의 문제이다. 교회나 목사나 사제가 문제가 아니라 신자 자신의 문제인 것이다. 이것을 영어로 표현하면 [subjectivity is the truth: 주체성이 진실이다]이다. 하나님에 대한 인간의 독자적인 선택이 인간세계에 횡행하는 얼버무림(equivocation)의 보편성의 중시보다 절대적으로 중요하다는 것이다. 인간에 의해서 성취되는 가장 중요한 과업인 신앙의 토대 위에서 하나님을 향해 나아가는 참 자아를 형성할 수 있다. 그래서 진정한 신앙인은 대중의 경향에 무심하고 군중을 떠나야 한다. 영원한 구원 혹은 저주를 받는 것은 전적으로 개인의 [선택]에 의한 책임이다. 이때 [불안]이 발생한다. 불안은 중대한 실존적 선택의 기로에서 발생하는 책임에 의한 두려움이다. 불안은 양면을 가진다. 영원을 선택하는 가공할(formidable) 두려움에 대한 부담과 스스로 선택하는 자유에 대한 불안이다. 매일 선택할 순간이 주어지며 순간을 통해 인간은 영원으로 들어가는 존재로 탄생한다. 신앙의 선택은 인간의 불완전성으로 인하여 반복적인 고백으로 이어질 수밖에 없으며, 자아와 자아를 구성하는 능력을 상실할 때 [절망]에 빠진다. 사제와 논리구조는 인간과 하나님의 관계를 중재할 수 없다. 그래서 키에르케고

〈아우구스티누스의 우표〉

르는 인간의 이성을 절대시 하는 헤겔주의와 사제에게 자신을 맡기는 가톨릭을 반대한다. 기독교의 가장 핵심적인 역설은 절대자이고 무한하신 하나님이 상대적이고 유한한 인간의 모습을 하시고 하강하셨다는 것이다. 이에 대한 인간의 두 가지 반응이 있다. 이 역설에 대한 신앙을 가지든지 아니면 적대하든지이다. 우리가 결코 하지 말아야 할 것은 신앙을 이성으로 믿는 것이다. 신앙을 선택한다면 우리는 이성을 초월하는 영적인 차원으로 상승하여야 한다. 그러니까 우리가 진정 신앙인이라면 동정녀 마리아의 수태라는 비상식적인 역설의 와중에도 우리는 신앙을 가져야 한다.

키에르케고르가 보기에 신앙인은 현실의 논리를 벗어난 부조리에 대해 관심을 가지며, 탈현실적 성경적인 사건에 대한 현실 전복적인 관점에서 탐구한다. 이것은 인간의 지성과 이해를 무효화한다. 아브라함의 이삭의 희생제물, 요나의 사건, 다윗의 간통사건, 베드로의 배신, 망나니 바울의 회심, 오병이어의 기적, 십자가 부활, 바다 위의 산책, 나자로의 재생을 어찌 상식적으로 이해하겠는가? 그는 초대 신학자 클리마쿠스(John Climacus)[6]에 대해 호의를 가지고 있었는데 그 요지는 신앙은 기적, 하

---

6) 존 클리마쿠스(570~649)는 막시무스와 함께 동방교회의 영성신학의 체계를 세운 인물이다. 존 클리마쿠스의 핵심저서인 『하나님에게 오르는 사다리』(*ladder of divine ascent*)는 동방교회의 영성신학에 막대한 영향을 주었고 지금까지도 동방교회는 물론이

나님의 선물, 영원에 이르는 길이라는 것이다. 이는 진리가 인간의 소유물이라는 서구의 이성주의에 저항하는 전적인 하나님의 전유물이며, 만약 선천적으로 지성이라는 원죄를 배태한 인간이 진리를 독점하면 상상할 수 없는 남용과 전횡이 발생할 것이다.

소크라테스적 진리는 과거의 기억(recollection of past)이며, 기독교적 진리는 미래로 향하는 기억(recollection of future)이다. 인간은 철학을 공부하면서 동시에 신학을 의식한다. 인간은 죄를 짓고 하나님은 용서한다. 죄가 없다면 과연 용서가 있겠는가? 그러므로 죄는 신앙의 전제조건이다. 죄의 기원은 인간이 알 수 없는 문제이기에 전적으로 하나님에게 귀속된다. 이것이 하나님의 죄에 대한 부조리함(absurdity)이다. 그래서 죄는 지상에서 비롯된 것이 아니라 초월적인 차원에서 기획된 것이라는 것을 유추할 수 있다. 물론 하나님이 인간에게 사물의 인과를 다 설명해줄 수 없기에 삶은 부조리할 수밖에 없다. 이를 다 설명해주면 인간의 신화에 나오듯이 인간은 그것을 악용하기 마련이다. 보상의 부조리를 이해함에 전제가 되는 것이 불가능함을 가능함으로 만드는 신앙이다. 비가지적인 것의 가지적(visible) 실현, 비현실의 현실화가 세상에 발생한다. 고목과 사막에 꽃이 피고, 부패한 고기 위에 구더기가 발생하고, 깊은 산 속 옹달샘에 송사리가 산다. 하나님의 사랑과 용서를 절감하며 진실로 감사

고 가톨릭교회와 개신교회에도 영향을 주고 있다. 동방교회에서 성경과 찬송가 말고 이 저술처럼 많이 번역되고 읽히는 책은 없다. 공교롭게도 클리마쿠스는 헬라어로 사다리라는 뜻을 가지고 있다. 이 사람의 삶은 상세하게 알려지지 않았으나 시나이 산 광야에 살았던 수도사였던 것으로 추측된다. 그는 어릴 때에 하나님께 삶을 바치고 시나이 산 광야에 위치한 돌라스라는 곳에서 40년 동안 칩거하며 금욕주의 삶을 살았다. 그 후에 클리마쿠스는 시나이 산 수도원의 수도원장이 되어 수도사의 삶을 살았으며 이때 『하나님에게 오르는 사다리』를 저술하였다. (크리스천투데이)

와 희망으로 수용한다면 새로운 실존의 탄생을 체험할 것이다. 이른바 구속의 자유를 누리게 된다. 인간사의 기적을 인간이 기대하는 것은 스스로 부조리하다는 것을 입증하는 것이다. 하나님은 인간에게 기적이라는 현상을 가끔 보여주지만 절대 그 이유를 알려주지 않으신다. 그것은 하나님은 인간의 이성과 논리에 부응하여 행동하지 않으시기 때문이다. 인간의 비극은 하나님의 사랑과 용서를 인간이 거부하는 데 있다. 오히려 영성의 끄나풀인 이성을 발휘하여 하나님을 저주하고 조소한다. 신을 저버린 인간은 스스로 절망에 빠지고 좌절한다. 하나님은 인간에게 선택을 강요치 않으신다. 키에르케고르가 보기에 부조리의 삶을 영위하는 자유의지의 결과 인간은 많은 비행을 저지르고 이에 대한 후행적인 사과와 용서를 수반한다. 인간의 모든 과오를 예견하고 용서하는 하나님이 용서할 수 없는 유일한 죄는 인간이 하나님의 위대함에 대한 신앙을 거부하는 것이다.

02.

딜런 토머스 & 니체

주요개념 ── 허무주의, 초인, 기독교, 디오니소스/아폴론, 원한, 억압의 계보학, 권력의지,
영겁회귀
분석작품 ── 내가 쪼개는 이 빵은, 빛이 터진다 태양이 없는 곳에서, 푸른 도화선을 통
해 꽃을 몰고 가는 힘이, 펀 힐, 런던에서 불타 죽은 어린이에 대한 애도를
거부한다

주체의 파괴와 탈-중심을 연호(連呼)하는 포스트모던 시대에 이르러
프리드리히 빌헬름 니체(Friedrich Wilhelm Nietzsche)의 인기는 절정
에 달한다. [영겁회귀](eternal return)를 단행한 니체를 무거운 무덤뚜
껑을 열고 21세기에 불러내는 이유가 무엇일까? 니체는 이 시대가 살린

걸인 나사로(Lazarus)의 재생인가? 그는 식
탐과 배설을 통해 짐승과에 속하면서도 짐승
이 아니고, 사유를 하고 영감을 느끼면서도
신이 될 수 없는 어중간한 인간의 운명을 탄
식한다. 인간이 태어난 목적(telos)은 과연
무엇이란 말인가? 인간은 왜 존재하지 않을
수 없단 말인가? 신의 초월적인 구속과 인간

〈자유인 F. W. 니체〉

의 도덕률과 제도의 멍에를 거부하는 그의 실존주의는 중심의 부재(de-centeredness)를 천명하는 포스트모더니즘에서 아직도 유효하다. 영민한 니체는 약관 24세에 바젤 대학에서 고전철학을 가르치는 교수가 되었지만 제도의 노예가 되기를 거부하는 그의 천성 때문에 학문이 돈의 가치로 포장된 인간시장에서 안락한 대학교수직을 포기했다. 니체는 자신이 주장하는 디오니소스[7)]의 분방한 정신과 자유로운 삶의 행동을 일치시킨 셈이다. 반면 인간을 억압하는 체제중심의 수목적(arborescent) 제도로부터의 탈주(flight)와 한 곳에 사로잡히지 않는 상시 유동의 유목주의(nomadism)를 주장하는 들뢰즈(G. Deleuze)는 말년까지 대학에 정주(定住)하는 언행불일치를 보여준다. 안정되고 명예스러운 대학교수직을 마다하고 군중의 대열에서 이탈한 니체는 사회로부터 유리되어 모친과 여동생의 헌신적인 보살핌 속에서 심신의 갖가지 질환에 시달리면서도 삶의 유희로서 오로지 저술활동에 매진했다. 마치 사후에 유명해진 카프카(F. Kafka)가 동생의 보호를 받으며 살았듯이, 위대한 예술가 고흐(V. Van Gogh)가 평생 동생의 보호를 받으며 살았듯이 니체는 사회와 고립된 채 자아에 충실한 실존적인 삶을 살았다. 신성(divinity)을 거부하고 그 억압에서 벗어나 인간의 내재된 창조적인 에너지를 존중하는 저항적인 니체와 생의 철학을 담지하고 있는 토머스(Dylan Thomas)[8)]의 「내가

---

7) 니체가 보기에 예술에는 두 가지 충동이 작용한다. 그것은 [디오니소스]적인 충동과 [아폴론]적인 충동이다. 그것은 세상의 근원자로서의 실재가 갖는 힘이며, 이 힘이 예술로서 표출된다. 후자는 형상과 형태를 제공하는 제한된 충동이고, 전자는 인간의 내면에서 발동하는 **충동으로서 형상이나 형태를 파괴하려는 무제한의 충동**이다. 양자는 대립적이지만 서로를 필요로 하는 관계에 있으며, 언제나 상호작용한다. 니체는 『비극의 탄생』(*Die Geburt der Tragödie aus dem Geiste der Musik*)에서 양자가 최상으로 어우러진 합일의 결과를 [그리스 비극]이라고 본다.

8) 딜런 토머스의 일반적인 시적 경향은 다음과 같다. 그것은 서구의 형이상학이 억압하는

쪼개는 이 빵은」("This bread I break")은 상호 공명한다.

> 내가 쪼개는 이 빵은 한때 귀리였다.
> 이 포도주는 이국의 나무에서
> 열매 속으로 뛰어들었다
> 낮에는 사람이 밤에는 바람이
> 곡식을 쓰러뜨리고, 포도의 기쁨을 망쳤다.
>
> 한때 이 포도주 안에서는 여름 피가
> 덩굴을 장식한 살 속으로 스며들었다.
> 한때 이 빵 안에서는
> 귀리가 바람결에 즐거웠었다.
> 사람이 태양을 부수고 바람을 끌어내렸다.
>
> 그대가 쪼개는 이 살, 그대가 혈관에서
> 황량하게 만드는 이 피는
> 관능의 뿌리와 수액에서 태어난
> 귀리와 포도였다
> 내 포도주를 그대가 마시고, 내 빵을 그대가 뜯는다.

감각적이고 생물학적인 관점의 중시이며, 구체적인 삶의 존중이며, 삶과 죽음의 일체였다. [Thomas's verbal style played against strict verse forms, such as in the villanelle(19행 전원시)[Do not go gentle into that good night]. His images were carefully ordered in a patterned sequence, and his major theme was the unity of all life, the continuing process of life and death and new life that linked the generations. Thomas saw biology as a magical transformation producing unity out of diversity, and in his poetry he sought a poetic ritual to celebrate this unity. He saw men and women locked in cycles of growth, love, procreation[생식], new growth, death, and new life again.] (PoemHunter.com)

This bread I break was once the oat,

This wine upon a foreign tree

Plunged in its fruit;

Man in the day or wind at night

Laid the crops low, broke the grape's joy.

Once in this wine the summer blood

Knocked in the flesh that decked the vine,

Once in this bread

The oat was merry in the wind;

Man broke the sun, pulled the wind down.

This flesh you break, this blood you let

Make desolation in the vein,

Were oat and grape

Born of the sensual root and sap;

My wine you drink, my bread you snap.

여기서 시적화자는 예수가 십자가형에 처하기 전에 제자들의 발을 씻기며 말씀하시는 [이 빵은 나의 육신이요, 이 포도주는 나의 피다. 나의 살과 나의 피를 먹고 마시라](Matthew 26:26-29)는 신탁(神託)을 정면으로 전복시킨다. 천지창조는 하나님의 권능이 아니라 "태양"과 "바람"의 힘으로 조성된다. "귀리"와 "포도"는 탄소동화작용(carbon assimilation)의 결과이고, 사람은 바람과 태양이 제조한 "빵"과 "포도주"를 마시고 먹는다. 시인의 관점은 과학적으로 생물학적으로 타당하다. 그러나 하나님의 세계로 실존적으로 [도약]한 예수가 "빵"과 "포도주"를 비유로 승화시킨 거룩한 살과 피를 토머스는 부정하며 반문한다. 세찬 "바람"을 받으며, 강렬한 태양을 받으며 성장하고 혈기로 충만한 "귀리"와 "포도"를 인간이 먹고 마시니 어찌 미치지 않을 수 있겠는가? 혹은 부패하는 속물적인 "빵"과 "포도주"를 마시는 인간이 어찌 하나님의 아들 예수처럼 신성할 수가 있는가? 자연의 작용으로 빚어진 "빵"과 "포도주"를 마시며 그리스도의 비유를 생각하는 것은 시적화자가 보기에 어불성설이며, 용솟음치는 인간의 욕망을 제어하는 것이다.

니체는 서구의 역사를 잠식해온 기독교와 형이상주의의 도덕을 [약자의 도덕], [노예의 도덕], 극악무도한 [데카당스의 유산]이라고 배격하고, [초인], [영원 회귀]의 사상을 중심으로 이른바 체제이탈을 강조하는 [실존의 형이상학]을 수립하였으며, 급기야 『즐거운 지식』에서는 [신의 죽음]을 선포하기에 이르렀다. 니체는 철학의 토대인 [플라톤 철학]과 유럽 역사의 기원인 기독교의 전복을 시도했으며, 동시에 르네상스 이래로 반성적인 시각에 의해 제기된 이성과 합리에 기초한 계몽주의를 일종의 세속주의(secularism)로 보아 평가절하 했다. 하지만 그의 강력한 초인의 의지와 신념의 철학은 오히려 그가 증오한 일관된 체제와 권력지향적인 파시스트들에게 악용되기도 했다. 그것은 니체가 패배주의에 사로잡힌 약자보다 패권을 지향하는 당당한 강자를 두둔한다는 점에서 이것이 전체주의자 히틀러의 『나의 투쟁』에서 나타나는 인간의 굴하지 않는 [권력에의 의지]의 토대가 될 수 있다.

전체적으로 니체의 인생을 살펴보면, [마음이 가난한 자는 복이 있으리니](마태복음 5:3)가 포함되는 팔복(八福, Beatitudes)의 맥심(maxim)으로 대변되는 기독교를 약자와 패자의 종교라고 지독하게 비판한 그의 부친이 개신교 목사였다는 사실이 특이하다. 부친은 그가 5세가 되었을 때 사망하였고 모친 슬하에서 자랐다. 이것이 그의 [체제부정의 철학]에 영향을 주었는지 모를 일이다. 생물학적 부친 부재의 탈권위적인 가정생활 속에서 모친의 바람대로 신학공부를 하였으나 중도하차하였으며 신앙도 휴지통에 버렸다. 영적 아버지의 부재로 인하여 자연히 삶의 회의와 절망에 빠져 쇼펜하우어의 염세철학과 바그너9)의 체제저항적인 음악에 몰두하였다. 그리고 정치적으로도 바젤 대학에 재직한 후 프로이센 국적을 포기하였으며 일체의 시민권을 갖지 않았다. 고독한 삶 속에서 삶의 동반자였던 바그너가 점차 기독교로 전향하고 결정적으로 음악극 「파르시팔」("Parsifal")에서 기독교적 모티브를 많이 도입하자 절교했다. 1872년에 니체 철학의 백미이자 총론인『비극의 탄생』이 세상에 걸어 나왔다. 하지만 당시 이 혁명적인 작품은 별로 주목을 받지 못하였으며, 1878년『인간적인, 너무나 인간적인』이 탄생했다. 이후 니체는 쇼펜하우어와 바그너의 사상적 영향에서 어느 정도 벗어나 독자적인 사유의 길을 걷기 시작했다. 점점 외부로부터 절연되어 자기 속에 몰입되어 갔으며, 바젤 대학을 자진 사직한 1879년 이후 도시의 틀에 박힌 고정적인 인간관계를 벗어나 호젓하게 자유로운 사유를 만끽하기 위해 동양의 [도교](taoism)적인 생활을 하려는 듯이 홀로 산 속에서 10년을 칩거했으나, 말년에 1889년부터 10년간을 정신병동에서 비참하게 보냈다. 아직 논의가 분분한 니체의 복잡 다양한 사유를 다음과 같이 정리해 볼 수 있다.

---

9) 리하르트 바그너를 생각할 때 우선 상기되는 것은 프란시스 코폴라 감독의 영화 「지옥의 묵시록」에 등장하는, 전쟁의 광기를 묘사하는 「발퀴레의 기행」, 그리고 「니벨룽겐의 반지」, 엘리엇의 「황무지」에도 나오는 [트리스탄과 이졸데], 결혼행진곡으로 유명한 「로엔그린」이 있다. 그의 음악이 다른 작곡자와 비교하여 유별난 점은 그가 반음계를 사용함으로써 전통 고전음악의 대위법에 혁신을 초래했다는 것이다.

[주인/노예]의 도덕

전자는 인생의 축복을 누리며, 후자는 주인에 대한 [원한]을 가진다. [원한]은 주인에 대한 상상 속의 복수를 말한다. 전자는 [선]하고 후자는 [악]하다는 것은 강자의 선은 강력하고 고상한 것이며, 약자의 악은 나약하고 비천하기 때문이다. 그래서 항상 선이 악을 제압하는 권선징악이 사회의 윤리적 모델이다. 경제적인 능력이 있는 부자가 자선냄비에 적선을 할 수 있듯이 선은 약자로 하여금 열악한 상황을 극복할 수 있도록 도와주는 긍정적인 요소이며, 악은 약자로 하여금 불리한 상황 속에서 지속적으로 불안을 촉진하는 부정적인 요소이다. 강자의 선한 동기는 약자가 불가피하게 당면하는 악한 상황을 구제한다. 전능한 [알라딘의 램프]로서의 정부가 빈민을 위해 사채이율을 낮추어 주는 것도 이런 논리에 해당할 수 있다. 그런데 니체의 고민은 [강자는 왜 선이어야 하는가?]이며 약자는 [선을 베풀 능력이 있는 강자들을 악하다고 보는가?]이다. 이것은 재벌이 국가경제와 고용창출과 자선사업에 기여하고 있음에도 [왜 종업원들은 재벌을 늘 악하다고 보는가?]라는 물음과 유사하다. 따라서 니체는 강자가 약자에게 베푸는 위선적인 선행과 강자에게 질투를 느끼는 약자가 강자를 착취의 주체로서 악하다고 보는 것 둘 다를 비판하고 있다. 이것은 서울역 앞에서 늘 이런저런 시위가 빈발하는 한국사회에 적용될 수 있는 사항이다. 이 나라에서 하층민은 재벌을 악하다고 보고 한강다리에 올라가 투신소동을 벌이고 크레인에 올라가 단식농성을 하고 재벌은 하층민들의 질투에 사로잡힌 투쟁과 저항을 비판하고 공장을 해외로 옮기려 한다. 이 양자의 관계에 정치인, 종교가, 시위꾼들이 꼬여들어 사회혼란을 부추긴다. 이 주/종의 이분법은 토머스의 시작품 「빛이 터진다 태양이 없는 곳에서」

("Light breaks where no sun shines")에서 무효화된다. 그것은 니체의 그 구분이 사회학적인 관점에 치중한 비본질적인 관점이기 때문이다.

빛이 터진다 태양이 없는 곳에;
바다가 흐르지 않는 곳에, 심장의 물이
파도 되어 밀려온다;
그리고 머릿속에 반딧불을 가진 부서진 유령들이,
빛이 나는 것들이
살이 뼈를 장식하지 않는 살을 통해 행진한다.

허벅지 사이에 촛불이
젊음과 씨앗을 덥히고 세월의 씨앗을 태운다;
아무 씨앗도 요동하지 않는 곳에,
사람의 열매는 별 속에 주름을 편다,
무화과처럼 환하게;
밀랍이 없는 곳에, 촛불이 그 털을 보여준다.

Light breaks where no sun shines;
Where no sea runs, the waters of the heart
Push in their tides;
And, broken ghosts with glow worms in their heads,
The things of light
File through the flesh where no flesh decks the bones.

A candle in the thighs
Warms youth and seed and burns the seeds of age;
Where no seed stirs,

The fruit of man unwrinkles in the stars,

Bright as a fig;

Where no wax is, the candle shows its hairs.

여기에 보이듯 암수가 생명의 탄생을 위한 원초적인 작업을 벌인다. 생명의 동기는 어둠 속에서 비롯되고 메마른 곳이 아니라 음습하고 축축한 곳에서 자란다. 인간은 하나님의 아들 예수를 포함하여 어느 누구라도 육신을 빌려 태어나기에 이슬을 먹고 사는 성자란 우리들 사전에 있을 수 없다. 본래적인 인간의 구조는 생물 그 자체와 동일하며, 생식과 번식의 DNA가 내장된 속물(mean stuff)인 것이다. 연어 암컷이 산란(eggs)한 장소에 수컷이 정자(sperm)를 내뿜어 수정(fertilization)시키듯이 인간의 탄생도 그 과정을 그대로 답습한다. "태양"이 "촛불"로 전환되는 어두움의 [불순한 음모] 속에서 [순진한 생명]은 잉태된다. 그리하여 피땀으로 점철된 1차원의 동물적인 탄생에서 이슬을 마시는 3차원의 신을 닮은 성자가 자란다. 생물학적으로 동일하게 미천한 차원에서 잉태된 동일한 근본을 배태한 인간에게 주인/노예를 따지는 것은 의미론적인 차원(semantic dimension)에 불과하여 본질적으로 무의미하며, 이는 도덕과 윤리가 부재하고 본능만이 진리인 약육강식이 횡행하는 약자필멸의 동물의 법칙에 해당된다.

기독교와 니체

니체는 기독교가 인간의 자유의지를 억압하고 공연히 실재의 하나님을 동원하여 인간으로 하여금 죄의식에 빠지게 하고 주눅 들게 하여 [약자]로 만든다고 불평한다. 하나님이라는 바위에 평생 짓눌려 사는 것이 인간의 모습이라고 본다. 물론 모세가 시나이 산(the Sinai mount)에서 하나님으로부터 받은 십계명(Ten Commandments)이 인간의 자유를 억압했다고 생각할 수 있다. 그런데 지엄한 십계명의 율법하에서도 구약시대에 암묵적으로 폭력과 비행이 난무하여 소돔과 고모라의 비극을 초래했으며 이 십계명의 영향력이 현세에서 사라질 때 발생하는 비극적인 결과는 상상을 초월할 것이다. 따라서 기독교라는 종교기제는 의미로서의 기독교와 실재로서의 그리스도와 간극(間隙)이 있으나, 그럼에도 인간의 무분별한 방종을 제어하는 억압기제임과 동시에 한편 인간의 삶을 보장하기 위해 공동체의 질서를 유지하는 순기능을 가지고 있다고 본다. 인간에게 무한한 자유는 약이 아니라 독이 되기 십상이다. 복권에 당첨된 사람이 무절제한 낭비와 욕망의 실현으로 인해 영과 육의 파탄에 이르는 것처럼. 디오니소스적인 자유의지가 마음껏 발휘될 때에 인간 상호간에 욕망의 상충으로 인한 혼란의 문제는 심각한 수준을 넘어 자신의 행복을 위해 타자를 희생시키는 끔찍한 결과로 이어질 것이다. 한국사회의 정치, 경제, 사회의 무질서도 개인의 자유의지가 사회질서를 파괴하는 파국적인 혼돈의 양상이며 이를 민주주의의 현상이라고 착각하고 있다. 물리적인 시위를 통해 개인의 자유의지가 실현된다는 저급한 발상이 한국사회 곳곳에 스며있다. 거리 데모를 하기 위해 도로를 무단 점유하여 통행자들과 차량의 흐름을 아무런 가책 없이 방해하고 있다. 이것은 민주주의를 주장하며 민주주의를 저해한다. 그러므로 인간의 자유의지는 어디까지나 그것을 실현할 무대로서의 인간사회의 건전한 질서를 담보하고 나서야 행해질 수 있다. 타인이 존재하여야 나 자신이 존재하는 것처럼. 타자의 존재를 외면하고 모조건 자유의지를 주장한다는 것은 그야말로 무분별한 아노미(anomie) 현상만을 초래할 뿐이다. 반야심경(Heart Sutra)에 [색즉시공](色卽是空: Form is empty, but emptiness is form.)이라는 말이 있듯이 [색]이 있어야 [공]이 있고, [공]이 있어야 [색]이 있는 법이다. 물론 현재 기독교 내부에 만인 사랑의 정신이 희박해지고 정치적으로 변질되고 물화(物化)되는 폐단이 있지만 과거로부터 현재에 기여해온 기독교의 긍정적인 부문은 욕망을 조율(tuning)하여 인간질서에 기여한다는 점과 빈민구제나 사회계몽에 기여해 온 점이다. 슈바이처가 아프리카의 빈민들을 위하여, 마더 테레사가 인도의 빈민들을 위하여 목숨을 바친 자기희생의 사례를 부정할 수는 없을 것이다. 그리고 우리의 경우에도 개화기에 머리가 노랗고 눈이 파란 해외 선교사들이 무지한 조선사회에 목숨을 걸고 정착하여 빈민구제, 문맹퇴치, 문화교육, 환자치료에 헌신한 점을 결코 부정할 수 없을 것이다. 인간의 욕망이 항상 잉여로서의 [찌꺼기]를 남기듯이 인간사회에서 최선은 없으며 항상 차선만이 있을 뿐이다. **백마를 탄 기사는 없으며 바지를 걸친 남자가 있을 뿐이다.** 기독교라는 것은 그리스도라는 최선에 다가가려는 차선의 수단일 뿐이다. 그것은 인간이 불확정적이고 불완전한 어디로 움직일지 모르는 [유동의 존재]이기 때문이다. 실존적인 관점에서 니체는 기독교라는 [현전](Presence)의 억압에서 탈피하여 자유의지를 실현하고 도덕이나 윤리에 구애됨이 없이 생을 마음껏 구가하고픈 욕망이, 어린 시절 부친이 목사이기에 조성된 교조적인 환경으로 인한 외상에서 비롯된 것으로 볼 수 있을 것이다. 체제저항적인 바그너가, 존재비판적인 엘리엇이 말년에 기독교에 귀의하는 것도 지상에서 그리스도 이외에 사후의 대안이 부재한 탓이라고 본다. 아래의 작품에서 토머스는 인간의 탄생과 성장에 대해 주인/노예의 상징적인 카드놀이 없이 온전히 생물학적인 본질로 접근하며, 이 점이 마지막 스탠자에 구현된다. "사유"와 "논리"가 야기하는 정치적 권리가 본래 임자가 없는 "흙"을 억압하는 기제가 된다.

빛이 터진다 은밀한 곳에,

사유가 빗속에서 냄새 맡는 사유의 첨단 위에서;

논리가 죽을 때

흙의 비밀은 눈을 통해 성장한다.

그리고 피는 태양 속에서 뛰논다;

황량한 시민농장에 새벽이 정지한다.

Light breaks on secret lots,

On tips of thought where thoughts smell in the rain;

When logics die,

The secret of the soil grows through the eye,

And blood jumps in the sun;

Above the waste allotments the dawn halts.

[권력에의 의지]와 [초인] 사상

존재가 자신의 확립과 완성을 위해 권력에 의지하는 것은 인간에게 내재된 생존을 위한 무의식적 시위일 수도, 현실을 창조하는 근원적인 에너지가 될 수도 있다. 인간에게 털어서 먼지 안 나는 순수한 동기가 없다는 것을 전제할 때에 밥을 먹는 것도, 출가하여 컴컴한 토굴 속에서 도승이 무기한 수도에 정진하고 있는 것도, 사제가 골방에서 기도하는 것도, 정치인들이 유세를 하는 것도, 권력에 무관한 듯이 보이는 백면서생이 책을 보는 것도 모두다 권력의 의지를 추구하려는 몸짓과 다르지 않다. 육조 [혜능]이 스승 [홍인]의 전통을 이어 받기 위하여 특히 [마음비우기]를 천직으로 삼았음에도, 욕심이 가득한 도반(道伴)로부터 얼마나 많은 정치적 음모와 탄압을 겪었던가? 이것은 순수하게 보이는 현실도 사실은 정치적인 동기를 배태하고 있기에 과잉소비와 기술경쟁에 매몰된 후기-자본주의 사회를 비판하는 마르크시스트 제임슨(F. Jameson)이 말하는 [정치적 무의식](political unconscious)과 비슷한 것이다. 다시 말해 자신을 포위하는 자연과 타자에 대항하려는 실존적 주체의 몸부림이 권력에의 의지로 발현(manifestation)되는 것이다.

니체는 인간의 욕망과 의식을 억압하는 도덕을 억압의 계보학(genealogy of repression)이라 하여 비판했다. 마치 푸코가 타자들의 감시 속에 살아가는 원형감옥(panopticon)의 사회구조를 비판하듯이. 도덕은 강자가 약자를 지배하고 통제하기 위한 하나의 수단이기에, 도덕은 강요된 도덕이기에 [노예의 도덕]으로 전락한다. 따라서 이 도덕의 올가미에서 벗어나 각 개인은 실존을 회복하고 [인간본연의 능력]을 발휘해야 한다고 니체는 주장한다. 이는 일견 그럴듯하지만 실현성의 난관에 봉착하는 일종의 환상적인 문제이다. 니체는 사회의 제도·관습·체제·도덕·윤리의 계열화된 억압의 포화(砲火)를 벗어나 완전한 자유의지를 발휘하는 이상적인 존재를 독일어로 [위버멘쉬](Übermensch), 즉 [초인]이라고 불렀다. 니체가 의미하는 [초인]이 되기 위해서는 3가지 과정이 필요하다. (1) 순종적인 낙타의 모습으로, 타자의 짐을 지고 작열하는 사막을 가로지르는 고통의 화신이다. 그런데 낙타는 주인인 [갑]에 대해서 항상 수동적이다. (2) 낙타는 용감한 사자로 변해야 한다. 사자는 공격적이고 분방하게 욕망을 실천한다. 그러나 사자는 지혜가 없어 용맹스러운 욕망의 기계에 불과하다. (3) 이제 사자는 어린아이가 되어야 한다. 주변의 눈치를 보지 않고 욕망에 충실한 자유롭고 기발한 [창조적 어린아이]가 니체가 말하는 전형적인 [초인]의 모습이다. 좌고우면(左顧右眄)하지 않고 기존의 방식에서 벗어나 현재 지구촌 시대에 국가 간의 치열한 생존경쟁에서 살아남기 위해서라도 한국에서 가치창조가 가능한 무수한 [창조적 어린아이]들의 탄생이 강력히 요청된다. 이 점을 「푸른 도화선을 통해 꽃을 몰아가는 힘이」("The force that through the green fuse drives the flower")에서 찾아볼 수 있다.

> 푸른 줄기를 통하여 꽃을 추진하는 힘은
> 나의 푸른 청춘을 추진한다; 나무뿌리를 마르게 하는 힘은
> 나의 파괴자이다.
> 나는 비틀린 장미에게 말문을 닫는다
> 나의 청춘도 또한 겨울의 열기에 시든다고—
>
> 바위틈으로 물을 추진하는 힘은
> 나의 붉은 피를 추진한다; 흐르는 시냇물을 말리는 힘은
> 나의 피를 굳게 한다.
> 나는 나의 혈관에 말문을 닫는다
> 어떻게 그 산 속의 샘을 같은 입이 빨고 있는지를.

> The force that through the green fuse drives the flower
> Drives my green age; that blasts the roots of trees
> Is my destroyer.
> And I am dumb to tell the crooked rose
> My youth is bent by the same wintry fever.
>
> The force that drives the water through the rocks
> Drives my red blood; that dries the mouthing streams
> Turns mine to wax.
> And I am dumb to mouth unto my veins
> How at the mountain spring the same mouth sucks.

〈초인의 힘을 가로막는 중국 산샤 댐〉

[초인]의 힘은 주변의 이런저런 인위적인 상황에 치우치지 않고 박차고 나가는 추진력이다. 인간의 생사와 꽃의 생사를 좌우하는 것은 자연의 힘이다. 물과 피를 추진하고 말리는 힘 역시 자연의 힘이다. 그런데 피가 끓어 맹렬히 살아가는 것은 피를 속히 말리는 일인 것이다. 자연의 힘을 인간이 좌지우지하려는 시도가 여태 이어지고 있지만 자연의 힘은 제어하는 그 곳을 회피하여 오히려 다른 곳을 파괴하고 있을 뿐이다. 제방의 한 쪽을 막으면 다른 쪽이 물의 압력을 받는 것처럼, 자연의 힘은 인간의 인위적인 제어와 방해에도 여전히 인간과 사물의 생사에 결정적인 역할을 행사하는 [초인]으로 존재한다. 자연은 인간처럼 자신을 약자로 보는 [자의식 과잉]의 상태, 즉 쓸데없는 기호의 범람을 허용치 않고 그 장애물에 저항할 뿐이다.

허무주의[Nihilism]

신, 천국, 선, 도덕이 무엇인가? 니체는 이 모든 것들을 사상누각(castle in Spain)에 사는 허깨비들이라고 보고 이 상황을 허무주의라고 본다. 아울러 인생의 목적은, 삶의 가치는 무엇인가? 를 회의한다. 그리하여 니체는 아무것도 믿을 수가 없었다. **관념적으로 사물에 부여된 긍정적인 가치가 상실된 상태를 허무주의라고 말할 수 있다.** 니체는 문명의 지속에 대해서도 회의한다. 그것은 문명이 발달하면 할수록 인간은 더욱 더 권태로움에 빠지기 때문이다. 배가 부르면 만족하는 것이 아니라 오히려 따분해진다는 것이다. 포식한 사자가 할 일 없이 초원에서 어슬렁거리듯이 배부른 인간은 정신적인 권태에 사로잡히고 이를 탈피하기 위하여 향락을 추구하게 되고 이 향락에 물려 결국 [허무주의]를 초래하게 된다는 것이다. 21세기 포스트휴머니즘시대에 집안의 일을 모두 기계[세탁기, 밥솥, 전자레인지, 청소기, 냉장고]에 맡기고 권태에 빠진 주부는 이를 탈출하기 위해 보다 자극적인 향락을 추구하는 자유부인이 된다. 따라서 니힐리즘은 냉소주의, 감각주의, 퇴폐주의와 더불어 인간을 파괴하는 [가족 유사성]을 형성한다. 니체가 살았던 그 당시의 유럽 사회를 지배하던 거대서사는 봉건주의, 기독교, 도덕주의, 형식주의, 숭고주의였다. 지배층은 그들만의 리그 속에서 향락 속에 빠져있었고, 민중들은 좌표를 잃고 방황했다. 이때 니체는 구태의연한 전통과 제도와 관습에서 벗어나 [초인] 중심의 사회를 건설하기를 소망했다. 그러나 유사 이래 공동체 간의 정치적 경제적 인종적인 분쟁으로 개인이 실존을 상실하는 불행이 도처에 산재한다. 이 점을 「런던에서 불타 죽은 어린이에 대한 애도를 거부한다」("A Refusal to Mourn the Death, by Fire, of a Child in London")에서 살펴보자.

인류를 만들고
새 짐승 꽃을
낳고 만물을 겸허케 하는 어둠이
침묵으로 최후의 빛이 터짐을 말하고
고요한 시간이
마구를 단채 무너지는 바다에서 올 때까진 결코

물방울 구슬의 둥근 시온과

낟알이 모이는 유대예배당 속으로

내가 다시 들어가야만 할 때까진

나는 소리의 그림자로 하여금 기도하게 하거나

나의 소금 씨를 뿌리지 않으리라

베옷의 조그만 골짜기에 애도하기위하여

그 죽은 어린이의 장엄과 화형을.

나는 살해하지 않으리라

무거운 진실과 함께 행진하는 그녀의 인류를,

또한 호흡의 단계들을 모독하지도 않으리라

더 이상

순수와 청춘의 만가로.

최초의 사자(死者)들과 함께 깊이 런던의 딸이 잠들다,

오랜 친구들에 감싸여,

시대를 초월한 낟알들, 그녀 어머니의 검은 혈관,

슬퍼하지 않는 물가에서 은밀히

굽이치는 템스 강의.

최초의 죽음 후에, 다른 죽음은 없다.

Never until the mankind making

Bird beast and flower

Fathering and all humbling darkness

Tells with silence the last light breaking

And the still hour

Is come of the sea tumbling in harness

And I must enter again the round

Zion of the water bead

And the synagogue of the ear of corn

Shall I let pray the shadow of a sound

Or sow my salt seed

In the least valley of sackcloth to mourn

The majesty and burning of the child's death.

I shall not murder

The mankind of her going with a grave truth

Nor blaspheme down the stations of the breath

With any further

Elegy of innocence and youth.

Deep with the first dead lies London's daughter,

Robed in the long friends,

The grains beyond age, the dark veins of her mother,

Secret by the unmourning water

Of the riding Thames.

After the first death, there is no other.

  인간은 다양한 방법으로 죽음을 맞이한다. 인간은 자의로 타의로 자연의 법칙에 의해 죽는다. 버지니아 울프처럼 호주머니에 자갈을 가득 넣고 강물 속으로 뛰어들고, 실비아 플래스처럼 가스를 마시며, 윤심덕은 현해탄에 몸을 던지고, 반 고흐는 권총을 자신에게 들이대며, 들뢰즈는 창가에서 몸을 던진다. 시적화자의 죽음에 대한 단상은 간단하다. 그것은 "순수와 청춘의 만가"로 포장된 죽음에 대하여 연민을 느끼거나 애도할 필요가 없다는 것으로, 죽음에 대해서 담대하고 냉정한 시각을 보이고 있다. 우리는 지속적으로 생명을 뿌리고 거두어 가는 자연에 대해서 저항할 기력을 상실한다. 이 점이 토머스 하디의 소설에 보이는 자연의 냉혹한 내재적 의지(immanent will)와 일맥상통한다. 그러나 시적화자는 자연의 "어둠"이 부가하는 생명의 결정론적 한계에 대해서 사건을 유발하는 타의에 의해 사망한 "소녀"에 대해서는 일말의 연민과 동정을 거부함과 동시에 죽음을 맞이하는 태도는, "최초의 죽음 후에 다른 죽음은 없다"에 나오듯이 [초인]의 그것으로 결연하다. 이것은 자연의 엔트로피(entropy)에 맞서는 [실존적 의지](existential will)이며, 허무주의적 공포와 전율이 아니다. 니체가 증오한 기독교적 시각에서 예수가 걸인 나사로(Lazarus)를 사망에서 해방을 시켰으며 본인도 부활하여 사망을 물리쳤으므로 죽음은 유물론자에게 다가오는 공포와 전율의 순간이 아니라 그저 천국으로 통하는 문지방에 불과하다.

신의 죽음

[신은 죽었다]라는 니체의 명제는 사실 새로운 것이 아니다. 그것은 르네상스 이후 일단의 경험주의적 합리주의적 계몽철학자들에 의해서 초월적 주체(transcendental subject)로서의 신은 이미 죽임을 당했기 때문이다. 아니 이보다 더 과거를 거슬러 올라가 고대 그리스 철학자 탈레스(Thales)에 의해서 벌써 신은 죽임을 당했다. [만물의 근원은 물]이라고 했으니. 그러니까 니체가 [신은 죽었다]라고 한 것은 이미 신선함을 상실했다. 그러나 니체의 이 선언이 당시와 현재의 인간들에게 충격을 준 이유는 신이 여러 현학자들에서 의해서 배척을 당하고 거부되어왔음에도

여전히 대중들의 무의식 속에 깊이 자리하고 있었기 때문이리라. 하루에 몇 번씩 무슬림 성지를 향해 참배하는 이슬람교도, 길바닥에 온몸을 던져 절하는 티베트의 승려, 처녀성

〈티베트 승려의 오체투지〉

(virginity)을 신앙으로 승화시키는 수녀들은 21세기 현재에도 존재한다. 유사 이래 신을 부정하는 인간들의 무수한 음모와 계략들, 특히 계몽주의・이성주의・과학주의・다원주의・마르크시즘・자본주의・포스트모더니즘의 탄압 속에서도 신은 여전히 인간의 내면을 담보하는 [실재]로서 예나 지금이나 앞으로도 영원히 지울 수 없는 존재의 기원으로 향수될 것이다. 하지만 20세기 해체주의자 못지않게 니체는 신을 죽이고 [계몽적 기획](Enlightenment Project)의 원동력인 [이성]마저 회의했다. 니체가 가장 증오한 것은 종교와 도덕의 계보학(genealogy)이었다. 그것은 이 폭력적인 현전이 인간의 삶을 구속하고 인간이 주변의 문화 환경에 주눅 들지 않는 [초인]으로 나아감을 방해하기 때문이다. 니체가 보기에 18세기 후 산업혁명으로 인하여 개인은 회사조직에 의해서 위축되고 기계화 되고 노예화 되어가는 대중의 일원, [원자적인 존재]10)가 되어갔다. 반성

---

10) 극도로 개별화된 원자적인 존재가 현재에 등장하고 있다. 홀로 카페에 가서 술을 마시고 홀로 식사를 하고 홀로 영화를 보고 홀로 게임을 한다. 그런데 이 원자적 존재는 과거 집단 공동체에 대한 무의식적 향수가 있어 자신의 역량에 합당한 이해집단에 충동적으로 가입하게 되고, 그 집단의 보스에 의해 맹목적으로 지배를 당하는 이른바 전체주의적 기획의 희생양이 될 수 있음을 독일 사상가 아렌트(Hanna Arendt)가 지적한다. 이것이 개인이 원자화된 대중사회의 병리현상이기도 하다.

적으로 니체는 피안이 아니라 [차안]을, 천상이 아니라 [지상]을, 이상이 아니라 [현실]을 선택했다. 그리하여 인간의 생/사는 끝없는 영겁회귀(eternal recurrence)의 현실로 이어진다. 신의 죽음과 연관된 문제는 이러하다.

〈ⅰ〉 기독교는 하나님의 아들이 인간 예수로 지상에 오심에 맞추어 강자[주인]의 도덕을 부정하고 약자[노예]의 도덕을 강조한다. 부자를 증오하고 빈자(貧者)를 옹호한다. 부자가 천국에 들어갈 확률은 낙타가 바늘귀 속으로 통과할 확률이다. 하지만 서구 유럽의 정신적 사상적 사회적 토대로서의 기독교로는 자기파괴적인 스스로 허물어지는 빈자(貧者)의 사회를 혁신할 수 없기에 니체는 강자의 윤리를 지향하는 [초인]이 사회를 주도해야 한다고 보았다. 기독교가 [네 이웃을 네 자신처럼], [원수마저 사랑하라]는 소박, 겸손, 양보와 같은 저자세(low-stance)를 권장함으로써 빈자들의 자발적인 [도약]을 영원히 저해하여 [초인]이 되지 못하게 억압한다고 보았다.

〈ⅱ〉 [신의 죽음] 이래로 인간의 이성이 세상을 지배했지만 이성이 세상의 혼란과 개인의 욕망을 통제하기 위하여 만든 [법과 제도]는 인간의 모든 문제를 해결하기에 역부족이었다. 나아가 이성의 생산품인 과학으로 인하여 인간이 오히려 구속되는 수인(囚人)의 신세를 면치 못하게 되었다. 신을 죽인 니체는 스스로 얽어매는 인간의 거짓된 [이성마저 죽어야 한다]고 주장한다. 불완전한 인간에게 진실로 참된 이성의 출연은 가능한 일인가? 그러나 [보이지 않는 신]도 증오하고, 비굴하고 천박한 이성의 인간도 미워한 니체가 진정 바라는 [이상적인 존재][11)]가 우리의 의

---

11) 니체가 말하는 [이상적인 존재]는 자신의 본성을 상실하지 않는 초인으로서의 이상적인 자아를 의미하는 듯하다. 이와 달리 라캉(J. Lacan)이 보기에 인간이 개성화(individuation)의 과정에서 추구하는 두 가지 자아가 있다. 그것은 [이상적인 자아]

식을 짓누르는 궁극적인 [실재]가 아닌지 모르겠다.

〈ⅲ〉 신의 죽음, 이성의 죽음 이후에 살아남은 것은 마르크시즘과 자본주의 사회에서 숭배의 대상인 물신(fetish)뿐이다. 물신은 니체의 관점에서 구체성과 현실성이 있지만 이마저도 인간을 구속하기에 배격의 대상이 된다. 니체가 보기에, 인간을 구속하는 것은 모두 인간의 적이 된다. 이때 니체의 물음은 올바른 이성의 복원은 가능한 일인가? 이다. 이에 대한 현대의 사상가들의 반응은 부정적이다. 막스 베버(Max Weber)는 인간의 이성이 진리를 추구하는 도구가 아니라 인간의 육신을 굼뜨게 하여 인체를 서서히 안락사(euthanasia)시키는 기술의 발전과 인체의 비만에 기여하는 물질적 풍요를 확충하기 위한 도구나 수단으로 본다. 막스 호르크하이머(Horkheimer, M)도 [도구적 이성](instrumental reason)에 동의한다. 자본주의는 이익을 창출하기 위해 끝없이 기술을 개발해야 한다. 현재 인간신체의 일부로서의 스마트폰의 버전은 매일매일 갱신되고 진화하고 있다. 마르쿠제(Marcuse, H) 또한 기술이 인간을 지배하게 된다고 본다. 이는 우리가 하루 일과를 마이크로소프트사에서 제공하는 탁상용 컴퓨터의 소프트웨어를 부팅하면서 시작한다는 점에서 타당하다. 마이크로소프트사의 회장 빌 게이츠(Bill Gates)는 대중의 지배자이고 세계정부의 독보적 기술관료(technocrat)로서 군림한다. 과학은 탈신비화와 객관화를 추구하고 자본주의는 이윤(margin)을 추구하기에 당연히 효율화를 추진한다. 은행창구에서 친절한 직원이 아니라 자동기계[ATM]가 손님을 맞이한다. 또 영화 「마이너리티 리포트」("Minority Report")에서는 비서의 이미

(ideal ego)와 [자아이상](ego ideal)이다. 전자는 상상계에서 유아가 그리는 잠재적인 자아이며, 후자는 상징계에서 아이가 [아버지의 법]에 의해서 지향되어야 할 잠재적인 자아이다.

〈기술관료 빌 게이츠〉

지가 사장을 맞이한다. 인간은 점점 인간과 더불어 살지 않고 기계와 영상매체와 더불어 살아가면서 자신의 존엄함과 신비함을 무장해제 당한다. 이 비극적인 상황을 발터 벤야민(Walter Benjamin)이 잘 지적한다. 이것이 [아우라(aura)의 상실]이다. 호르크하이머의 말대로 정신을 상실한 기능인에 불과한 인간은 물질과 융합되어 [고깃덩어리] 혹은 [물질덩어리]로 전락한다. 현재 인간의 가치는 물질로 계량화(quantification) 되어 있다. 아파트 평수, 자동차 종류, 계급, 신용등급, 연봉, 명품이 인간의 사회적 실질적 운명을 저울질하는 초월적 기호이다. 마르크시스트의 말대로 정신이 아니라, 신앙이 아니라, 무형적 가치가 아니라, 물질이 개인의 존재를 지탱하는 기둥이 되는 셈이다. 여기서 개인의 물질적 편차의 결과인 [소외]12)가 발생하며 이는 물신에 포섭된 개인의 사회적 추락을 의미한다. 장 보드리야르(Jean Baudrillard)지적하듯이, 현재 의식이 파편화되어 분열된 인간은 물질의 가치라는 가상의 실재에 눈멀어 있다. 이데아가 부재한 세상에서 단지 이데아를 복제한 시뮬라크르(simulacre)에 더욱 목을 매는, 원본보다 더 진짜 같은 가짜(hyper-reality)에 집착한다. 현대인은 실존에 대한 관심과 반성보다 화려한 표층의 환영을 붙잡으려 인터넷 매체의 터치패드

---

12) 사회학자들에게 인간사회의 비극적 개념인 [소외]는 개인과 공동체가 겉으로 일체인 듯하지만 기실 상호 이격되어 항상 거리를 유지하기에 필연적이고, 인간사회는 차이에 근거한 기호적 사회이기에 [소외]는 당연히 발생한다. 다만 개인과 사회의 이격의 정도를 개선하려는 공동체의 노력은 필요할 것이다.

를 두드린다. 현대인에게 말초적인 자극만이 살아가는 즐거움이며 물질화된 이미지가 [존재의 이유]이므로, 현대인은 깊은 자아상실의 위기에 처해있다. 니체가 보기에 [학문은 삶의 피를 마시는 뼈다귀]이기에 유럽에 이런 사악한 학문을 전파한 칸트와 괴테를 증오했다. 기독교는 약자·병자·죄인에게 치중하는 노예도덕으로서 사회개선에 역행하며, 유럽인의 정신을 망친 정신적 물질적 주범이 기독교와 포도주라고 성토했다. 이런 점을 「펀 힐」("Fern Hill")에서 살펴볼 수 있다.

명랑한 집 주위, 새로 지은 구름 아래
여우 꿩 사이에 이름 높고,
마음 오랜 만큼 즐거울 적에
거듭거듭 태어나는 태양 속에서
걱정 없는 내 길을 마구 달렸지.
나의 바람은 집 높이의 건초 속을 달리고,

하늘빛 푸른 내 작업에 열중하여, 조금도 근심 안 했지,
시간이 허락한
그의 아름다운 회전 속에서 그렇게 드물고 그런 아침의 노래를
푸른 황금빛 아이들이
시무룩하게 그를 따르기 전에.

어린 양처럼 하얀 시절에 조금도 근심 안 했지.
언제나 뜨는 달빛 속에서
시간이 제비 떼 모인 다락에
내 손 그림자도 나를 이끌어 갈 줄은.
잠자러 달려가면서

높은 들판과 함께 나는 시간 소리 들을 줄은.
아이 없어진 땅에서 영원히 추방된 마을에서 밤새울 줄은.
오, 나 어리고 태평한 시절, 나는
사슬 속에서 바다처럼 노래하였지만,
시간은 나를 푸르게 또한 죽어가게 하겠지.

And honoured among foxes and pheasants by the gay house
Under the new made clouds and happy as the heart was long,
In the sun born over and over,
I ran my heedless ways,
My wishes raced through the house high hay

And nothing I cared, at my sky blue trades, that time allows
In all his tuneful turning so few and such morning songs
Before the children green and golden
Follow him out of grace.

Nothing I cared, in the lamb white days, that time would
take me
Up to the swallow thronged loft by the shadow of my hand,
In the moon that is always rising,
Nor that riding to sleep
I should hear him fly with the high fields
And wake to the farm forever fled from the childless land.
Oh as I was young and easy in the mercy of his means,
Time held me green and dying
Though I sang in my chains like the sea.

여기서 "아이 없는 대지로부터 영원히 추방된 마을에서 밤샘할 줄은"에서 나오듯이 시적화자는 저주받은 "마을"로서의 지구상에 내던져진 인간의 무목적적인 삶을 토로한다. "걱정 없는 내 길을 마구 달렸지"에서 보듯이 아이가 세상사를 잊어버리고 마음껏 약동한다는 것은 구조라는 장애물을 뛰어넘어 거리낌 없이 [자유]로운 실

〈사자굴 속의 다니엘〉

존적인 삶을 향유하는 상태이다. 그러나 순진한 아이의 마음속이 점점 세상의 그릇된 상징으로 채워지고 그 상징은 시간의 추이와 연계되어 있다. 그리하여 아이는 푸름과 혈기를 주는 시간 속에서 모순적으로 누렇게 핏기 없이 말라 죽어가는 것이다. 청춘의 열기는 결국 혈기를 마르게 한다. 돈이 돈을 마르게 한다. 사랑이 사랑을 마르게 한다. 식사가 식욕을 마르게 한다. 아이에게 청춘이라는 장난감을 쥐어주고 나중에 그것을 빼앗아가는 아이와 노인의 두 얼굴을 가진 시간의 잔인함에 시적화자는 치를 떨지만 어찌할 수 없는 무능함을 느낀다. 인간에게 주어진 생산과 소비, 출생과 사망은 숙명적인 양면의 날이다.

03.

프로스트 & 하이데거

주요개념 —— 존재와 존재자, 현존재[다자인], 현상학, 세계 내 존재, 피투적 투기, 존재의
        망각, 죽음의 태도, 현상학적 환원, 존재와 시간, 현상학적 존재론, 기초존재론,
        개성화
분석작품 —— 유리한 지점, 홀로남기, 버려진 곳들, 섭리

전 세계적으로 히틀러의 전체주의에 조력한 혐의를 받고 있는 하이데
거(Martin Heidegger)는 평생 지상에서의 인간 존재에 대한 이유와 의미
를 천착하기 위하여 진력하였다는 점에서, 최대의 숭고한 기표인 휴머니
즘을 수반하는 두 가지 기의의 연쇄를 구현하려했다. 그것은 인간중심주

〈강렬한 눈빛의 하이데거〉

의 휴머니즘(humanism)과 박애주의적 휴머
니즘(humanitarianism)이다. 그러나 아이러
니한 것은 인간에 대한 무한한 애정을 가지고
있는 그가 독가스 냄새가 풀풀 나는 히틀러의
잔인한 세계지배의 프로젝트에 부역했다는 점
이다. 물론 목숨을 부지하기 위하여 거짓으로
조력하였을 수도 있을 것이고, 반면 히틀러의
인간중심적인 신념이 그의 초인간적인 존재론

과 부합했을 수도 있을 것이다. 일단 하이데거는 실존철학의 두 부류인 유신론적/무신론적 실존주의 가운데 후자에 속한다고 알려져 있다. 그러나 그의 철학이 인간적 실존보다 초월적 존재를 인정하는 존재의 철학이라고 보는 시각도 있다. 그는 [존재자]와 [존재]를 명확히 구분한다. 전자는 하늘·땅·바다·인간·물고기·나무 등과 같이 지구상에 [있는](das sein) 것들을, 후자는 존재자를 존재자이게 하는 특징을 의미한다. 이를테면 아버지라는 존재자를 존재자이게 하는 것이 [존재]이다. 다시 말해 [존재자]는 존재자 자체를, [존재]는 존재적 자질을 의미한다고 볼 수 있다. 아버지가 아버지의 구실을 해야 아버지라는 존재자가 존재한다는 것이다. 이처럼 그의 시각은 존재와 존재자 사이에 엄연한 차이가 존재한다. 존재적이라는 말은 존재자의 경험적인 태도를 의미한다. 대통령의 존재는 국민이 느끼는 존재자로서 대통령다운 경험적인 태도를 의미한다. 그런데 인간사회에서 존재자로서 존재하는 인간이 드물다. 그것은 존재자가 진정으로 존재하려는 것은 도달할 수 없는 탈-현실적인 목표이기 때문이다. 그리하여 인간의 역사는 존재망각의 역사라고 해도 무방할 것이다. 존재자는 존재하지만 제구실을 하기가 어려워 존재자가 진정으로 존재하기는 어렵다. 따라서 인간은 [존재]에 이르는 길을 골똘히 모색한다. 그것은 (a) 존재에 대한 지식을 통하여 접근하는 것과, (b) 존재에 직접 접근하는 것이다. 전자는 현상에 해당되고 후자는 실재의 영역에 해당된다. 하이데거는 인간을 생물/무생물의 존재 가운데 유독 [현존재](다자인, dasein)라고 부른다. 그 의미는 [거기에 있는[da] + 인간[sein]]이라는 것이며 현존재는 사물을 인식할 수 있는 주체이다. 따라서 현존재가 없다면 사물도 존재할 수가 없을 것이다. 산, 강, 바다, 하늘, 사람, 짐승을 구분하여 인식하는 감각의 소여(所與)를 행사할 수 있는 것이 [현존재]이다. 이에 대한 하이데거의 고민이 『존재와 시간』 속에

담겨있다. 그의 방법은 인간에게 덧씌워진 기성의 관념을 제거하는 것이다. 그리하여 그는 존재의 의미를 파악하기 위하여 현상학[13]을 동원한다. 이런 점을 감안하여 프로스트(Robert Frost)의 「유리한 지점」("The Vantage Point")을 살펴본다.

> 나무숲이 지겨우면 다시 인간 세상을 찾는다.
> 어디로 가야할지 잘 알고 있다.
> 새벽에 소가 풀을 뜯는 비탈로 가서
> 늘어진 노간주나무 사이에 누워
> 몸을 숨기고 바라본다.
> 멀리 하얗게 드러나는 사람들의 집, 더 멀리
> 맞은편 언덕 위의 무덤, 산자와 죽은 자들
> 가리지 않고, 마음 내키는 대로 바라본다.

---

13) 현상학의 정의를 쉽게 이해하기가 힘이 든다. 사물의 현상만을 다룬다고 하는데 그것만으로는 그것의 이해가 용이하지 않기 때문이다. 또 [판단중지](epoche)를 한다는 것은 무엇에 대한 [판단중지]를 의미하는가? 우리가 육안으로 사물을 바라본다. 그러면 사물이 육안을 통하여 인식된다. 이제 눈을 감는다. 그러면 눈 밖의 사물은 사라지고 사람의 기억력의 정도에 따라서 머릿속에 사물이 희미하게 혹은 명료하게 떠오른다. 여기서 우리가 분명히 알 수 있는 것은 [머리 밖의 사물]과 [머릿속의 사물]이다. 전자에 대한 판단을 중지하면 후자밖에 남지 않는다. 이때 후자에 주목하는 태도를 [현상학적 환원]이라고 한다. 이때 머리 밖의 세계는 의식작용의 상관물이다. 의식작용과 상관없이 존재하는 머리 밖의 사물은 인간에게 항상 어떤 의미로서만 인식될 운명이다. 거듭 말하여 사물은 의식의 상관물로서 인간의 머릿속을 통해 의미로 변하여 등장한다. 따라서 인간이 알 수 있는 것은 의미뿐이다. 의식에 의한 의미부여 작업이 부재하다면 [파이프는 파이프가 아니다] 혹은 [산은 산이 아니다]라는 명제는 사실 타당하다. [사물로서의 산]과 [의미로서의 산]은 일치하지 않는다. 우리가 알 수 있는 것은 전자인 실재가 아니고 후자인 현상뿐이다. 전자는 인간이 접근 불가능한 궁극적 실재로서의 [물 자체]를 의미한다. 이 불가지(不可知)한 점을 칸트가 『순수이성비판』에서 다루고 있다.

정오 무렵 이것도 싫증이 나면
돌아누워 팔베개를 고치면 된다. 보라!
양지바른 언덕에 내 얼굴 이글거리고
미풍처럼 파랑 꽃을 흔드는 내 숨결.
흙냄새 맡고, 풀을 뜯어 냄새 맡으며
개미구멍을 들여다본다. [이상옥 30] 14)

If tires of trees I seek again mankind,
Well I know where to hie me—in the dawn,
To a slope where the cattle keep the lawn.
There amid lolling juniper reclined,
Myself unseen, I see in white defined
Far off the homes of men, and farther still,
The graves of men on an opposing hill,
Living or dead, whichever are to mind.

And if by noon I have too much of these,
I have but to turn on my arm, and lo,
The sun-burned hillside sets my face aglow,
My breathing shakes the bluet like a breeze,
I smell the earth, I smell the bruisèd plant,
I look into the crater of the ant.

---

14) 프로스트는 자연을 단순하게 미화하려고 하지 않았고, 인생을 즐겁게 노래하지도 않았
다. 그가 보려는 것은 자연의 구도 속에 설정된 인간의 현실에 관한 것으로, 삶에 대해
냉정하고 객관적인 태도를 지향한다. 프로스트의 시작품은 [www.PoemHunter.com]
에서 인용하고, 그 해석부분은 [로버트 프로스트. 『걷지 않은 길』. 이상옥 옮김. 솔: 서
울, 1995]에서 필요시 약간의 수정을 거쳐 인용한다.

〈산은 산이요 물은 물이다〉

여기서 자연과 인간사회를 왕래하는 시적화자가 존재한다. 대개 인간은 후자에 집착하고 전자를 등한시 한다. 그러나 시적화자는 양자모두 인간에게 필요한 존재의 요소임을 인식한다. 그것은 시적화자가 인간이 존재하기 위하여 불가피하게 "사람들의 집"에 거주해야 하지만 동시에 그 사회가 인간이 [존재]하기 위하여 부여하는 책임감·사명감·합법성으로 인해 인간과 사회가 상충하여 반목할 수 있으므로, 아무런 이해관계가 없는 [존재자]의 터전인 "개미구멍"을 바라봄으로써 삶의 긴장을 완화시킬 수 있다고 보기 때문이다. "산자"와 "죽은 자"를 인식하고 "개미"와 "인간"을 구분할 수 있는 인간이 [다자인]이기 때문이다. 시적화자는 "마음 내키는 대로" 사물을 바라봄으로써 자신의 운명을 [선택]한다. 인간이 사물을 안다고 하는 것은 사물을 바라봄으로써 획득되는 사물의 현상이다.

그의 스승은 현상학의 태두(泰斗)인 후설(E. Husserl)이다. 현상학의 주제는 [사물 자체로 돌아가자!(Return to Thing itself!)]이기에 이것이 하이데거가 존재를 직접 대면하는 방법인 셈이다. 그의 주장은 [산은 산이요/그러나 산은 산이 아니요/역시 산은 산이요]의 과정을 함축한다고 볼 수 있다. 산에 대한 상징적 접근에 대한 회의를 통하여 결국 산이라는 사물을 대면하려 하지만 이것은 어디까지나 인식의 산물에 불과하다. 다시 말해 망막이라는 시각의 틀을 무시하고 사물을 보았다고 말을 하지만 사실 망막에 비추인 사물을 보았다는 말이다. 다른 도리가 없지 않은가? 따라서 현상과 실존은 사물자체에 접근하려는 점에서 공통분모를 가지고 있다.

현상학적인 방법은 [가려진 것을 드러나게 하는 것]으로 사물을 감싸는 베일을 걷어 내는 것이다. 후설의 현상학은 사물에 대한 [순수의식의 현상학]이지만 하이데거의 현상학은 [현존재의 현상학] 혹은 [현상학적 존재론]이다. 존재자로서의 인간은 세상에 무수히 존재하는 다른 존재자들과는 달리 자신의 자각과 반

〈하이데거의 스승 후설〉

성에 의해 자기존재에 대해 끊임없이 물음을 던지는 특이한 [현존재]이다.

인간은 죽든지 살든지 자신의 존재방식을 스스로 결정할 수 있는 [실존]적 존재이다. [현존재]로서의 인간은 [세계 내 존재][15]이다. 이는 인간이 본래부터 세계 안에 존재한다는 말이며, 초월적으로 존재하지 않는다는 말이다. 인간은 존재의 수단이 되는 [도구]를 가지고 주변 환경을 조형하고 변형시키는 능력을 가지고 있다. 도구를 가지고 타인과 연합함과 동시에 각자의 세계를 구성한다. 대중 속에 묻혀 있는 개인은 대중에 의하

---

15) 이것은 하이데거의 [기초 존재론]의 핵심개념이다. 그런데 이 개념에 대한 기존의 해설이나 설명이 너무 전문적이거나 추상적이어서 독자들의 접근이 용이하지 않다. 우리가 오해하기 쉬운 것은 [세계-내-존재]라고 말을 하니 [세계라는 공간 속의 존재]라고 이해할 수도 있을 것이다. (1) 이것은 세계라는 어떤 물리적인 공간에 처한 개인의 상황을 말하려는 것이 아니다. (2) 또 인간의 주변에 위치하는 다른 생물, 동물, 무생물과 같은 존재자들과 사이좋게 세계 내에 존재한다는 말도 아니다. (3) 그리고 인간이 다른 존재자들과 상호 지향성을 통하여 소통하려는 세계 내 존재양식도 아니다. 인간과 다른 존재자들의 관계를 가능케 하는 것은 **인간이 인간 자신을 만들지도 않았고 또 다른 존재자들을 만들지 않았다는** 겸손한 반성하에서 공존하는 것으로, 인간은 세계와 더불어 존재하며 세상 내에서만 의미가 있다. 사물에 대한 전지적 시각(Views of the Olympus Mount)은 탈-인간적인 도발이다. 따라서 인간이 실존을 주장하며 세상과 거리두기를 시도하는 것은 [세계-내-존재]로서의 정직한 태도가 아니다. 그것은 인간이 자신의 존재의 근거로서의 세계와 분리되어서 결코 실존할 수 없기 때문이다. 인간과 세계는 별개의 대상이 아니라 일체이다. 실존은 인간 내면적인 문제가 아니라 인간과 세계 속에 위치해야 할 문제이다. 세계 내 인간을 포위하는 관계는 인간과 객관적인 자연, 인간과 인간[주체와 타자들], 인간과 그 내면[심리], 인간과 초월[신]로 정리해 볼 수 있다.

여 가려진 일상적인 개인이다. 하이데거가 혐오하는 개인은 무색무취하게 대중의 일원으로 전락한 개인이다. 이 일상의 개인은 대중으로부터 실존을 회복해야 한다. 이때 실존을 회복시키는 계기는 [죽음의 불안]으로부터 비롯된다. 그것은 타인이 자기를 위하여 대신 죽을 수가 없기 때문이다. [불안]은 하이데거의 개념 가운데 가장 중요하다. 그것은 이 부정적인 개념이 고귀한 [실존]을 저해하기 때문이다. 인간은 유한한 존재로서 언젠가 종말을 맞이해야 하기에 인간은 항상 [불안]을 느낀다. 인간이 죽음 이후의 상황과 출생 이전의 상황을 모르고 아는 것은 오직 현재 존재하고 있다는 것이다. 그래서 숙명적으로 [불안]한 인간은 이 비극의 상태에서 벗어나려 애를 쓴다. 세상에 사는 동안 죽음이라는 [불안]을 잠시 망각하기 위해 갖가지 종교, 학문, 스포츠, 오락, 도박과 같은 기호놀이에 몰입하여 삶에 각자 의미와 가치를 부여하고 일희일비(一喜一悲)한다. 그러나 삶의 유한함에 초조하고 불안을 느끼는 무기력한 인간을 하이데거는 혐오한다. 이런 인간들은 실존에서 진작 이탈한 퇴락한 인간들이다. 이와 달리 인간은 던져진 존재일뿐만 아니라 앞을 향하여 돌진하는 [투기](投企)적인 존재, 즉 현재에 던져진 상태에서 미래로 나아가는 존재인 것이다. 이를 전문적으로 말하여 [피투적 투기]라고 부른다. 이른바 타율적 자율의 존재인 셈이다. 인간은 [과거의 필연성]과 [미래의 가능성]을 동시에 가진다. 전자에 집착하는 개인은 실존을 상실한 개인이며, 전자를 수용하고 후자를 인정하는 개인이 실존을 향유하는 진정한 [존재]이다. 예정된 죽음에 공연한 불안을 느끼기보다 죽음을 오히려 환영하는 수용적인 자세가 죽음에 대한 막연한 불안이 아니라, 죽음에 대한 개방적인 수용이 실존의 태도이다. 따라서 유한한 존재로서 지상에서 부유하는 존재이기에 토대가 없으나 토대가 있는 듯이 착각하는 [현존재]의 종말은 미래완료적인 무(無)라는 사실을 마땅히 인식하고 죽음에 대해 수용적 태도를 결단하는 것이며 이것이 실존을 회복하는 길이다. 이 점을 「홀로 남기」("Bereft")에서 살펴보자.

어디서 이전에 들은 적 있었던가?
바람이 이토록 깊은 포효(咆哮)로 바뀌는 것을.
닫히지 않으려는 문 열린 채 부여잡고
저 언덕 너머 해안의 물거품을 바라보는 내 모습을
바람은 도대체 무어라 여길 것인가?
여름이 지나고 오늘 하루도 지나 이제
어두운 구름이 서쪽에 뭉치고 있었다.
저기 쳐진 현관 마루
회오리치며 요란하게 올라온 가랑잎들이
마구 내 무릎을 치려다가 빗나갔다.
그 소리 속에 불길한 무엇이
내게 비밀을 밝히라고 일러준다.
내가 집에 혼자 있다는 소문이
밖에서 나돌고 있었나 보다
내 일생동안 외로웠다는 소문이.
이제 내게 남은 것은 신(神)밖에 없다는 소문이.

Where had I heard this wind before
Change like this to a deeper roar?
What would it take my standing there for,
Holding open a restive door,
Looking down hill to a frothy shore?
Summer was past and the day was past.
Sombre clouds in the west were massed.

Out on the porch's sagging floor,

Leaves got up in a coil and hissed,

Blindly struck at my knee and missed.

Something sinister in the tone

Told me my secret must be known:

Word I was in the house alone

Somehow must have gotten abroad,

Word I was in my life alone,

Word I had no one left but God.

프로스트의 시작품의 특징은 사물이 추상화되지 않고 구체화의 궤적에 위치한다는 것이다. 그것은 "닫히지 않으려는 문 열린 채 부여잡고 / 저 언덕 너머 해안의 물거품을 바라보는 내 모습을"에서 보이는 시적화자의 처절한 몸짓에서 나타난다. 인생은 영원한 현재로서의 영원에 비해, 무려 137억 년에 달하는 우주의 역사에 비해 한낱 "물거품"과 같은 것인데 그것을 속수무책으로 지켜봐야 하는 "내 모습"은 지구에 내던져진 "내 모습"이다. 시적화자의 주위를 맴도는 "바람", "구름", "가랑잎"은 인간이 세계를 구성하는 [도구]들이다. 이 사물들이 인간을 포위하고 "불안"할 수밖에 없는 미래를 예견하게 하는 "불길한 무엇"이며 "내게" 존재의 "비밀"을 암시한다. 그런데 삼라만상 가운데 유독 인간만이 스스로 [피투적 투기] 존재임을 자각해야 하는 천형을 받아야 하는가? 반성적인 인간이 괴로워하는 것은 나무, 풀, 구름, 바다와 같은 사물에서 볼 수 없는 [실존적 자학]의 양상이다. 이 괴로움의 정체를 아는 자는 초월자이며 자신을 모르는 대중의 대열에 파묻혀 무색무취하게 [추락]하지 않고 미래를 개척하는 [현존재]가 기대할 수 있는 것은 동류의 인간들이 아니라 사물의 제1 원인으로서의 "신"밖에 없을 것이다. 그것은 아무리 물질을 극한적으로 분석하여도 원자(atom)밖에, 분자(molecule)밖에, 양성자(proton)밖에 발견되지 않기에, 물질이 구성하는 삼라만상의 시계를 작동시킨 근본적인 존재의 개입이 필요하기 때문이다. 이것이 물질계를 다루는 연구자들과 유물론에 치우친 마르크시스트들이 창조론이나 신학을 절대 무시하거나 외면할 수 없는 이유이다. 다시 말해 [시계수리공]으로서의 "신"이 세상의 시계를 애초에 가동시켰을 가능성을 배제할 수 없다는 것이다.

흔히 유물론자로 보기 쉬운 하이데거의 사상적 토대는 사실 골수 유신론(theism)이다. 그는 독실한 가톨릭 가정에서 태어나 사제수업까지 했다. 아리스토텔레스에 심취하여 철학으로 전향했으며 칸트를 주제로 박사논문을 썼다. 제1차 세계대전 발발 시 군대에 징집(conscription)되어 현실과 이상의 괴리를 몸소 체험했다. 후설의 성실한 조수였으나 혈연과 지연의 인간 사이에도 구속파괴의 야속한 실존선언이 있듯이 붓다와 조사를 죽여야 하는 [살불살조](殺佛殺祖)의 혁명적인 혜능의 입장처럼 후설과도 결별했다. 결별의 이유로써 하이데거가 주장하는 것은 고매한 스승의 [현상학적 인식론]이 아니라 [현상학적 존재론](phenomenological ontology)이다. 이것은 데카르트적 사고에서 물질 이전의 정신적인 구조를 인정하는 신칸트주의16)적 사고로 전향한 하이데거의 사유의 요지이

_____

16) 19세기 중엽에 통속적 유물론자들의 소박실재론(素朴實在論)이 정신(精神)을 단순한 물질의 부대현상 내지 대뇌(大腦)현상으로 보는 데 반발하여 이것을 인식론적으로 비판하기 위하여 칸트에 접근하는 사람들이 나타났으니 이들이 생리학자 헬름홀츠와 철학자 랑게 [유물론자](唯物論者)이다. 그들은 리얼한 유물론 역시 다른 형이상학과 마찬가지로 허구적인 것이라고 반박하고 물질의 존재 이전에 아프리오리한 정신의 제 법칙, 즉 정신의 체제가 필요하다고 본다. 그러나 [칸트로 돌아가자]는 운동을 촉발시킨 자는 [칸트와 그의 아류(亞流)들]을 쓴 리프만이었다. 그는 사실판단과 가치판단이 성립하기 위해서 가치적인 요청과 규범이 필수적이라 보고, 인간이성의 한계 내에서 비판적인 형이

다. 1923년 마르부르크(Marburg) 대학 조교수를 시작으로 대학생활을 시작한 하이데거에게 한 가지 희극적인 사실은 전 세계적으로 대학에서 공통적으로 발생하는, 종신을 보장받기 위한 연구실적 압박으로 급조된 것이 역사적인(epoch-making) 명저 『존재와 시간』(*Being and Time*)이 라는 것이다. 이 저술의 명성으로 후설의 퇴임 직후 프라이부르크 (Freiburg) 대학에서 철학 학과장의 자리를 차지했으며, 출세욕인지 학 문적 소신인지 하여튼 히틀러의 나치(Nazi) 당에 가입하였고 독재자 히틀 러 지지연설을 하여 인생에 지울 수 없는 오점을 남겼다. 그런데 그의 연 설 가운데 국가사회주의(national socialism)에 대한 언급이 나치당의 강 령(platform)과 충돌하여 오히려 배척당했다. 그 결과 대학총장직을 사 임하고 정치와 절연했으며 이후 국수주의적인 나치당을 비판했다. 사상 의 변절에 대한 결과, 즉 철새의 처지는 예나 지금이나 가혹하다. 그는 나 치로부터 밥벌레 학자(expendable scholar)로 낙인 찍혀 라인 강(the Rhine river) 참호 파기에 동원되었다. 동시에 전쟁 후 나치 부역자(Nazi sympathies)로 독일사회에서 매장당하고 대학에서도 추방되었다. 그러 나 양쪽에서 다 버림받은 하이데거는 자신을 결코 포기하지 않았다. 정치 적인 오점을 남기긴 했지만 사물에는 항상 명암이 있듯이 그의 학문적 업 적은 칸트·헤겔·니체·시와 언어·서구의 형이상학의 기원·전쟁의 부조리·인간의 야수성의 탐구에 이르렀고, 그리스 철학자 아낙시만드로 스17)·파르메니데스·헤라클레이토스의 연구에 이른다. **독일사회에서 철**

상학의 수립을 통하여 칸트 부흥운동에 큰 공적을 세웠다. (wikipedia.com)
17) 창조론과 진화론을 동시에 주장하는 아낙시만드로스는 (1) 사물의 기원으로서 [제1 실 체]를 인정하고, (2) 모든 생명체들은 본래 바다에서 살았으나 일부 생명체가 지상으로 나와 살기 시작했다고 보았다.

저히 버림받은 그가 학자로서 보인 참으로 바람직한 태도는 대학에서 축출된 이후에도 산속 오두막에서 죽기 전까지 지속적으로 집필과 연구를 수행했다는 점이다. 그것은 존재의 정체, 존재와 시간, 시인의 목적, 신의 구원에 관한 것이었다. 그가 교류한 학자 가

〈존재의 시인 김수영〉

운데 [불확정성 원리](uncertainty principle)로 유명한 물리학자 하이젠베르크(Werner Heisenberg), [해체신학]으로 유명한 신학자 불트만(Rudolf Bultmann)이 있다. 그의 [현상학적 존재론]은 후설로부터 시작된다. 현상학은 한 마디로 [의식의 과학]이며, 그 요지는 현상학적 환원(phenomenological reduction)에 의해서 인본적인 태도가 아니라 자연적인 태도를 가지고 세상에 참여하자는 것이다. [현상학적 환원]의 사고는 기존의 형이상학에 젖은 우리로 하여금 편견에서 해방시켜주며 사물이 사물로서 존재한다는 점을 강조한다. 다시 말해 사물이 의미에 의해서 전제되거나 왜곡되지 않고 존재함이 가능하다는 것이다. 후설의 골자는 사물이 사물이게 하는 의식의 초연함이며 예를 들어 목불(木佛)이 숭고한 붓다가 아니라 군불을 지필 수 있는 따뜻한 나무라는 것이며, 인도에서 도로에 어슬렁거리는 소떼들이 우상(icon)의 모습이 아니라 스테이크의 재료라는 것이다. 불상 위에, 소떼 위에 덧씌워진 정치적인 의도를 함축한 우상의 현실을 타파하는 것이 현상학적인 대책이다. 그런데 모든 개념은 반드시 문제점을 내포하고 있으며 의문이 한꺼번에 연쇄적으로 돌출한다. 과연 인간의 무의식에 잠재된 랑그(langue)라는 선입견의 체제를 무시하고 현상학적인 환원이 쉽사리 가능하겠는가? 개인의 입을 봉쇄하는 구조주의의 혐의를 부정할 수 있겠는가? 문화적 무의식으로서의 [랑그]를 인정하는 칸트의 사물에 대한

선험적인 관점이 솔직하지 않는가? 인간의 현실을 구성하는 상징계의 현실에서 현상학적인 환원이 과연 가능한가? 이것은 언어와 의식을 초월하려는 탈-현실의 선(禪)적인 사유가 아닌가? 의식의 틀 속에, 일상이라는 흐름 속에, 심리 속에, 신이라는 실재와 초월 속에 구속된 사물을 해방시키려는 현상학으로 말미암아 신·사회·인간관계의 억압기제로부터 해방된 다음엔 원인도 모르게 원래 불완전하게 태어난 개인들이 과연 자유를 만끽하겠는가? 인간은 구조의 틀 속에 각자에게 주어진 기능을 수행하는 것이 존재의 이유 아니던가? 서양장기에서 말(horse)이 그 장기판을 이탈하면 더 이상 말이 아니지 않는가? 바둑에서 흰 돌은 검은 돌과 관계를 맺고 바둑판의 눈금 속에서 존재의 이유가 있지 않는가? 이 점을 「버려진 곳들」("Deserted Places")에서 살펴보자.

> 눈이 내린다, 땅거미가 내린다, 빨리, 아주 빨리.
> 내가 지나가며 바라 본 들판,
> 땅은 거의 눈으로 부드럽게 덮였지만
> 몇 포기 잡초와 그루터기가 아직 보였다.
>
> 숲이 그 땅을 둘러쌌으니, 그 땅은 숲의 것.
> 모든 짐승들은 보금자리에서 숨을 죽인다.
> 나는 정신이 멍하여 셀 수조차 없는데
> 외로움이 어느 새 나를 감싼다.
>
> 그 땅은 외로운 곳이건만, 그 외로움
> 줄기커녕 더욱 외로워지리.
> 어두워진 설원의 텅 빈 흰 빛
> 표정도 없고 표현할 것도 없다.

사람들이 살지 않는 별들,
별 사이에 허공은 무섭지 않다.
내 마음에 더욱 절실한 것은
내 자신의 버려진 곳들에 대한 무서움.

Snow falling and night falling fast, oh, fast
In a field I looked into going past,
And the ground almost covered smooth in snow,
But a few weeds and stubble showing last.

The woods around it have it—it is theirs.
All animals are smothered in their lairs.
I am too absent-spirited to count;
The loneliness includes me unawares.

And lonely as it is, that loneliness
Will be more lonely ere it will be less—
A blanker whiteness of benighted snow
WIth no expression, nothing to express.

They cannot scare me with their empty spaces
Between stars—on stars where no human race is.
I have it in me so much nearer home
To scare myself with my own desert places.

　　여기서 일반화 되지 않는 실존적 상황이 나타난다. 그것은 "땅은 거의 눈으로 부드럽게 덮였지만 / 몇 포기 잡초와 그루터기가 아직 보였다"에서 보이듯이 "눈"이 "땅"의 개체들을 하얀 색으로 일반화시켜 나갈 때에도 여전히 잠식되지 "몇 포기 잡초와 그루터기"가 잔재하기 때문이다. 자연의 구성요소로서 "숲"이 "땅"을 차지하듯이 인간은 "땅"을 차지한다. 그런데 인간은 "땅"을 차지하고 있으면서도 "땅"에 안주하지 못하고 살아생전 줄곧 불안해한다. 땅에 정착하고 있지만 여전히 디아스포라(diaspora)적 동요에 사로잡힌다. 이 땅은 나의 영원한 집이 아니며 나의 집은 지평선 너머 또 다른 곳에 있는 것은 아닐까? 그래서 인간은 땅 위에서 실존하기가 힘이 든다. 그러나 실존하더라도 여전히 "외로움"과 괴로움은 남아있다. 그것은 인간이 홀로 태어나고 홀로 죽어야 하기 때문이다. 인간의 탄생과 죽음은 개별적인 사건이며 타자의 참여는 아무 소용이 없다. 부지불식간에 각자 세상을 맞이하고 졸지에 세상을 버린다. 자신의 눈앞에 세상이 펼쳐지고 자기 눈앞에서 세상을 상실한다. 인간의 세상은 "어두워진 설원의 텅 빈 흰 빛 / 표정도 없고 표현할 것도 없다"에서 암시하듯이 탄생 전에 인간의 의지와 무관하게 이미 무념무상의 기획이 완료된 곳이다. 우주에 존재하는 숱한 은하계의 "별들"과 시적화자 사이에 벌어진 무량의 "허공"보다 "내 마음" 속에 "버려진 것들", 즉 인간과 인간 사이에 벌어진 관계의 망각과 의미의 상실이 보다 심각한 것이다. 그것은 인간을 인간답게 규정하는 잠재적인 요소이기 때문이다. 아울러 사물을 사물답게 하는 것, 즉 사물을 의미 있게 하는 것은 지상의 유일한 [현존재]로서의 인간 덕분이 아니겠는가?

실존의 조건으로서 [지금 여기](now here) 인간이 존재하는 이유는 누구의 덕분인가? 진화론의 제1 원인인 단세포 아메바(ameba) 덕분인가? 그렇다면 우주와 삼라만상을 사유하는 인간으로서 너무 비참하고 초라하지 않는가? 하이데거에게 철학의 단초는 외부의 의식이 아니라 사물 속에 존재하는 [현존재]이다. 하이데거의 경우 존재가 원초적으로 구성되는 것이 순수한 의식이 아니라 존재 속의 [현존재]이다. 하이데거의 핵심은 [구성의 문제]이다. 현상으로서의 세계가 어떻게 우리의 의식 속에서 구성되었는가? 우리가 아는 세계는 우리가 인식하는 세계가 아닌가? 이 이상도 이 이하도 아닐 것 같다. 구성되기 위하여 무엇인가가 의식 속에 어떻게 주어져 있는가를 묻지 말고 세상이 스스로 구성하는 그 존재에 대한 존재의 양상은 무엇인가를 구체적으로 물어야 한다. 구성과 현존재의 문제가 핵심이다. 존재의 보편적인 문제는 [구성하는 것]과 [구성되는 것]이다. 존재의 의미는 스스로 보이기 위하여 스스로 보여주는 것이기에 [자아실현의 인식]이다. 존재는 존재의 존재함이 아니라 존재하는 것을 통하여 실질적으로 존재한다. 존재에 접근하기 위하여 [다자인]의 존재가 필요하다. 하이데거는 후설처럼 의식 위에 철학을 설정하지 않는다. 후설의 골자인 [의식에 대한 현상학적 태도]는 다자인의 존재를 의미하는 것이다. 설사 그가 세상의 초월적 구성이 자연주의적인 혹은 물리적인 설명에 의해 베일을 벗길 수 없다는 점에 동의하더라도 의식의 기술적 분석이 아니라 [다자인의 분석]이 중요하다. 그것은 다자인에 의해 세계가 인식되기 때문이다. 세계에 대한 공통의 인식이 아니라 [각자의 인식]이 중요하다. 세계에 대한 이해가 각자의 다자인에 의해 결정되므로 **현상학이란 묘사적인 것이 아니라 개인의식의 초연한 분석이다.** 세계를 구성하는 존재자가 아니라 현존재의 분석이 중요하며 사물에 대한 의식이 아니라 현존재의 의식이 중요하다.

　　[다+자인]은 인간의 정체를 설명한다. [다]는 존재의 장소이며, [자인]은 존재의 드러남이다. 다자인은 영구성이 아니라 일시성을 유지하며, 다자인이라는 존재적 구조의 3부작(trilogy)은 [존재, 투기, 추락]으로 나뉘진다. 현존재는 존재에 다양한 가능성을 부여하며 존재는 미래의 현상을 재현한다. 다자인은 정신적 · 물질적 · 역사적으로 조건 지어진 존재이

나 공간적으로 제약된 존재이며, [추락]은 다자인과 비-다자인 간에 위치와 차이를 의미한다. 다자인의 일시성은 물리적인 시간의 개념이 아니다. 시간은 가능성의 공간으로서의 세상을 관통하는 움직임이 분명하다. 던져짐의 순간이 과거이며, 나아가는 확고한 움직임이 미래이며, 타자들과 더불어 추락되는 순간이 현재이다. 진정한 일시성은 과거, 현재, 미래를 함축한다. 존재의 가능성으로서의 다자인은 과거와 미래로 나아간다. 과거는 과거일 뿐이 아니라 현재완료로서 여전히 유효하다. 과거는 미래와 연관되어 조성된다. 과거와 미래는 불가피한 [동료적 시간]이다. [회귀, 지향, 공존]은 다자인의 일시성의 단위이며 3가지 분할이다. [존재의 의미]란 무엇인가? 무엇이 의미 있게 하는가? 인간이 세상에 존재하는 이유가 무엇인가? 이 물음에 대한 정답은 어느 누구도 명확하게 제시하지 못한다. 하여튼 인간은 인간의 무리와 일상 속에서 의미가 있으며, 주변의 인간들은 개별주체로서의 인간이 존재하게 하는 필수조건이다. 인간은 인간 무리 속에서 인식되기에 인간은 인간을 통하여 의미를 가진다. 인간의 삶은 [선험의 연장]인가 아니면 [경험의 연장]인가? 이것은 군말 없이 당장 확인가능하다. 놈 촘스키(Noam Chomsky)의 언명에 따라 인간이 언어를 습득(language acquisition)하는 내부적 자질이 있음을 고려해볼 때 선험적이며, 또 성장하여 존재의 배후를 타진하는 경우를 볼 때에 선험적이다. 경험과 선험은 별개의 과정이 아니라 경험은 선험의 형성에 기여한다. 우리는 존재의 모습을 예나 지금이나 이해하려 하지만 그리고 이해하는 것 같지만 존재는 불가근불가원(不可近不可遠)의 상태로 우리의 주변을 맴돈다. 그리하여 존재의 의미에 대한 우리의 연구는 여전히 진행 중이고 확증 없이 계속 연기된다. 인간이라는 실체는 [세계-내-존재](being-in-the-world)로서 다양한 시각으로 세상을 느끼고 인식한다. 인

간의 복잡다기한 일상성은 인간의 궁극적인 결론인 죽음을 추진하는 동
기가 된다. 이 점을 오리무중인 「섭리」("Design")에서 살펴본다.

> 통통하고 하얀 물결무늬 거미 한 마리
> 흰 만병초에서 붙잡고 있구나.
> 질긴 비단 천 조각 같은 흰 나방 한 마리.
> 죽음과 고갈의 성질을 띤 것들이
> 뒤섞여서 아침을 올바로 시작하려 했으니
> 마녀가 끓이는 국의 재료 같구나.
> 스노드롭 같은 거미며, 거품 같은 꽃.
> 그리고 종이 연처럼 운반되는 죽은 날개들.
>
> 저 꽃은 대체 흰색을 띠어 어쩌자는 걸까,
> 길가에 파랗게 핀 천진무구한 만병초 꽃.
> 무엇이 흰색 거미를 그 높이에 오게 한 후
> 밤에 하얀 나방마저 거기로 인도했단 말이냐.
> 그런 사소한 것들에도 섭리가 지배했다면
> 무서운 어둠의 섭리가 아니고 따로 있을까. [이상옥 90]

I found a dimpled spider, fat and white,
On a white heal-all, holding up a moth
Like a white piece of rigid satin cloth—
Assorted characters of death and blight
Mixed ready to begin the morning right,
Like the ingredients of a witches' broth—
A snow-drop spider, a flower like a froth,
And dead wings carried like a paper kite.

What had that flower to do with being white,
The wayside blue and innocent heal-all?
What brought the kindred spider to that height,
Then steered the white moth thither in the night?
What but design of darkness to appall?—
If design govern in a thing so small.

아수라의 현실이 보인다. 사물은 각기 존재하지만 사물은 상호 얽혀 있다. 바둑판 위에 흰 돌과 검은 돌이 눈금 위에 배치되듯이. 이 구도를 만든 제1 존재자의 의도는 무엇인가? "거미"와 "나방"의 긴장과 갈등을 조성하는 이유가 무엇인가? 그런데 이런 관계를 괜히 디자인 하는 것이 [다자인]이다. 여기서 시적화자는 다자인으로서 사물의 관계를 생존투쟁의 관점에서 인식하고 전자보다 후자에 애정을 가진다. 니체가 증오하는 [약자의 도덕]이다. 이런 점에서 사슴을 사냥하는 사자가, 인간을 흡혈하는 모기가 저주받을 존재가 되는 것이다. 가해자와 피해자의 관계는 흡사 [x]와 [y]의 관계와 같다. [x]가 없다면 [y]가 아무 소용이 없을 것이다. 사자는 사슴을 잡아먹으며 성장하고 사자는 늙어서 하이에나와 독수리의 밥이 된다. 사물을 지배하는 것이 사물의 먹이사슬이다. 여기에 동정심, 애정, 증오, 박애, 자비 같은 인간의 감정이 개입하고 이 감정에 의해서 사물이 저울질된다. 사자는 포악한 것으로 사슴은 가련한 것으로 의미화 된다. 여기 나오는 "거미"와 "나방"은 스스로 세상을 구성하는 것이 아니라 제1 원인과 [다자인]에 의해서 물리적으로 의미적으로 세상에 배치된 존재들이다. 사물의 복잡한 관계를 묘사하는 "마녀가 끓이는 국의 재료", "흰색"에 대한 물음, "만병초 꽃"의 위치, "거미"와 "나방"의 피할 수 없는 대면을 의미 있게 바라보는 것은 [다자인]밖에 없다. 사물과 사물의 관계는 정체불명의 누군가의 "섭리"[시계제작자]에 따라 그저 진행돼갈 뿐이며, 아무런 동기나 이유나 목적도 사실상 없다. 사물과 사물 사이에 벌어지는 일들을 사건으로 바라보고 각자에게 유리하도록 의미를 부여하는 [다자인]에 의해 사물이 정의된다. 이런 점에서 생사여일(生死如一)한 [에너지 불변의 법칙]이 만고의 진리이다. 한 사람이 죽으면 다른 사람이 태어나고 노인의 기력이 쇠해지고 아이들의 호기심이 사건을 일으킨다. 그러나 생의 의지를 발휘하고 생의 방식을 선택하는 것이 모조리 섭리의 탓으로 돌려진다면 [다자인]에게 필요한 것은 사실 침묵밖에 할 일이 없을 것이다. 그러나 인간은 사물의 우연과 필연에 대해 살아있는 동안 계속 지껄이도록 기획되어 있다. 유사 이래 인간들은 사물의 존재와 구성에 대해 진실인 것처럼 보이는 허위를 계속 토해내고 있는 중이다.

『전환』(*The Turn*)에서 하이데거는 [존재의 의미]에 대한 연구를 혁신하기 원했다. 그것은 다분히 사물에 대한 인식의 전복을 염두에 둔 것이며 존재와 진리의 의미에 대하여 개방적인 태도를 반영한다. 개방성은 역사 안의 상황을 직시한다는 점에서 하이데거의 두 화두인 존재의 의미와 존재의 역사와 관련된다. 의인화될 수 있는 사물의 존재[해, 달, 별, 강,

바다, 나무]들이 사고하는 것이 아니라 인간만이 이 존재들을 사고할 수 있다. 다시 말해 존재가 비존재와 같이 의미를 회피한다면 그것은 비존재처럼 무의미한 존재이다. [존재]와 [비존재]는 개념상 같이 존재하지만 다르기에 그 존재론적 차이에 대한 규명이 하이데거의 기본적인 사고이다. [존재의 망각]이 발생한 상태, 즉 존재가

〈V. 고흐의 자화상〉

〈F. 베이컨의 자화상〉

과학·이데올로기·문화사조에 함몰된 다면 그것은 존재의 종말을 의미한다. 그 러므로 존재에 대한 전통적인 규정인 플 라톤과 아리스토텔레스의 실재론적 혹은 존재론적 인식론은 재검토되어야 한다. [나]라는 존재는 무수히 많은 [나]라는 타자들에게 포위되어 있는 [원형감옥]의 상황 속에서 특정의 [나]가 다수의 [나] 를 정의하고 규정한다는 것은 전체주의적인 발상이다. 현재 존재는 특정 인에 의해서 전통적으로 [어떤 의미화 된 존재]로 환원되었다. 이는 플라 톤의 이데아, 아리스토텔레스의 에이도스(eidos), 중세철학의 신성, 근대 철학의 이성, 현대철학의 객관성, 포스트모더니즘의 분열, 해체, 부재, 결핍과 같은 것들이다. 하이데거는 존재에 대한 혁신적인 발상을 주장하 여 존재에 대해 소수의 지식 마피아가 독점하는 신성불가침(sacrosanct) 의 불가지론적 아집을 파괴하려한다. 서구의 사상적 기초는 어디까지나 고대 그리스이기에 현재 존재에 대한 스핑크스의 물음을 해소하기 위하 여 소크라테스 시대 이전의 철학자들을 재검토할 필요가 있다. 그것은 그 당시 사물의 의미가 지금처럼 극심하게 심화되고 분열되지 않았기에 현 시대보다 사물에 대하여 비교적 순수한 관점을 파악할 수 있으리라는 막 연한 기대 때문이다. 현재는 사물에 대한 모방의 정도가 현실(reality)에 서 초과현실(hyper-reality)로 확대되어 가는 과정에 위치하여 친숙한 사 물의 모습은 점점 낯설게 일그러진다.

『형이상학의 극복』(*Overcoming Metaphysics*)에서 하이데거는 소크 라테스 이후로 인간 존재의 본질을 추구하였던 이런 저런 형이상학이 오히려 인간 존재를 훼손하여 [존재망각]의 상태에 이르렀다고 주장한다. 서구철학은 형이상학의 전통을 계승하여 인식론과 존재론으로 발전되어 왔으며 이를 [존재인식의 철학]이 아니라 [존재망각의 철학]이라고 부를 수 있다. 그것은 존재를 벗어난 철학이기에 그야말로 초월적인 철학이며 사실상 존재에 대한 [무의미한 접근]이자 존재와 아무 상관없는 [무효한 선언]이다. 예를 들어, 인간이 의식적인 차원에서 명백하게 [나는 나]라고 신봉하는 데카르트의 형이상학은 자기명증을 기도하는 나르시시즘 (narcissism)적 편집증(paranoia)이라고 볼 수 있다. 현재의 철학은 주체성을 하나의 독단으로 보고 타자성과 객관성을 옹호하는 철학으로 실증주의를 반영한다. 대화요법과 자유연상(free association)을 치료수단으로 삼아 환자의 증상과 오히려 유리(遊離)되는 [고전적 정신분석학][18]이 자기공명영상(Magnetic Resonance Imaging, MRI) 장치나 신경안정제 (sedative)로 대체되듯이. 현재 극심한 우울증(melancholia)을 의사와 환자간의 대화로 치료하기보다 우선 두뇌를 촬영하여 정상적인 두뇌[19]와 비교한 뒤 세로토닌(serotonin)으로 치료한다. 그리고 우주탐색을 위한 수리계산은 인간의 사유에 의존하기보다 슈퍼컴퓨터의 연산을 통해 이루어진다. 중세는 [신의 시대]였으며, 14세기 이후 르네상스 이후 근대계몽기는 이성과 합리를 중시하는 [인간의 시대]이었으며, 21세기에 이르러 기계와 인간과 혼합되는 [포스트휴먼시대][20]가 되었다. 유명한 역사학자 슈펭

---

18) 프로이트는 인간의 개성화(individuation)를 5단계로 구분한다. (1) 구강기(oral stage): 0~2세, (2) 항문기(anal stage): 2~4세, (3) 남근기(phallic stage): 4~6세, (4) 잠복기 (latency stage): 6~12세, (5) 성욕기(genital stage): 12세 이상.

19) 실험집단(treatment group)은 이상증상을 가진 집단으로 실험대상이 되는 집단[정신이상자]이며, 통제집단(control group)은 정상적인 기준이 되는 집단[정상인]이다.

20) 포스트휴먼시대는 인간과 기계가 결합되어 인간의 정체성을 구성하는 시대이며, 트랜

글러(Oswald Spengler)가 주장하는 이른바 [서구의 몰락](Untergang des Abendlandes)이 임박해 서둘러 [휴거](rapture)되기 위하여 기독신자가 되어야 할 시점이다. 인간의 신체를 보조하는 각종 기계와 장치들이 인간의 수명을 이어주고 인간의 기능을 확대하고 있다. 병원의 침상에 매달린 생존유지의 각가지 튜브와 전선들이 이를 입증한다. 기계와 약물이 인간의 모든 암을 정복하고 인간은 성경에 나오는 최장수자인 무드셀라(Methuselah)의 수명 [969살]에 도전하게 될 것이다. 이후의 시대는 전망하기가 간단하지 않으나 플라톤 이후 모방의 궁극적인 비전을 구현하는 인간의 아바타(avatar)가 등장하는 시뮬라크르(simulacre)의 시대가 될 것 같다. 인간 존재의 심원한 비밀은 기능적이고 기계적인 관점으로 희화화된다.

하이데거가 보기에 인간 존재의 진정한 의미를 알아내기 위하여 소크라테스 이전의 철학자들을 참조해야 한다. 그것은 그들이 존재를 단정하지 않았으며 존재를 확증하지도 않았고 존재의 의미를 개방했기 때문이다. 그런데 현재의 형이상학은 과학과 기술에 의해 좌우되고 인간의 특징은 기능적으로 구조화 되었다. 그럼에도 형이상학은 인간이 살아 있는 한 결코 포기될 수 없는 지적인 명제이자 인간이 세상에 살아있음을 확인해 주는 사유운동이다. 이런 점에서 형이상학을 의미 없는 것으로 보아 포기하는 니힐리즘은 존재망각의 미신이며 [존재의 무지]에 해당한다. 따라서 하이데거는 서구의 사회가 플라톤의 형이상학과 니체의 니힐리즘을 통해 존재를 무시하고 학대하는 만행을 비판하고 대안을 모색한다. 그는 중세

스휴먼(trance human)시대는 인간이 기계를 사용하여 생명의 연장과 질병의 치료를 통하여 불로장생의 신화를 구현하려고 한다. 그리고 전자의 개념 속에 후자의 의미가 함의되어 있다.

를 접수한 기독교와 근대를 접수한 모더니티(modernity)를 동시에 비판하고 존재에 대한 근본적인 사유를 모색한다. 그러나 하이데거 또한 여느 철학가나 사상가처럼 다를 바 없이 존재에 대한 또 하나의 사

〈깊은 산 속의 물고기〉

유를 제시한 것으로 보이지만, 그의 공적은 존재에 대한 물음을 포기하지 않고 개방했다는 점과, 신학과 이성과 과학으로 이어지는 인간역사의 추이 속에서 인간 구성 조건에 대해서 근본적으로 반성해 볼 계기를 마련해 주었다는 점에서 의미가 있다고 본다.

하이데거가 중시한 존재론자들은 다른 철학자들이 외면해온 아낙시만데로스(Anaximandros)[21], 헤라클레이토스(Heracleitos)[22], 파르메니데스(Parmenides)[23]이며 이들이 존재의 망각을 주도하는 서양철학의 약점을 보완해줄 수 있다고 믿는다. 인간 존재에 대한 반성은 신성붕괴, 가치붕괴, 인성붕괴, 소비풍조, 기술지배, 배금주의, 주체분열로 이어진

---

21) 그는 세계를 아페이론(apeiron=무한자)이라고 불리는 지각할 수 없는 실체로부터 이끌어낸다. 이 상태는 [온/랭], [건/습] 같은 대립되기 이전 상태이며, 따라서 모든 현상의 원초적 통일을 나타낸다.

22) 그의 유명한 명제는 [같은 강물에 재차 들어갈 수 없다]는 것이다. 그 어떤 것도 안정되거나 머물러있지 않으며 만물은 [생성/변화]를 지속한다. 헤겔 이후 재조명 받았고 특히 [존재에서 생성으로] 나아가는 현대철학의 흐름에 따라 영향이 증대되고 있으며 니체, 베르그송, 들뢰즈 등에게 영향력이 현저하다.

23) 그는 간단히 존재를 정의한다. 그것은 존재한다는 것은 생각한다는 것이며, 생각하지 않는 것은 존재하지 않는다는 것이다. 인간은 순간의 존재에 불과하기에 존재의 지속성을 의미하는 생성과 변화를 결코 확인할 수 없다. 그것은 생성[변화]되기 이전에 존재하는 것과 생성[변화] 이후에 존재하는 것이 다르기 때문이다. 고로 변화는 실제로 존재하지 않는다.

다. 소크라테스 이전은 [존재자 탐구의 시대]였으며, 소크라테스 이후는 [바-존재자 탐구의 시대]였다. 하이데거는 존재의 본질을 천착하기 위해서 [기초존재론]을 도입한다. 이것은 기존의 형이상학이 인간을 세상으로부터 분리시킨 것을 반성하기 위한 것으로 인간을 세상과 분리시키기 않겠다는 이론이다. 인간이 세상을 초월한 존재가 아니라 세상에 터를 잡고 있다는 것이다. 우리는 [주체]로 치환되어 분리되었고 세상은 [대상]으로 치환되어 분리되었다. 우리와 세상은 각각 [기호]로 분리되어 소외되었다. 다시 말해 우리는 인식하는 [우리]이며, 세상은 인식되는 [세상]에 불과하다. 우리는 생각하는 존재자로서 세상이라는 실상을 그린다. 그런데 인간이 삶의 무의미를 느낀다는 것은 존재의 의미를 탐색하는 증거이나, 모든 존재를 부정하는 허무주의는 존재의 의미를 부정하고 존재를 파괴한다. [존재자]는 존재를 유지하며 존재의 자질을 가지고 있는 어떤 것이다. 인간, 동물, 책상은 각기 존재이며 그것이 진정으로 존재하기위하여 그 자질을 가져야 한다. 왕, 부모, 군인, 선생, 학생은 각기 존재이며 고유의 자질을 가지고 있어야 존재자가 된다. 아울러 존재는 존재자가 되기 위하여 가져야 할 전제이다. [존재적]이라 함은 지질학적으로 바위[石]의 성분을 탐구하는 것을 의미하며, [존재론적]이라 함은 바위의 기원을 탐구하는 것을 의미한다. 동물과 식물은 사물 그 자체일 뿐 그것들의 존재의 이유와 설명은 무의미하다. 인간 존재는 시간의 지평을 통해 이해되고, 과거/현재/미래와 연결된다. 현재는 과거 의식의 연장선상에 있으며 지속성, 연관성, 일관성이 인간 존재의 구성요소이다. [과거의 나]는 [오늘의 나]가 되어야 하며, [미래의 나]를 지향하는 존재방식의 일관성이 필요하다.

존재는 여러 가지 수단으로 본성적으로 자신을 숨긴다. [훔쳐진 편지](The Purloined Letter)를 주변에 은폐하든, 언어로 속이든 타자의 시선을 벗어나려 애

쓴다. 존재임을 인식하는 것이 [본질]
이라는 개념이 된다. 구체적 자질의
존재는 추상적 언어의 존재로 탈바꿈
한다. [무]는 불안과 절망의 동기가
되고 그것은 [왜 아무것도 없지 않고
무엇인가 있는가?]라는 물음으로 영

〈원효와 해골바가지〉

원히 인간 존재를 닦달한다. 다수의 인간들은 각자 [더불어 있음]으로 개
별 존재를 향유하고 일상 속의 현존재로서 공적인 차원의 세상에 [던져져
있음]의 현존재의 선험적 운명을 공유한다. [비-본래성]의 인생은 카프카
(Franz Kafka)가 저항한 사회 조직원으로서의 삶이며 타인이 제공하는
삶의 방식이다. [기분]은 현존재의 심리양상이기에 관조, 무관심도 기분에 속하
며 인간은 어떤 기분 속에 산다. 모든 [해석]은 선행적인 [이해]의 토대에 기
초하고 [이해]는 도구를 이용하는 능력에 속한다. [해석]은 사물의 유용
성, 용도를 [이해]하는 작업이다. [의미]는 사물의 기능을 이해하고 다른
사물과의 관계를 인식하는 것이며, [불안]은 인간을 각성시키는 사건으로 다
른 가능성 탐색이다. 자신이 세상에서 사라질 것이라는 생각은 [무의 불안]
이며 우리가 저지른 행동의 궁극적인 이유는 우리 자신이 부여한 자기 원
인적 이유밖에 없다.

04.

스티븐스 & 사르트르

주요개념 ── 구토, 즉자/대자/대타존재, 존재와 무, 존재의 이중성, 자가-기만, 가치, 선택, 실존적 개인주의, 노에마/노에시스, 대중의 보편성, 자유의 불가피성
분석작품 ── 눈사람, 한 병사의 죽음, 10시의 각성, 화산으로부터 온 엽서

메마른 느낌을 주는 쇼스타코비치(Shostakovich) 교향곡 5번 「혁명」을 지금 들으며 실존주의라는 주제를 붙들고 불안한 상념에 잠길 때 맨 먼저 사르트르(Jean Paul Sartre)가 상기되는 것은 왜일까? 우선『구토』가 강렬하게 뇌리를 스치고 그 다음에 [존재와 무]가 다가온다. 매일 매일 타자들과 투쟁하며 배를 채워야 하는 아귀다툼의 삶이 역겨워 구토를 일으키고, 밥상의 음식은 쓰레기의 잠재성을 띠고 점차 무화된다는 점에서

〈J. 사르트르〉

그의 주장은 지극히 상식적이고 현실적이다. 인간이라는 존재는 잠시라도 무엇인가를 하지 않으면 안달이 나는 지향적인 존재이다. 일을 하든, 오락을 하든, 사고를 치든 의식은 의식 자체가 아닌 무

엇에 대한 의식이다. 나아가 무엇인가를 향한 인간의 몸부림은 죽음의 원인이 된다. 토굴에서 수도를 하다 죽음을 맞이하면 초연하게, 사고와 범죄로 인하여 죽음을 맞이하면 참혹하게, 병상에게 죽음을 맞이하면 고통스럽게 죽어간다. 인간 존재는 무엇인가를 향해 달려가고 인간 의식은 무엇인가를 늘 그리워한다. 이것이 인간의 전반적인 현실인 셈이다. 사르트르의 실존주의는 현상학을 닮았다. 그것은 의식 이전에 존재하는 [즉자 en-soi]는 의식 내에 자리하는 사물의 의미체인 노에마(noema)를, 외부의 물질 혹은 질료(hyle)와 노에마 사이를 방황하는 대상에 대한 의식인 [대자 pour-soi]는 의식작용을 의미하는 노에시스(noesis)를 닮았기 때문이다. 문제는 인간이 무엇인가를 지향하고 각자 수명이 다할 때까지 살아가면 그만인데 존재 이면에, 존재 저편에 무엇을 향수하려든다는 말이다. 다시 말해 대상의 배후에 대한 연기(緣起)를 문득 느끼고 삶의 반복성과 유한성과 구속성에 환멸을 느낀다는 것이다. 그리하여 실존주의는 인간으로 하여금 구속적인 현실을 벗어나 자유를 만끽하라고 권면한다. 성경에 나오는 황금률로서 [진리가 너희를 자유롭게 하리라!]를 [실존이 너희를 자유롭게 하리라!]로 치환시킬 수 있다.

우리의 내면에서 끊임없이 흘러나오는 목소리는 우리로 하여금 국가, 사회, 가정에서 벗어나 실존할 것을 권한다. 아니, 자기내면의 명령과 양심으로부터도 벗어나라고 명한다. 그런데 인간이 절대적인 자유로서의 실존을 가진다면 인간사회가 과연 유지될 수 있겠는가? 아마 각자의 원자(atom)적인 이익과 이해가 상충하여 상호투쟁의 비극이 벌어질 것 같다. 물론 이것을 국가와 사회의 강요나 개입이 없는 자발적인 자유 투쟁이라고 아름답게 볼 수도 있을 것이다. 또 욕망에 의해 추동되는, 절대 만족을 모르는 인간의 속성상 실존을 성취한 뒤의 공허함은 어떻게 할 것인가? 실존을 추구하는 원자적인 개인은 타자로부터 자신의 독립된 삶을 보장받기 위하여 공권력에 의존할 수밖에 없어 자기의 권리를 불가피하게 위임하거나 자기보존을 위한 사회비용을 부담하여야 할 것이다. 이른바 대의정치의 확립과 공공기관의 유지 같은 것이다. 그러니까 집합, 조직, 전체에 편입된 상태에서 극도의 분열과 탈주를 시도하는 개인은 오히려 구심점을 찾아 헤매는 극도의 편집증을 겪는다. 그리하여 공동의 질서와 이익을 우선시하는 공리주의나 일사불란의 질서를 강요하는 전체주의로 회귀할 것 같은 조짐이 있다. 역사상 독일의 나치주의, 북한의 주체사상, 일본의 천황주의를 예로 들 수 있다. 물론 이러한 결집은 거의 와해되었고 나머지의 와해가 진행 중이다. 그것은 인간사회의 유전자가 질서와 혼란, 혼란과 질서로 이어지는 자동성과 반복충동에 익숙하기 때문이다. 이 점을 스티븐스(Wallace Stevens)24)의 「눈사람」("The Snow man")에서 살펴보자.

---

24) 스티븐스는 영시 사상 예이츠와 엘리엇의 양자 구도에 도전장을 낸 불후의 미국시인이다. 그는 [현실과 실재]의 대립에 대한 탐색을 통해 사물의 기원과 인생의 의미를 천착한다. 물질적이고 기계적이고 합리적이라는 혐의를 받고 있는 서구인이지만 [무]와 [공]과 같은 동양적인 심원한 개념들을 작품 속에 잘 재현하고 있다. 말하자면 얼굴은 서구인이지만 마음은 동양의 비구(比丘)인 셈이다. 파농(Frantz Fanon)의 말처럼 [검은 피부, 하얀 마스크](Black Skin, White Masks)가 아니라 [하얀 피부, 황색 마스크](White Skin, Yellow Masks)인 셈이다. 그는 [구체적 현실]과 [상상력]의 대립을 주요 테제로 삼는다. 강호에 문사(文士)로서 자신의 존재를 알리고 그간 서구독자들에게 가장 어필한 작품이 「일요일 아침」이다. [Wallace Stevens was regarded as one of the most significant American poets of the 20th century. Stevens largely ignored the literary world and he did not receive widespread recognition until the publication of his [Collected Poems] (1954). In this work Stevens explored inside a profound philosophical framework the dualism between concrete reality and the human imagination. For most of his adult life, Stevens pursued contrasting careers as a insurance executive and a poet. Wallace Stevens was born in Reading, Pennsylvania, as the son of Garrett Barcalow Stevens, a prosperous country lawyer. His mother's family, the Zellers, were of Dutch origin. Stevens

사람은 겨울의 마음을 가져야 한다

눈으로 입어 표피처럼 된 소나무 가지와

서리를 보기 위해서는

그리고 오랫동안 추웠다

얼음 덮여 가지 늘어진 로템 나무와

아득히 반짝이는

가문비나무를 보기 위해

1월의 햇살 속 바람소리에,

부대끼는 몇 잎 달랑거리는 이파리들의 소리에

비참함을 잊기 위해서는

그것은 땅의 소리

똑같은 바람으로 가득 찬

늘 같은 발가벗은 장소에 부는

설원에서 듣고 있는 그 청자에겐,

그리고 아무것도 아닌 것은 보노라.

그곳에 없는 것이 아닌 것과 존재하는 무(無)를.

---

attended the Reading Boys' High School, and enrolled in 1893 at Harvard College. During this period Stevens began to write for the Harvand Advocate, Trend, and Harriet Monroe's magazine Poetry. After leaving Harvard without degree in 1900, Stevens worked as a reporter for the New York Tribune. He then entered New York Law School, graduated in 1903, and was admitted to the bar next year. Stevens worked as an attorney in several firms and in 1908 began working with the American Bonding Company. He married Elsie Kachel Moll, a shopgirl, from his home town; their daughter, Holly, was born in 1924. Influenced by Ezra Pound, Stevens wrote 'Sunday Morning', his famous breakthrough work. It starts with 'coffee and oranges in a sunny chair' but ends with images of another reality, death, and universal chaos.] (poemhunter.com)

One must have a mind of winter

To regard the frost and the boughs

Of the pine-trees crusted with snow;

And have been cold a long time

To behold the junipers shagged with ice,

The spruces rough in the distant glitter

Of the January sun; and not to think

Of any misery in the sound of the wind,

In the sound of a few leaves,

Which is the sound of the land

Full of the same wind

That is blowing in the same bare place

For the listener, who listens in the snow,

And, nothing himself, beholds

Nothing that is not there and the nothing that is.

이 작품에 대해 전 세계 학자와 평자와 독자들의 의견이 분분한 실정
이다. 그러나 여태 이 작품에 대해 고정적인 시각이 유지되는 경향이 있
다. 그것은 현실과 상상의 대립이다. 그러나 [저자[시인]의 죽음]과 [독자
의 탄생]이라는 말이 있듯이 이 작품의 기의를 어떤 특정지점에 고정시키
는 것은 전근대적인 사고방식일 것이다. 의미의 동맥경화를 방지하기 위
해 바르트(Roland Barthes)가 주장하는 사물에 대한 [영도(zero degree)
의 시각]이 동원된다. 사물에 대한 기존의 관념을 헐어내고 다시 시작하
는 그라운드 제로(ground zero)의 관점이, 현상학적인 실존의 관점이 현
재 유효하다. 시적화자가 "사람은 겨울의 마음을 가져야 한다."라고 강조
하는 것은 인간의 마음속이 살아 생시에 결코 자유로울 수 없다는 말이

다. 그냥 꾸어다 둔 보릿자루처럼 존재하는 것이 아니라 "겨울의 마음"이라는 것을 가져야 존재자로서 기능한다는 말이다. 이때 연달아 튀어 올라오는 상념들이 무수하다. "1월"의 겨울 속에 살기에 "겨울의 마음"을 가지고 겨울에 동화되라는 말인가? 주변이 겨울이기에 시

〈스티븐스〉

적화자도 굳이 겨울의 마음을 가져야 한다는 말인가? 여기서 인간이 겨울 환경에 몰입되는 처참한 실존의 상실을 알 수 있다. 매일 매일 죽는 사람들, 죽어가는 사람들을 보고 죽음이 인생이라는 고해(苦海)로부터의 해방이라고 춤을 추는 장자(莊子)의 마음이 아니라 슬픈 "겨울의 마음"을 가지고 쉼 없이 애통한 척 울어야 한다. "눈사람"은 겨울이 지나면 존재가 사라지고 겨울의 의미를 상실한다. 눈사람이라는 존재는 사라지고 눈사람이라는 그럴듯한 이미지만이, 인간에게 바람직한 [노에마]만이 자리한다. 존재하지만 존재하지 않는 것이 "눈사람"이다. 존재하지만 존재자로서 존재하지 않는 것이 인간이다. 인간의 구실을 해야 하지만 인간의 구실을 못한 채 사회일각에 막연히 무기능적으로 존재하는 비인간이 대개 우리의 모습이다. 혹은 "눈"으로 덮인 "소나무"가 바로 사회적 인격으로의 페르소나(persona)를 뒤집어 쓴 인간의 모습인 셈이다. "소나무"라는 즉자에 대한 대자적 접근은 항상 "눈"으로 호도되고 위장될 수밖에 없을 것이다. 모방, 화장, 위장, 은폐는 음모와 기만에 능숙한 인간의 역사적이고 생득적인 전매특허이다. 이런 위선의 대가(大家)인 인간이 수천 년 동안 무구한 진리와 진실을 추구해 온 것이 희극적인 일이 아닌가? 이런 저런 구설(口舌)을 떠나 전체적으로 이 작품에 잘 어울리는 개념이 [공](空)이다. 존재하면서 존재하지 않고 존재하지 않으면서 존재하는 모순적 개념, 유/무, 무/유의 반

복, "눈사람"만이 유독 [공]에 해당되는 대상이 아니라 모든 만물이 다 [공]에 해당된다. 그것은 소멸되면서도 자신의 위용을 드러내려는 진시황제의 욕망과 생전에 죽어서 묻힐 장소를 선택하는 일본인의 모습이다.

진정한 실존을 추구하는 것은 혹은 진정한 신앙을 추구하는 것은 존재의 상실을 감수해야 할 [숭고]한 일이다. 현재의 껍질을 벗는 것은 현재에서의 희생을 의미한다. 현재로부터의 탈각은 현재로부터의 퇴장을 의미한다. 이것은 인간 아무나 할 수 없는 거룩하고 압도적인 행동이다. 그런데 자기의 가면을 벗기가, 자기의 허울을 벗기가, 자기의 위선을 벗기가, 자기의 위치에서 벗어나기가 쉽지 않다. 무엇으로부터 벗어나는 것은 형용할 수 없는 무서운 일이기 때문이다.『구토』의 주인공 앙투안 로캉탱(Antoine Roquentin)은 출판사와 서점의 사회조직에 굳건히 뿌리를 박고 탁상 위에서 관념적으로 현학적으로 실존을 논하는 허무맹랑(虛無孟浪)한 작가의 표리부동한 태도가 아니라, 실존을 현실이라는 실전에 몸소 적용하다 장렬히 전사한다. 그는 여인을 사귀지도, 자식을 낳지도, 집을 사지도 않고 유구한 인류의 역사를 외면한다. 여인은 가정을 구축하는 질긴 동기가 되기에, 집은 실존의 자유로운 유동을 훼방하는 정주(定住)의 감옥이 되기에, 역사는 과거 속에 현재를 포섭하는 유령의 시간이기에 이 모든 삶의 굴레를 거부하고 둥지를 요구하는 요조숙녀대신 일박(一泊) 여관의 창녀를, 집 대신 호텔을, 역사 대신 매순간의 현재를 기록한 일기장을 선호한다. 이처럼 로캉탱은, 결혼을 거부한 사르트르와 같이 구속 없는 자유를 원하지만 인간은 존재하는 이상 [구속의 자유] 혹은 [타자의 시녀]로서 타자의 욕망을 구현하려는 [타자의 자유] 속에서 살아갈 수밖에 없을 것이다.

사르트르의 욕망은 새장에 갇힌 새의 희구 같은 것, 아니 창살 없는 감옥으로부터의 자유라는 표현이 더 적절하리라. 사르트르 자신도 완전한 실존을 위해 철저하게 투구하지 않았다. 그가 실존을 위해 실천한 것은 고작 결혼의 회피, 무신론의 고수, 실존주의의 주장과 같은 것이고, 그의 삶은 타자, 사회, 국가의 경제적/정치적 감호 아래 이루어진 구속의 반영물이고 역사적 결과물이다. 그가 즐겨 향유한 연애, 교수, 연구, 강연, 저술, 명성 같은 것들은 사실 실존과 무관한 것들이다. 그러기에 사르트르의 삶은 문화의식(langue)을 완전히 망각할 수 없었던 로빈슨 크루소(Robinson Crusoe)의 삶이라고 볼 수 있다. 무인도에 살면서 인류의 문화를 재현한 크루소와 타자의 희생을 담보로 획득한 세상의 빵과 소시지를 먹으면서 실존주의를 논하는 사르트르는 우리와 동일한 계열의 인간이다. 인간은 누구나 할 것 없이 각자 존재하기 위하여 해결하고 실행해야할 핵심적인 조치들이 있다. 인간은 질료적 신체를 잠식해 들어오는 박테리아, 바이러스를 박멸하기 위하여 항생제를 먹어야 하고, 또 면역력(immunity)을 향상시키기 위해서 비타민을 먹어야 하며, 이 비용은 거저 주어지는 것이 아니라 [재화와 용역](goods and service)을 교환가치로 삼는 각종 경제/사회조직에 몸/마음을 혹사(酷使)해야만 조달할 수 있다. 이것이 소위 개인, 아니 실존의 주체일지라도 당연히 추구해야할 정상적인 삶의 투쟁과 삶의 의지의 실천이리라. 이 점을 「한 병사의 죽음」("The Death of a Soldier")에서 살펴보자.

삶은 죽음을 계약한다,
가을에
병사는 쓰러진다.

그는 3일짜리 요인(要人)이 아니다.
그의 이별을 부과하며,
허식(虛飾)을 요구하는.

죽음은 절대적이고 기념관이 없다,
가을에
바람이 멈춘다,

바람이 멈추고, 하늘저편에,
그럼에도, 구름이 흘러간다,
제 갈 길로.

Life contracts and death is expected,
As in season of autumn.
The soldier falls.

He does not become a three-days personage.
Imposing his separation,
Calling for pomp.

Death is absolute and without memorial,
As in a season of autumn,
When the wind stops,

When the wind stops and, over the heavens,
The clouds go, nevertheless,
In their direction.

병사의 인생은 철저히 체제 종속
적이다. 그러므로 병사의 삶은 선택적
인 인생이 아니라 선택받은 인생으로
자유가 없는 얽매인 그야말로 구토가
나오는 인생이다. 정부로부터 살인 면
허를 합법적으로 취득한 공인이며 개

〈살인면허 독일군〉

인의 목표는 국가의 목표로, 사익은 공익으로 대체된다. 헤밍웨이의 소설
『무기여 안녕!』에 나오는 헨리 중위는 타율적인 전쟁구도에서 탈피하기
위하여 전쟁터를 탈출하여 실존을 회복하려는 [단독강화](individual
truce)를 시도한다. 하지만 병사는 개인 로캉탱처럼 무목적으로 살아갈
수 없다. 병사가 그처럼 살아간다는 것은 실존을 회복하는 것이 아니라 실
존의 담보조건이 되는 존재의 상실을 의미한다. 병사의 죽음은 "요인"(要
人)의 죽음처럼 거창하지도 화려하지도 않다. 병사에게 실존의 자유는 없
다. 병사에게 하락된 자유는 조국을 위하여 적군을 살해할 자유밖에 없다.
여기에 어떤 동정적 정서나 반역적 이념이 개입될 수 없다. 시적화자는 인
간의 삶이 "죽음"과의 "계약"임을 천명하고 실존을 포기한다. 그것은 삶
의 한 페이지를 장식하는 병사의 충성스러운 죽음에 대하여 구름은 무심
하게 "제 갈 길로" 흘러가기 때문이다. 이때 영국의 유명한 록그룹 퀸
(Queen)의 「보헤미안 랩소디」("Bohemian Rhapsody")에서 흘러나오는,
양부(step-father)를 권총으로 살해한 일종의 오이디푸스의 역할로서의
소년 살인범의 최후를 묘사하는 말인 "그래도 바람이 분다"(Anyway the
wind blows)가 상기된다.

비록 실존 체험이 구토라는 증상이지만 이 구토가 쉽사리 멈추질 않
을 것이다. 그것은 살아가는 것이 곧 구토이기 때문이다. 타인의 살과 피

를 먹어야 살 수 있는 것이 인생이기에 이를 인식할 수 없는 동물은 아무 상관이 없지만 인간은 타인의 살과 피를 먹고 마시며 이 행동에 대하여 끝없는 가책에 사로잡히도록 설계되어 있기에 우리의 인생은 [구역질나는 인생]인 것이다. 물론 타인의 살과 피를 먹고 마시면서도 아무런 가책을 느끼지 않는 철면피 같은 인간들이 거의 대부분일 것이다. 구토를 참고 견디며 살아가야 하는 것이 정상적인 삶임을 뼛속 깊이 인식하도록, 더욱더 모질게 살도록 문화매체를 통하여 강요된다. 자신의 존립근거가 타인의 피와 살에 의존함을 망각하고 마치 천상에서 유람하듯 살아가는 것이 인생의 불가지론이다. 이처럼 인간은 부조리하게 존재하며 사유의 유전자를 가지고 주위 환경에 적응하거나 충돌하며 그저 살아갈 수밖에 없다. 그러나 사르트르의 존재는 인간은 존재의 이유가 하등 없고, 다른 존재와 상관없는 그 자체로서의 존재를 주장함으로써 [존재의 무의미]를 주장한다. 그래서 세상에 존재하는 어떤 존재도 숭배의 대상이 될 수 없다. 대상의 의미체로서의 [즉자]에 대한 각자의 [대자]적 안목이 다양하고 무성하여 대자가 즉자를 갉아먹고 마침내 [무]로 만든다. 다시 말해 대상에 대한 의식의 분열은 당연지사인 셈이다. 말[言]이 돌고 돌아서 엄청난 의미 연쇄를 만들어 내듯이. 즉자와 대자 사이에는 심연(abyss)이 있고 균열(crack)이 있다. 이 심연과 균열이 일종의 [무]인 셈이다. 아울러 틈, 해체, 공허, 불안도 [무]에 속하는 것으로 볼 수 있다. 다시 말해 의미는 갱신되고, 육신은 쇠퇴하며, 행복 속에도 불안을 감지하는 것이 [무]의 증상이다. 아니 인간은 절로 무화되고 균열된다. 결국 사르트르가 보기에 인간 존재의 근거는 우연성이고 [무]인 셈이다. 그런데 아이러니 한 것은 즉자를 파괴하는 대자가 즉자의 완전성을 희구하는 것이다. 말하자면 조사(祖師)를 죽이려는 공안(koan)에 몰입한 수행자의 태도나 예술의 완성을 희구하는 예술가의 태도다. 인간에게 [제도적 추상성]을 제거하고 남는 침전물은 죽기 위하여 매 순간 사력을 다해 약동(alan vital)[25]하며 아등바등 살아가는 것뿐이다. 그러니 살아가기 위해서 직종이 무엇이든 상관이 없을 것이다.

〈즉자에 대항하는 대자의 욕망〉

기표를 분열시키려는 기의의 음모는 도로에 그친다. 질료 속에 감추어진 잠재적 형상은 영원히 고정되지 않고 즉자와 대자의 충돌로 탄생과 죽음을 반복한다. 따라서 대자가 즉자를 희구하는 것은 일종의 망상이다. 인간은 스스로 부조리하게 구성되고 부조리하게 파괴된다. 신의 설계와 인간의 본질은 동시에 무효이자 허구이다. 그것은 신을 빙자(憑藉)한 종교라는 미명하에 인간을 구속하고 인간의 탐구에 의해 여태 축적된 인간

---

25) 일반적으로 생명체의 발랄한 도약을 의미하는 강력한 생명력의 분출에 방점을 찍는 이 개념의 철학적 의미는 그리 단순하지 않아 철저한 이해를 필요로 한다. 앙리 베르그송 (Henri Louis Bergson)이 부여한 의미는 모든 생명체 속에 미분화된 에너지가 응축되어 있는데 이 에너지를 축적하고 저장하는 것이 [식물]이며, 이 식물의 에너지를 먹는 인간을 포함한 [동물]은 식물에너지를 힘의 원천으로 삼아 이 에너지를 지상에서 현실화시키는 것이다. 그런데 각각의 생명체들이 분출하는 각각의 에너지는 상호 충돌할 수밖에 없고 이 첨예한 충돌의 과정에서 생명체들은 다양한 진화를 한다. 따라서 에너지의 충돌에 영향을 받는 생명체의 미래의 모습은 명확하게 알 수 없고 단지 잠재적인 면이 역동적으로 현실화될 것(dynamism)이라는 점만을 유추할 수 있다. 상설하면, 원시 생명체의 미분화된 힘이 폭발하여 생명체로 현실화되어(제1차 엘랑비탈) 이 개체들이 땅, 바다, 호수, 하늘을 무대로 질주한다. 또 이 다양한 공간에 생존하는 개체들의 에너지는 상호 충돌하며 생존상황에 적합하도록 현실화[진화] 된다(제2차 엘랑비탈). 이는 일종의 정치적 헤게모니에도 적용될 수 있는데, 조선시대 단종의 왕위를 방어하려는 [김종서 장군]파와 이를 찬탈하려는 [수양대군]파의 격렬한 [엘랑비탈]의 비극을 참조할 수 있다. 양자의 에너지의 대립과 충돌로 현실화된 것이 [세조시대]이다.

의 본질은 인간의 실존을 구속하거나 초월하기 때문이다. 타자에 의해서 세상에 내던져진 인간은 스스로 세상에 내던지며 살아가며 매사에 선택의 순간에 직면한다. 인간에게 부여된 인간 고유의 자유는 [선택의 자유] 이다. 성경에서 하나님이 강제로 인간을 다루지 않고 인간이 제멋대로 하도록 [자유의지](free will)를 주었듯이. 그러나 대자로서의 불완전한 인간은 대자의 허무를 내포하며 살아간다. 그것은 즉자의 충일한 자유가 아니라 중심이 흔들리는 공허하고 불안한 [무의 자유]이며 저주받은 자유이자 불만족의 자유이다. 그리고 각자에게 부여된 책임이 막중한 자유이다. 일반적으로 인간에게 부여된 자유는 타자를 무시하는 독재적 제왕적 [절대적 자유]를 제외하고 타자를 의식해야하는 [상대적 자유]에 불과하다는 점과는 달리 사르트르의 자유는 범인(凡人)이라도 무한하게 행사할 수 있다. 그것은 인간이 다른 동물과 달리 누구나 의식을 가지고 태어났기에 [즉자]에 접근하는 [대자]의 무한한 자유가 있기 때문이며, 이것이 인간에게 주어진 의식적 [자유의 불가피성]이다. 다시 말해 [즉자]에 대한 [대자] 의 생각과 상상은 자유라는 말이다. 따라서 인간의 실존의식은 각자의 자유로운 선택이기에 [인간의 본질보다 실존이 앞선다].

세상은 각자의 [나]를 선택하기 위하여 삶의 특이성이 아니라 보편성에 초점을 맞춘다. 이것이 상호주관성이다. 주체성은 타자의 주체성이며, 동시에 실존의 주체성이다. 상호주관성의 주체는 그 자체로 중심이 없는 [무]의 입장을 취한다. 인간의 대자적 의식은 신체의 방식으로 존재하며, 신체는 물리적인 공간을 차지한다는 점에서 근원적인 존재방식이고, 의식은 존재의 의식이자 육체의 의식이며, 의식 활동은 반드시 사물과 교통하며 성립한다. 이 점이 사실상 하이데거가 말하는 실존의 존재방식인 [세계 내 존재]와 상통한다. 따라서 사르트르의 [즉자/대자], 후설의 [노에마/노에시스], 하이데거의 [세계 내 존재]는 가족 관계에 해당한다. 인간이 처한 즉자적 상황으로서의 육체는 이에 대한 묘사나 기술에 해당하는 대자적 상황에 해당하는 이야기나 서사에 의해서 구체화된다. 인간은 고립된 존재가 아니라 주변의 사물과 상황에 대하여 반응하거나 언급해야 하는 대자적 존재이다. 설사 역사와 사회와 같은 구조적인 객체가 인간의 본질을 규정하고 정의한다 할지라도 이 객체를 구성하는 주체는 어디까지나 선택과 자유를 견지하며 환경에 좌우되는 [대중의 보편성]에 함몰되지 않는 실존적 능동성을 발휘해야 한다. 이 점을 「10시의 각성」("A Disillusionment of Ten O'Clock")에서 살펴보자.

집들에 유령이 나오네
흰 잠옷들을 보니.
녹색은 전혀 없고,
녹색 고리 달린 자주색도 없고,
노랑 고리 달린 녹색도 없고,
청색 고리 달린 노란색도 없네.
이들 모두 이상치 않네,
레이스 달린 양말에
구슬 달린 허리끈 매어도.
사람들은 꿈꾸려 하지 않겠지
개코원숭이, 협죽도를.
다만, 여기저기, 한 늙은 뱃사람,
취하여 신발 신은 채 잠들곤,
범을 잡네
핏빛 계절 속에서.

The houses are haunted

By white night-gowns.

None are green,

Or purple with green rings,

Or green with yellow rings,

Or yellow with blue rings.

None of them are strange,

With socks of lace

And beaded ceintures.

People are not going

To dream of baboons and periwinkles.

Only, here and there, an old sailor,

Drunk and asleep in his boots,

Catches Tigers

In red weather.

"밤"이 부여하는 포괄적인 환경 속에 주위 사물들이 빛을 상실하고 희뿌옇게 매몰된다. "밤"은 즉자들을 회색으로 무화시키는 대자의 기능을 수행한다. 그리고 등장하는 "유령"은 "밤"의 존재에서 파생된 "밤"의 본질이며, 악몽 속에 출몰하는 개구쟁이(trickster)[26] "개코원숭이"와 몽환적인 "협죽도" 역시 밤의 본질이다. "밤"과 "술"은 인간들의 예민한 신경을 잠재우는 수면제이며, 인간들은 오히려 "밤"과 "꿈"을 두려워한다. 모든 것을 무화(nullification)시키는 밤을, 그리고 현실의 마각(馬脚)을 드

---

[26] In mythology, and in the study of folklore and religion, a [trickster] is a god, goddess, spirit, man, woman, or anthropomorphic animal who plays tricks or otherwise disobeys normal rules and conventional behavior. It is suggested by Hansen (2001) that the term "Trickster" was probably first used in this context by Daniel G. Brinton in 1885. (wikipedia.com)

러내는 꿈을 인간은 경외한다. 밤은 꿈을 통하여 인간에게 과거의 원초적 외상을 환기시킴과 동시에 이글거리는 낮의 투쟁으로부터 인간을 은폐시켜주는 모성(maternity)을 행사한다. 원시의 야성을 함축한 밤의 유혹은 인간의 실존을 상실케 한다. 여기서 실존의 실권(實權)을 행사하는 자는 오직 만취한 "늙은 뱃사람"뿐이다. 술에 "각성"된 안하무인(眼下無人)의 노인은 "호랑이"마저 두렵지 않다. 그의 마비된 눈에 "호랑이"는 "호랑이"가 아니며, 이때 "호랑이"는 인간에게 위축되지 않는 각박한 "핏빛" 현실이다. 다들 밤 10시가 부여하는 보편성과 일관성에 매몰되어 "유령" 처럼 실존을 상실한다.

실존주의는 휴머니즘이다(Existentialism is a humanism). 이것이 사르트르의 명제이다. 이는 데카르트의 [의식의 명증성], 칸트의 [이성의 용법], 헤겔의 [전체성의 강조]에 반하여 인간의 실존을 형이상학이 다룰 것이 아니라 [세계 내 존재]로서의 인간을 존재론적으로 다루어야 한다는 것이다. 하지만 인간은 세상이라는 진창(mire)과 유관한데 이를 외면하고 속세와 무관한 것처럼 행세를 한다. 수양산에서의 백이(伯夷)와 숙제(叔齊)처럼 인간은 고사리와 이슬만을 먹고 고고하게 살아갈 수는 없다. 실존주의는 일종의 진정성의 윤리학(ethics of authenticity)이라고 볼 수 있다. 존재론은 현재의 상태를 기술하는 현실적인 이론이고 형이상학은 현재의 상태를 넘어 기원과 본질을 논하는 탈현실적인 이론이다. 사르트르가 보기에 세상에는 3가지 존재가 있다. 그것은 즉자[in-itself/en-soi], 대자[for-itself/pour-soi], 대타존재[pour-autrui/for-others]이다. 이는 인간이 인간이기 위해서는 인간관계가 핵심이라는 것이다. 즉자는 고정적이고 충실하고 수동적이고 명증적지만, 대자는 유동적이고 애매하고 능동적이다. **자유를 위한 투쟁은 결국 자승자박이다.**[27] 그것은 자기 눈에 포착된 사물을 부정하기 혹은 자기검열이다. 하지만 언덕 위에서 아래로 돌 굴리기를 줄기차게 반복하는 실존적 인간은 정치적이고 참여적인 점에서 칩거하는 은둔적 파우스트적 기질보다 도발적인 프로메테우스적 기질을 닮았다. 인간은 누군가에 의해서 지상에 유기된 존재이자 무목적적인 존재이며 이념과 관습과 제도로 포장된 인간이다. 이것이 인간의 정체성이며, 이 가식적인 포장마저 벗기면 인간 존재의 이유는 없다. 즉 페르소나(persona)를 벗기면 인간 존재의 의미가 사라진다. 그러기에 한 인간이 주위의 다른 인간에게 [너의 진실을 보여라] 혹은 [너의 가면을 벗어라]고 흔히 주장하는 것은 상대를 말살하는 것이며 적반하장(賊反荷杖)인 것이다. 인간은 살아생전에 상황에 맞는 적절한 가면을 쓰는 것이 상호 충돌을 모면하는 정상적인 인간의 모습이다. 그러니 [인간이여! 가면을 쓰라!] 이런 점에서 외교상의 관례는 국가와 국가 간의 충돌을 미연에 방지하는 중요한 절차인 것이다. 인간 존재는 무근거성에 입각하고 현실성 없는 것은 막연한 구속임을 상정할 때 인간의 이성적인 궁리로 현실너머 인간 존재의 제1 원인으로서 신의 존재를 상상할 수 없다. 부활한 예수가 제자들에게 출현했을

---

27) 이 점에 대해 최근 실토한 한국영화가 「설국열차」이다. 인간은 칸막이 열차라고 하는 닫힌계에 존재하며 이 닫힌계 속에 발생하는 점증하는 갈등과 분열의 에너지가 응집된 체제 파괴적 열차파괴적인 행동은, 물론 열차의 서비스 체제를 개선하는 점도 있지만 체제수호주의와 체제파괴주의 사이의 과도한 대립으로 야기되는 [존재의 매트릭스]로서의 열차의 파괴로 말미암아 결국 분열주의자, 파괴주의자 자신들의 파멸로 귀결되고 만다는 당연한 결론이 제시되고 있다. 다시 말해 파괴주의자들이, 테러리스트들이 기생하는 숙주로서의 체제의 사망은 곧 그들의 사망으로 귀결된다는 말씀이다. 이것은 과거 10년 전 봉준호가 영화 「괴물」에서 보여준 반미적/반정부적인 체제 파괴적인 좌파적 내용과는 180도 다른 관점의 체제수호적인 영화였다. 이에 대한 현명한 대책을 제시한 이가 앤서니 기든스(Anthony Giddens)이다. 그는 사회주의의 경직성/파괴성을 타파하고 자본주의의 과도한 경쟁을 지양하는 중립지대로서의 [제3의 길]을 제안한다. 그런데 한국의 사회주의와 진보주의는 시대착오적으로 한반도 적화통일을 획책하는 북한과 연계된 [종북주의]라는 점에서 국가존립차원에서 심각하게 우려된다.

때 도마(St. Thomas)가 손바닥의 못 자국을 확인하고 옆구리의 창 자국을 만져본 것은 실존적 인간이 취할 당연한 도리인 셈이다. 이 점을 「화산으로부터 온 엽서」("A Postcard From The Volcano")에서 살펴본다.

> 우리의 뼈를 줍는 아이들은
> 결코 모르리라 이것들이 한때
> 언덕배기에서 여우처럼 재빨랐다는 것을;
> 그리고 가을에, 포도가
> 예민한 공기를 그것들의 냄새로 더 예민하게 할 때
> 이것들이 한 존재를 가졌음을, 호흡하는 서리를;
> 그리고 적어도 우리의 뼈로 인하여
> 우리는 보다 많은 것을 남겼음을, 여전히 남긴다
> 사물의 모습을, 우리가 느낀 것을
> 우리가 보았던 것에 대해서. 봄의 구름이 날린다
> 굳게 잠긴 저택 위로,
> 우리의 문과 바람 부는 하늘 너머
> 문어적 절망이 터져 나온다.
> 우리는 알았다 오랫동안 저택의 모습을
> 그리고 우리가 그것에 대해 말한 것이 되었음을
> 현재 모습의 일부... 아이들,
> 여전히 만발한 광환(光環)을 자아내며,
> 우리의 말을 구사하고 결코 모르리라,
> 저택에 대해서 말하리라 그것이 마치
> 그곳에 살았던 그가 남겨둔
> 공허한 벽 속에 요동치는 정신을
> 처참한 세계에서 더러운 집,

그림자의 넝마들 꼭대기가 하얀,
부유한 햇빛의 황금으로 더럽혀진.

Children picking up our bones
Will never know that these were once
As quick as foxes on the hill;
And that in autumn, when the grapes
Made sharp air sharper by their smell
These had a being, breathing frost;
And least will guess that with our bones
We left much more, left what still is
The look of things, left what we felt
At what we saw. The spring clouds blow
Above the shuttered mansion house,
Beyond our gate and the windy sky
Cries out a literate despair.
We knew for long the mansion's look
And what we said of it became
A part of what it is... Children,
Still weaving budded aureoles,
Will speak our speech and never know,
Will say of the mansion that it seems
As if he that lived there left behind
A spirit storming in blank walls,
A dirty house in a gutted world,
A tatter of shadows peaked to white,
Smeared with the gold of the opulent sun.

현재까지 알려진 바에 따라 은하계가 50억 개가 존재한다. 그 가운데에서 지구라는, 우주에서 먼지 알갱이에 불과한 소행성 위에 사는 인간은 무엇을 위해 존재하는가? 먹기 위해서? 놀기 위해서? 탐구하기 위해서? 사업하기 위해

〈화산분출〉

서? 국가를 수호하기 위해서? 이외에 수많은 의문이 열거될 수 있을 것이다. 우연한 상태 속에 누구의 공인을 받지 못하는 정당성 없는 비합리적인 존재인 인간과 인간은 각자가 즉자이자 대자이기 때문에 대상화 할 수 없다. 그런데 주인은 노예를 대상화하고 노예는 주인을 대상화 한다. 이것이 백인과 흑인, 한국인과 동남아인에게도 적용된다. 주인과 노예는 관계 속에서 공존한다. 인간의 삶은 각자의 주변을 대상[즉자]화하는 대자로서 살아가는 것이기에 인간의 의식은 유동적이고 능동적이다. 그래서 즉자에 대한 해석의 갱신은 필연적이다. 도(tao)나 선(zen)의 궁극적인 목표인 몰아(沒我)일체를 추구하는 수행자들은 현실적으로 물고 물리는 숨 막히는 식인(食人)의 인간관계 속에서 구토(nausea)를 느껴 삶의 전쟁터로부터 개별 휴전을 선언하고 가출한다. 그런데 인간의 실존 주장은 집단의 반발을 초래하고 결국은 집단에서 추방되어 이방인의 명분이 된다. 가정으로부터, 사회로부터, 국가로부터 멀어지는 실존회복은 정체성의 혼란과 붕괴를 초래한다. 그것은 산 중의 고고한 도승이 도를 깨친 후 대중들을 상대로 [야단법석]을 떠는 경우와 같다. 공동체의 압제로부터 탈피하여 절대적 실존을 회복한 도승이 굳이 실존을 저해하는 속물의 공동체에서 법회를 열 필요가 있는가? 현실을 초월한 경지에 도달한 도사가 홀로 공중부양을 즐기면 될 터인데 무슨 목적으로 산에서 내려오는가? 대중을 구제하기 위해서? 자

아실현의 명예를 위해서? 그러기에 인간이 실존을 주장한다는 것은 애초에 불가능한 일일지 모른다. 그것은 왕국과 가족을 매정하게 버리고 산 속으로 출사한 싯다르타가 도를 깨친 후 환속했기 때문이다. 모르긴 하지만 산 속 생활이 자유로운 것은 좋았으나 무료했을 것이다.

05.

T. 하디 & 메를로 퐁티

주요개념 —— 구체성의 철학, 몸/지각의 강조, 주관/객관으로의 육체, 이중성과 역사성,
　　　　　　정체성의 문제, 타자와 자유의 한계, 개인과 사회
분석작품 —— 자연의 질문, 태어나지 않은 존재들, 훗날

　　편모　슬하의　악조건하에서　수재들의　집합소　파리고등사범학교
(Collège de France)를 거쳐 철학교수시험에 통과한 후 리옹 대학, 소르본
을 경유하여 마침내 콜레주 드 프랑스의 철학과 학과장의 자리를 차지한
불세출의 학자 메를로 퐁티(Maurice Merleau-Ponty)는 종종 사르트르와
더불어 프랑스의 대표적인 실존주의 철학자로 이해된다. 고등사범 출신의
학자들은 레비스트로스, 푸코, 알튀세, 베르그송, 라캉에 이르도록 막강
한 학연의 위용을 자랑한다. 또한 그는 사르트
르와 보부아르와 더불어 현실참여적인 지식인
이었다. 퐁티는 독일이 프랑스를 점령한 시기인
1941년에 사르트르와 함께 레지스탕스에 가담
하여 활동했다. 종전 후 1945년 사르트르와 함
께『현대』라는 저널을 공동 창간하여 정치사회
적 문제들에 대한 견해를 표명한다. 하지만 인간

〈메를로 퐁티〉

관계가 늘 좋을 수는 없으며 만남은 헤어짐을 반드시 전제하고 있기에 퐁티와 사르트르는 결국 정치적인 입장을 달리했다. 그것은 바로 한국전쟁에 대한 인식이었다. 전자는 이 전쟁을 사주한 구 소연방(USSR)의 태도를 비판했으나 후자는 좌파의 노선을 따라 소연방의 입장을 옹호했다. 정치적으로 사르트르와 결별한 퐁티는 철학적으로도 사르트르로부터 학문적 자주성을 표방했다. 진작에 퐁티는 실존주의라는 말 자체에 거부감을 느꼈다. 그것은 실존주의의 상징이자 표상으로서 1940년대 이후 사르트르가 유명인으로 부각되는 것에 대한 학자적 질투심이기도 했다. 실존주의라는 명칭은 거부하지만 학문적 콘텐츠는 실존주의에 근거한다고 본다. 그는 사회에 대한 추상적인 인식 대신 구체적인 현상에 초점을 맞춘다. 이것이 퐁티의 소위 [구체성의 철학]이다. 이 범주에 속하는 학자 가운데 하이데거나 야스퍼스가 있다. [구체성의 철학]은 데카르트나 칸트의 특징으로 볼 수 있는 [반성의 철학] 혹은 [지성주의]를 비판한다. 그들은 대상의 존재근거를 지성적 의식의 주체로서의 자신을 참조하는 반성철학을 거부한다. 다시 말해 지성적 의식이 대상으로 향했다가 그 대상을 구성하는 자기 자신으로 회귀하는, 지성적 의식의 자기복귀(self-reflection)를 거부한다. 이는 지성적으로 사물을 바라보는 것을 증오하는 것이며 지성적인 반성에 의해 파악된 대상 이전의 현상을 포착하려는 것이다. 이 점을 하디(Thomas Hardy)[28]

---

28) 하디는『애매한 자유다』와『테스』를 발표하여 영국사회를 동요시켜 소설가로서의 인생을 접고 시인의 길로 들어섰다. 그의 작품은 미국 미시시피 강 유역을 배경으로 작품 활동을 펼쳤던 마크 트웨인처럼 잉글랜드 남서부지역 도싯(Dorset)—작품 속에서는 웨섹스(Wessex)—에 초점을 맞추었던 로컬리스트였다. 작품 속에 흐르는 적자생존의 법칙은 강자에 의해서 수탈되는 약자의 운명을 잔인하게 재현하였고, 내재적 의지(immanent will)의 주체인 자연과 자유의지(free will)의 주체인 인간과의 대립에서 전자에 대한 후자의 저항은 한낱 메아리 없는 저항에 그치고 만다는 자연주의의 잔인한 구도를 보여준다. 이런 점에서 하디는 인생에 대해서 낙관적인 전망을 하지 않고 자연의 역린(逆鱗)을

의 「자연의 질문」("Nature's Questioning")에서 살펴보자.

　새벽의 여명, 연못, 들판, 양 떼,
　그리고 홀로 선 나무를 내다보니,
　모두가, 학교에서 벌을 받고 말없이 앉아 있는
　아이들처럼 나를 응시하는 것 같네.

　그들의 얼굴은 둔감하고 어색하고 지친 것이,
　마치 가르치노라 피곤한 나날을 보내는
　선생님의 태도에 주눅이 들어
　애초에 가졌던 그들의 열성이 압도당한 듯하네.

　이들에게서 단지 입술만 움직여 나오는 말이 있었으니,
　(마치 한때는 분명한 어조로 말했었지만,
　이제는 겨우 숨소리처럼 들리는 듯한 말이)
　"이상하군, 정말 이상해, 우리가 왜 여기서 이러고 있는 거지!

건드리는 역천자가 아니라 순천자로서의 농부의 자세가 현명함을 제시한다. [The publication of Tess of the d'Urbervilles in 1891 shocked and dismayed the Victorian public with its presentation of a young beautiful girl seduced by an aristocratic villain. In order to have the novel published, Hardy made some concessions about its plot; extensive passages were either severely modified or deleted outright. The same happened to his last novel, Jude the Obscure, published in book form in 1895. In 1898, disturbed by the public uproar over the reception of his two greatest novels, Hardy announced that he had ceased to write prose fiction. He returned to poetry, which he regarded as a purer art form than prose fiction. As a young man he could not make enough money to live on by writing poetry, so he had decided to write novels. However, after giving up the novel in adulthood, Hardy published a collection of his earlier poems under the title Wessex Poems (1898).] (http://www.victorianweb.org)

어떤 '거대한 바보'가

만들어 내고 혼합해 내는 힘은 막강하지만,

돌보는 힘은 없어서,

장난삼아 우리를 만든 다음, 이제는 아무렇게나 내버려 둔 건가?

아니면, 우리의 고통을 느낄 수 없는

'자동기계'가 우리를 낳는 건가?

아니면, 우리는 두뇌와 눈이 사라진 채

쓰러지며 죽어 가는 하나님의 살아 있는 유골인가?

아니면, 아직은 헤아릴 길 없는

어떤 지고한 '섭리'가 있어,

'성취'가, '버려진 희망'인 우리들을 성큼 넘고서

'선'에게 내몰리는 '악'을 보여 주려는 건가?"

이러면서 사물들이 나를 에워쌌다네. 그 답을 나는 모른다네...

바람과 비와

대지의 오래된 우울과 고통이

여전히 똑같고, '삶'과 '죽음'이 가까운 이웃인지. [윤명옥 63][29]

WHEN I look forth at dawning, pool,

Field, flock, and lonely tree,

All seem to look at me

Like chastened children sitting silent in a school;

---

[29] 토머스 하디. 『하디 시선』. 윤명옥 옮김. 서울: 지만지, 2010.

120 영미시에 나타난 '참을 수 없는 존재의 가벼움'과 무거움: 그 아리아드네적 전망

Their faces dulled, constrained, and worn,
As though the master's ways
Through the long teaching days
Their first terrestrial zest had chilled and overborne.

And on them stirs, in lippings mere
(As if once clear in call,
But now scarce breathed at all)—
"We wonder, ever wonder, why we find us here!

Has some Vast Imbecility,
Mighty to build and blend,
But impotent to tend,
Framed us in jest, and left us now to hazardry?

Or come we of an Automaton
Unconscious of our pains?...
Or are we live remains
Of Godhead dying downwards, brain and eye now gone?

Or is it that some high Plan betides,
As yet not understood,
Of Evil stormed by Good,
We the Forlorn Hope over which Achievement strides?"

Thus things around. No answerer I...
Meanwhile the winds, and rains,
And Earth's old glooms and pains
Are still the same, and gladdest Life Death neighbors nigh.

여기서 [세계 내 존재]에 대한 회의가 물씬 묻어난다. 언술 속의 주체인 "나"를 둘러싼 "여명", "연못", "들판", "양 떼", "나무"들은 삶의 구체성을 드러내며, 그 존재들의 의미를 탐색한다. 그 미분화된 "아이" 같은 존재들에게 의미를 부여할 존재는 오직 시적화자인 "나"뿐이다. 사물은 인간들에 의해서 추상적으로 혹은 구체적으로 이용당하고 매도된다. 이 점에서 [자연을 마음껏 다스리라]라는 성경의 창세기에 나오는 말이 맞다. 물론 인간이 자연을 학대한 탓에 지금 자연의 보복을 당하고 있지만. 엔트로피, 쓰나미, 온난화와 같은 생태계의 저항. "이상하군, 정말 이상해, 우리가 왜 여기서 이러고 있는 거지!"에서 보이듯이 사물의 배치에 대해 사물이 인간들에게 물어보지만 인간은 인간을 포함한 사물이 배치되었다는 것 외에 알 도리가 없다. 인간과 다양한 사물을 멋대로 이리저리 던져놓은 아상블라주(assemblage)[30]와 콜라주(collage)의 주체는 과연 누구이던가? 인간에게 주어진 것은 홀연히 사라진 유령의 정체를 탐지하는 희미한 유추의 능력뿐이다. 현실/꿈, 안/밖, 삶/죽음, 성공/실패, 유/무와 같이 전자를 통해 후자를 유추해 볼 때 존재/비존재, 존재/초월자의 구도가 성립될 수 있다. 여기서 시적화자가 초월자로서 만물을 배치한 "거대한 바보"의 사물을 "돌보는 힘"의 부재를 질타한다. 성경에 따르면 조물주가 천지를 만들고 인간에 [자유의지]를 주었다고 선언한다. 그런데 인간은 천지를 창조한 신의 의도를 전혀 모른다. 만약 인간에게 창조주가 창조의 비밀을 공개할 경우 악용의 소지가 있지 않겠는가? 그 비밀을 모르는 상태에서도 탐욕스런 인간은 끝없이 창조의 원리를 분석하려고 사물의 원소를 분해하고 있다. 창조의 질서를 전복시키려는 성전환, 유전자

---

30) [아상블라주]는 이질적인 것들의 입체적 조합이며, [콜라주]는 이질적인 것들의 평면적 조합이다.

조작, 인공수정과 같은 바벨탑의 음모는 지금도
진행 중이다. 여기서 다발적인 물음이 쏟아져 나
온다. 암울한 현재에 대해 침묵하는 감각에서 초
연한 창조주는 "자동기계"인가? 아니면 하나님의
형상을 닮았다는 인간은 "하나님의 살아있는 유
골"에 불과한가? 아니면 비극이 벌어지는 "악"의
현장에서 무기력한 인간을 구원할 "선"의 재림이

〈토머스 하디〉

기획된 것일까? 시적화자가 회의하는 사물의 구도에 대해 멀리 나아갈 필
요가 없다. 그것은 인간에게 제시된 사물의 [구체성]이 사물의 기원이자
원천의 단서가 됨이 분명하기 때문이다. 마치 눈앞의 피해자가 가해자의
증거를 함축하고 있듯이.

　퐁티에 대한 현재의 인기는 [지각현상학]의 선풍(旋風)에서 비롯된다.
물론 정신과 몸의 이분법에서 후자를 선호하는 포스트모더니즘의 경향도
그의 인기에 일조한 바가 클 것이다. 실존주의에다가 현상학을 첨가한 그
의 사상은 [대상으로의 환원]을 주장하는 현상학적 방법과 대상을 바라볼
때 [지각의 우위성](primacy of perception)을 인식하는 것과 [몸의 중요
성]으로 요약된다. 그는 인간이 정신적인 동물이기 이전에 육체적인 동물
이라는 점을 분명히 했다. 그가 사모하는 학문의 스승은 후설(Edmund
Husserl)이었다. 현상학은 대상에서 우러나오는 [추상성]을 배제하고 [구
체성]을 선호한다. 그것은 사물을 대할 때 대부분의 철학이 그러하듯이
복잡다기한 이론들을 앞장세워 설명하는 것이 아니라 경험한 대로 서술
하는 것이 최상의 목표이다. 이는 선과학적이고 선철학적인 관점이다. 물
론 사물을 경험한 대로 기술한다고 해서 사물에 대한 우리의 내면을 완전
히 반영하는 것으로 볼 수는 없을 것이며, 그것은 [삶의 세계](리벤스벨

트, Lebenswelt)에 해당될 것이다. 현상학은 [본질을 존재의 위치로 돌려 놓는 철학]이다. 다시 말해 존재에서 비롯된 본질이라는 원리를 파괴하고 인간이 인간을, 인간이 세계를 이해하기 위해서는 인간과 세계에 대한 사실성(reality) 외에 다른 방편을 취하지 않는다는 것이다. 다시 말해 우리가 인간과 세계를 말할 때 단지 우리가 경험한 대로 접근할 뿐이며, 부지불식간에 동원되는 역사학적, 사회학적, 심리학적인 입장을 취하지 않겠다는 말이다.

    퐁티가 보기에 [현상학으로 돌아가기]는 이론의 근본이 되는 경험으로 돌아가려는 시도이므로 경험의 기원이나 인과론에 대한 탐색에는 관심을 두지 않는다. 현상학자들은 사물에 투기되는 의식 또는 사유의 자동성에 의한 [논리적 구성주의]를 사물의 이론적인 본질을 추구하려는 것이 아니라 객관의 진정한 본질을 파악하려는 야심을 가지고 있다고 본다. 이처럼 사물을 군더더기 없이 이해하려는 점은 사물을 비틀어 위선의 껍데기를 벗기려는 선(zen)적 음모와 일치한다. 라캉이 말하는 소위 [프로이드로 돌아가자!](Return to Freud!)도 이와 같은 현상학적인 환원의 일환이 아닌가 싶다. 오리엔탈리즘이 암시하는 금은보화와 향료로 가득한 [동양의 보물지도]와 실지 [동양의 현실]과는 엄청난 괴리가 있었음을 보여주는 것이 1492년 아메리카의 현상학적인 발견이다. 여기서 전자를 이론으로 후자를 경험으로 치환할 수 있을 것이다. 이때 대상에 투사되는 의식의 지향성은 불가피하다. 대상에 대한 의식의 지향성은 현상학의 백미(白眉)이다. 우리의 의식은 자동적으로 세상에 내던져진다. 우리의 눈앞에 타자들이, 사물들이 스쳐 지나가고 우리의 눈길은 현혹되어 이것을 추적한다. 의식이 없이는 대상이 존재하지 않으며 대상이 없이는 의식이 존재하지 않는다. 따라서 [반성적인 인간] 혹은 [내적인 인간]은 실존주의

자들에게 증오의 대상이다. 명상하는 인간이, 기도하는 인간이 흔들리는 사물을 포착하기에는 너무 동작이 굼뜨기 때문에 그러하고 대신 내적인 자아 속에 진리가 자리하는 것이 아니라 인간은 세계 속에, 자연 속에 존재하기에 이 상황 속에서 인간에 대한 진리를 찾아야 한다는 것이다. 다시 말해 [내면의 자아]가 중요한 것이 아니라 [세계 속의 자아]가 더 중요하다. 이 점을 「중간 색조」("Neutral Tones")에서 살펴본다.

> 우리는 그 겨울날 연못가에 서 있었다,
> 태양은, 마치 하나님의 꾸중이나 맞은 듯 희었고,
> 낙엽이 몇 잎 굶주린 땅에 깔려있었다;
> ―서양 물푸레나무에서 진 것이어서 회색이었다.
>
> 나를 바라보는 당신의 눈은 지난날의 지루한
> 수수께끼를 풀려 헤매는 눈만 같았다;
> 몇 마디가 우리 사이에 오고 갔다,
> 누가 우리의 사랑으로 더 손해 보았는지.
>
> 당신의 입에 떠오른 미소는 죽을 힘이 겨우 남은
> 정도로 맥 빠져 있었고;
> 씁쓸한 희죽 웃음이 입가를 스쳐갔다
> 날아가는 불길한 새처럼.
>
> 그때 이래 사랑은 속이고, 과오(過誤)를 개탄한다는
> 신랄한 교훈이 내 마음속에 새겨 놓았다
> 당신의 얼굴과 하나님에게 저주받은 태양과 나무를,
> 그리고 회색 잎사귀로 가장 자리진 연못을.

WE stood by a pond that winter day,
And the sun was white, as though chidden of God,
And a few leaves lay on the starving sod,
—They had fallen from an ash, and were gray.

Your eyes on me were as eyes that rove
Over tedious riddles solved years ago;
And some words played between us to and fro—
On which lost the more by our love.

The smile on your mouth was the deadest thing
Alive enough to have strength to die;
And a grin of bitterness swept thereby
Like an ominous bird a-wing....

Since then, keen lessons that love deceives,
And wrings with wrong, have shaped to me
Your face, and the God-curst sun, and a tree,
And a pond edged with grayish leaves.

본 작품에 대한 대부분의 비평은 시들어가는 사랑의 회한을 그린 것
으로 보는 경우가 많다. 하지만 텍스트의 의미는 반드시 동일한 계열에만
속하지 않는다. 만났을 때의 정열은 지금 시들어간다. 사랑의 생생함은
의미화 되어 연인의 기억 속에 퇴적되어 사라진다. 삶은 인간이 알 듯 말
듯하게 희뿌연 회색이다. 원색의 생기는 곧 회색의 죽음으로 바뀐다. 회
색은 중간자이다. 강렬함과 희미함의 중간이다. 그것은 살아있는 것도 완
전히 죽어있는 것도 아닌 죽어가는 인간의 모습을 반영하기에 죽어있지

도 살아있지도 않는 유동적이고 부동적인 공(空)이라고 할까? 현재를 살아가면서 과거와 미래에 몸을 적시는 애매한 연옥(purgatory)의 상황이다. "눈"은 진리를 직시하는 혜안이 아니라 "헤매는" 눈이며 입가의 "미소"는 마하가섭의 신비한 미소가 아니라 절망의 미소이다. 아침부터 시작되는 인간시장의 생존경쟁은 자발적인 것이 아니라 타자의 욕망에 의한 것이기에 삶의 지구(持久)전을 예상케 한다. 인간의 마음속에 새겨진 타자의 얼굴들, 즉 배우자의 얼굴, 자식의 얼굴, 연인의 얼굴, 부모의 얼굴, 친구의 얼굴, 민족의 얼굴은 실존을 구속하는 억압기제로 기능한다. 전통이라는 용광로를 가동하기 위해 동원되어야 할 우리 모두의 얼굴이다. 싱싱한 생명을 부여받았으나 그 생명력을 발휘하려는 정신은 희미하고 미약하다. 이 궁상맞은 인간의 모습을 니체가 비판한다. 현재 날고 있으나 추락하는 날개를 지닌 "불길한 새"의 운명이 인간의 운명이다. 새는 날고는 있으나 서서히 떨어지는 것이 당연하다. 역사의 "신랄한 교훈"을 참조하는 실존의 불길한 미래를 예상할 때에 현재의 생명력은 주눅이 들고 주춤할 수밖에 없다. 실존의 나아가는 방향은 영광이 아니라 결국 소멸이기 때문이다. 불가해한 이것이 죽기 위해서 태어나는 생명의 모순이자, 신의 저주이다.

사물을 바라보는 관점이나 이론에서 벗어나 경험하는 그대로의 세계를 이해하려는 현상학적 입장은 퐁티에 이르러 [지각]을 가미한 형태를 띤다. 의식이 사물에 접근하는 것이 현상학적 방법이라면, 지각을 통해 사물에 접근하려는 것이 퐁티의 방법이다. 사물에 지각이 대응함으로써 특정이론이나 개념 없이 직접적으로 세계와 대면하려는 시도이다. 그런데 이 지각 또한 자유롭지 않고 타자들의 협약에 의해 구축된 정치적인 전제조건들을 수용해야 한다. 그래야 개인의 감각이 타자들로부터 [정식적인 감각]으로 인정받을 수 있다. 따라서 포도주 감식가(sommelier)의 감각은 주류업계와 요리업계의 공인된 감각이어야 할 것이다. 세계는 개별적인 대상들과 공간과 시간의 전제 속에 존재하므로 세계는 수많은 대상들의 인정을 받으려는 감각으로 가득 차 있다. 지각은 어디까지나 우리에게 다가오는 가시고기[31]로서의 대상들에 대한 육체의 인과론적인 반응의 결과이다. 달리 말하면 지각이 사물의 특징에 상응하는 개별적인 감각으로 구성된다는 것이다. 그런데 퐁티가 이론과 개념을 선호하는, 칸트를 앞장세우는 이지적 지성파들을 증오하여 감각적 경험을 선택하지만 경험이나 감각이 제각각이기에 대상에 대한 통일성의 부재에 대해 불만스럽게 바라본다. 특정한 시간에 존재하는 대상들에 대한 개인들의 지각을 통일시킬 수는 없을 것이다. 개인들의 지각을 수렴하는 과정에서 대상은 거두절미(去頭截尾)될 것이다. 그러나 후설이나 칸트 모두 어느 방향을 지향하든지 그들이 처해있는 몸과 마음의 구조에서 결코 자유로울 수는 없을 것이다. 그들에게 남아있는 자유는 자신의 [학문적 정체성]을 결정하는 것, 즉 [관념론자]로서 혹은 [존재론자]로서의 선택만이 존재할 뿐이다.

우리가 설사 과학적 이론을 동원하지 않았다할지라도 사물에 대한 우리의 지각에 틈이 있을 수밖에 없을 것이다. 나아가 사물과 다소의 거리가 있는 [나]의 정상적인 지각은 [타자]의 지각에 의해 조율되어야 비로소 의미를 가진다. 세상에 [나]의 지각만 있다면 그것은 아무 의미가 없을 것이다. 퐁티는 사물에 대한 지각을 설명하기 위하여 토마토를 관찰한다. 여기서 우리는 일견(一見) 토마토의 한 면과 겉면만을 바라보지 않을 수

---

31) 우리의 가학적이자 피학적인 삶의 현실은 가시고기의 치어들이 가시고시 수컷을 잡아먹으며 발육하는 살벌한 생존의 현장과 유사하다.

없다. 그런데 토마토는 한 면과 겉면만 있는 것이 아니라 속과 여러 면을 가지고 있다. 그리고 토마토에 대한 관점은 각인각색이기에 의미의 분화는 필연적이다. [지각의 현상학]은 우리가 존재하기 위하여 전제조건이 되는 [세계 속의 존재]로서 우리가 [외부적인 시선], 즉 이방인의 시선이 아니라 [내부적인 시선]으로 세상을 바라보아야 한다는 것이다. 우리가 특정 시간 속에, 특정 공간 속에 살아가고 있는데 어찌 이 시간/공간을 외면할 수 있겠는가? 그래서 사물을 초연하게 초월적으로 바라보는 태도는 퐁티에게 매우 안일하고 비겁한 일이다. 그러나 아등바등 살아가는 것도 사실은 인간에게 불만스러울 것이다. 퐁티는 인간이 불가피하게 구조에 매몰되는 몰개성적이고 객관적인 삶의 무력한 방식에 활기를 불어넣고자 했다. 세상에 존재하는 대상은 (1) 생명체와 (2) 비생명체가 있는데, 전자는 인간과 인간의 상황 속에서 인과관계에 능동적인 영향을 받고, 후자는 시간과 공간 속에 방기된 채 인간들, 다른 대상들의 영향을 받는다. 이는 홍수가 나서 댐이 무너지고 토사가 특정한 지역에서 다른 지역으로 이동하는 경우이다. 그런데 우리가 지각하는 세계는 완전히 주관적이지도 객관적이지도 않다. 그것은 우리의 예민하고 유별난 지각과 무관하게 세계가 이미 존재하였기에 주관적이지도, 우리가 멋대로 세계를 바라보기에 객관적이지도 않다. 마찬가지로 인간의 정체성을 몸/마음 어디에 기준을 둘 것인가? 인간은 육체를 짊어지고 그 고통을 지각하는 영혼이다. 육체를 수반하는 의식이기에 육체는 인간의 객관적인 대상이 아니라 주관성의 일부로 볼 수 있다. 이것은 그동안 고행주의, 극기주의, 초월주의, 관념주의의 미명하에 정신에 의해 학대되어 온 육체의 부활이다. 이 점을 「태어나지 않은 존재들」("The Cave of the Unborn")에서 살펴보자.

나는 밤중에 일어나 '태어나지 않은
존재들의 동굴'을 방문했다네,
태어난 후의 삶이 어떤지를 물으려고,
형상들이 몰려들어 나를 에워쌌다네,
도래하는 아침이 서둘러 오도록
말없는 '우두머리'에게 오래도록 기도했던 형상들이.

그들의 눈이 순박한 신뢰로 빛났고,
그들의 어조는 희망에 부풀어 매번 떨렸다네.
"가장 아름다운 광경이 있는 곳이지요, 그렇지 않은가요?
모든 것이 온화하고, 진실하고 정당한,
그리고 어둠은 아예 없는,
순수한 즐거움이 있는 아름다운 곳이지요?"

그들 때문에 내 가슴은 괴로웠다네,
나는 한마디의 말도 할 수가 없었다네,
그러자 그들은 핼쑥한 내 얼굴을 어렴풋이 알아보았다네,
그리고 거기서 연민으로 차마 말 못하고,
진실이 아니라고 말할 수도 없는
세상 소식을 읽어 내고 알아차리는 것 같았다네.

그리고 나는 말없이 물러나서
고개를 돌려 그들을 가만히 지켜보았다네,
그러자 그들이 어중이떠중이처럼
앞으로 쫓기듯 허둥지둥 나왔다네,
그들이 그토록 갈망하던 세상 속으로,
만물에 내재하는 '의지'에 의해.

I rose at night and visited
The Cave of the Unborn,
And crowding shapes surrounded me
For tidings of the life to be,
Who long had prayed the silent Head
To speed their advent morn.

Their eyes were lit with artless trust;
Hope thrilled their every tone:
"A place the loveliest, is it not?
A pure delight, a beauty-spot
Where all is gentle, pure and just
And? violence? is unknown?"

My heart was anguished for their sake;
I could not frame a word;
But they descried my sunken face
And seemed to read therein, and trace
The news which Pity would not break
Nor Truth leave unaverred.

And as I silently retired
I turned and watched them still:
And they came helter-skelter out,
Driven forward like a rabble rout
Into the world they had so desired,
By the all-immanent Will.

여기서는 반복되는 삶의 양상에 대한 환영이 제시된다. 그것은 태어나기 전의 무지와 희망과 아울러 태어난 후에 전개되는 삶의 비극에 관한 것이다. 아메바의 상황에서 생물로의 상황이전에 따른 탐문이 전개된다. 이것은 물질에서 형상(eidos)으로의 변화이며, 번데기에서 나방으로의 변화이자, 꿈에서 현실로의 이행이며, 지각에서 지성으로의 진화이며, 순수에서 경험으로의 과정에 관한 것이다. 간단히 말하여 [잠재태]에서 [현실태]로의 과정이다. "태어나지 않은 존재들"은 "태어난 존재들"을 대체하며 불쑥 튀어나온다. 고고학적 명상에 따라 2013년의 지하철에 1990년의 지하철에 부재했던 사람들이 타고 있는 것이다. 그러나 지상의 현실을 고려할 때 시적화자에 해당하는 후자는 전자에 대해 탄생을 권할 생각이 없다. 마치 윤회를 온몸으로 거부하며 삶의 굴레를 탈피하려는 석가모니처럼 "핼쑥한 내 얼굴"이 세상사에 짓눌린 나의 모습이다. "내"가 만류하기 전에 생명들이 무수히 세상에 투기된다. 이것이 소위 만물의 "내재"적 의지인가? 생명은 태어나자마자 시간과 공간으로 구성된 지상의 미장센(mise-en-scene)에 편입된다. 그래서 무정한 검투사들은 타자의 감시 하에서 [자유의지]라는 미명하에 상호 생명을 수탈하고 자연의 내재의지 속에서 명멸한다. 검투사들이 줄기차게 양성되어 검투사들은 특정한 시간에 무대 위에 서게 되고 타자를 죽인 승리의 감격을 맛보기도 전에 또 다른 타자에 의해 죽임을 당한다. 줄기찬 살육의 역사가 인간의 역사이며 누가 이런 잔인한 콜로세움(colosseum)의 현장을 기획했단 말인가? 이 선험적 기획은 "그러자 그들이 어중이떠중이처럼 앞으로 쫓기듯 허둥지둥 나왔다네"에 보이듯이 강제적이며 비자발적으로 헐떡이며 연속적으로 진행된다.

육체가 일방적으로 경험의 객체가 아니라 일면 주체적인 점이 있다고 보는 육체-주관(body-subject)이라는 개념은 퐁티의 심신 양면의 균형을 유지하는 인간의, 인간을 위한, 인간적인 사유의 핵심이다. 인간은 몸을 가지고 있기에 [세계 밖]이 아니라 [세계 안]의 존재이다. 그런데 인간들은 자기의 몸을 굳이 극복하려 [유체이탈](out-of-body)32)을 시도한다. 이럴 경우 인간은 존재의 의미를 상실하며 몸을 이탈함으로써 인간은 몸을 통한 정신의 구현을 상실한다. 물론 역사상 몸을 초개와 같이 내동댕이친 초월적인 인간들이 있었다. 예수, 석가, 인도의 명상 수도자. 그런데 퐁티는 우리에게 몸의 존재를 상기시켜줌으로써 그 초월의 경지가 무의미함을 일깨워준다. 그럼에도 인간이 초월의 차원을 견지하는 것은 몸의 향연을 지속시켜주기 위해 몸의 부패를 방지하여 몸의 파괴를 연장하는 방편은 아닐까? 몸의 향연 속에서는 본능의 발호로 인하여 그 향연이 적자생존이라는 난장판으로 끝장날 소지가 있다. 인간 스스로 몸의 충동에 대한 절제가 불가능하기에 몸의 피안을 기웃거리는 극단적인 조치를 마련할 수밖에 딴 도리가 없는 것이다. 그러니 현재 몸을 가진 인간의 모습은 본능에 충실한 사자(lion)가 신령한 사제(priest)의 탈을 쓰고 있는 경

---

32) 다음은 유체이탈에 대한 내용이다. [An out-of-body experience[OBE or sometimes OOBE] is an experience that typically involves a sensation of floating outside one's body and, in some cases, perceiving one's physical body from a place outside one's body. The term out-of-body experience was introduced in 1943 by George N. M. Tyrrell in his book Apparitions, and was adopted by researchers such as Celia Green and Robert Monroe as an alternative to belief-centric labels such as "astral projection[성계투사]", "soul travel", or "spirit walking". The researcher Waldo Vieira described the phenomenon as a projection of consciousness. OBEs can be induced by brain traumas, sensory deprivation[감각상실], near-death experiences, dissociative and psychedelic drugs, dehydration, sleep, and electrical stimulation of the brain, among others. It can also be deliberately induced by some.] (wikipedia.com)

우와 같다고 볼 수 있다.

현상학의 골자인 대상에 대한 의식의 지향성은 몸속에 의식이 들어 있기에 [의식을 지닌 몸의 지향성]으로 보아도 될 것이다. 사르트르는 주관적인 의식을 대상에 대한 [무]라고 인식하기에 사르트르에게 의식은 세상을 지우는 역할을 수행한다. 하지만 퐁티는 몸/의식을 분리해서 바라보지 않기에 [나의 상황]은 어디까지나 존재론적으로 세계 속에서 벌어지는 [세계의 상황]과 연관될 수밖에 없다. 몸의 상황은 의식이 설명할 겨를이 없이 목적을 지향한다. 오감을 통해 세상을 즉각 수용하는 반사적 본능적 행동은 목적을 사전에 의식하지 않는다. 퐁티는 의식과 육체가 분리되는 것이 아니라 일체라는 점을 설명하기 위하여 [환지현상]을 이야기 한다. 이것은 수족이 절단된 후에도 여전히 신체가 남아있는 것 같은 느낌을 말한다. 물론 이 어려운 개념을 동원하지 않더라도 배가 고프면 공부가 되지 않고 에어컨이 없는 여름날 습한 사무실에서 창조적인 사유가 어렵다는 점을 쉽게 이해할 수 있을 것이다. 아울러 오체불만족의 상태에서 건전한 의식이 유지되기는 힘이 들 것이다. 데카르트가 구분하는 인간의 두 실체인 [정신적 실체]와 [물질적 실체] 가운데 퐁티는 관념론자와 유물론자가 따지는 전자와 후자의 호불호를 떠나 양자를 모두 인간조건의 필요충분조건으로 본다.

몸/마음이 분리되고 혼합되는 와중에 실존의 이중성이 문제가 된다. 그것은 우리가 대중들 속에 완전히 포섭된 자아를 상실한 객체도 아니고, 대중으로부터 완전히 떠난 순수한 주체적 자아도 아니기 때문이다. 두말할 것 없이 우리가 현재 아는 것은 [우리는 군중 속에 고독한 자아]라는 것이다. 이에 대해 퐁티는 인간이 구체적인 존재로서 유기체의 옷을 입은 영혼도 아니며 한편으로는 육체적 형상을 취하기도 하고 또 한편으로는 성스러운 행동을 하며 공동체의 이곳 저곳을 들락거린다고 본다. 그러나 우리가 모든 시대와 모든 공간을 다 편력할 수 없을 것이다. 우리는 특정한 시간 [21세기]와 특정한 공간 [한국]만을 차지할 뿐이다. 그리하여 우리는

〈닉 이부치의 긍정적 실존〉

각자 [개별적 역사성]을 가질 수밖에 없다. 이것은 [역사적 유물론]과도 상통한다. 그것은 우리의 사유와 행동이 특정한 과거의 인과관계에 의해 발생한 결과에 불과함에 연유한다. 지상에 내던져진 상태에서 시간의 폭주열차를 탄 우리는 과거를 만들고 이 과거는 우리의 선택에 의해 자유로이 채워진 것이고 이 과거는 당연히 현재에 매달려 있다. 우리의 역사적 상황은 개별적인 상황들의 총체이며 이것은 서로 맞물려 있어 실타래처럼 얽히고 꼬인 복합적인 상황을 형성하고 있다. 그래서 과거의 전통은 현재의 상황을 제어하는 억압기제로서 개인의 개성을 빨아들이는 블랙홀이다. 이 점을 「훗날」("Afterwards")에서 살펴볼 수 있다.

'현재'가 나의 떨리는 머무름 뒤로 그 뒷문에 빗장을 걸고,
5월이 그 즐겁고 푸른 나뭇잎을 날개처럼 퍼덕이며,
갓 짠 명주 같은 섬세한 천을 펼치면, 이웃 사람들은 이렇게 말할까,
"그는 이런 것들을 눈여겨보던 사람이었지"

땅거미 질 무렵, 눈꺼풀이 소리 없이 깜박이듯, 내리는 이슬의 매가
그늘을 가로질러 바람에 뒤틀린 고지의 가시나무에 내려 앉을 때,
그것을 보는 누군가가 이렇게 생각할지 모르지,
"그에게 이것은 낯익은 광경이었을 거야."

나방이 돌아다니는 더운 날 밤의 어둠 속을 내가 지날 때,
고슴도치가 살금살금 잔디밭을 거닐면, 누군가 이렇게 말할지 모르지,

"그는 저런 천진한 짐승들이 해를 입지 않기를 마음으로 애쓰면서도,
도움이 되는 일은 하지 못했는데, 어느새 떠나갔어."

마침내 내가 영원히 잠들었다는 소식을 듣고 그들은
문가에 서서, 별이 가득한 겨울 하늘을 바라보다가,
내 얼굴을 다시는 못 볼 그 사람들에게 이런 생각이 떠오를까,
"그는 저 신비를 헤아리는 눈을 가진 사람이었어."

그리고 어둠 속에서 들려오는 나의 해제의 종소리,
울려 퍼지는 그 소리가 가로지르는 바람에 잠시 멎다가
새로 종을 울린 듯 다시 일어나는 그 소릴 듣고, 누군가가 이렇게 말할까,
"그는 이제 저 소리를 못 들어, 예전에는 저 소리를 귀담아 들었는데."

When the Present has latched its postern behind my tremulous stay,
And the May month flaps its glad green leaves like wings,
Delicate-filmed as new-spun silk, will the neighbours say,
'He was a man who used to notice such things'?

If it be in the dusk when, like an eyelid's soundless blink,
The dewfall-hawk comes crossing the shades to alight
Upon the wind-warped upland thorn, a gazer may think,
'To him this must have been a familiar sight.'

If I pass during some nocturnal blackness, mothy and warm,
When the hedgehog travels furtively over the lawn,

One may say, 'He strove that such innocent creatures should come to
   no harm,
But he could do little for them; and now he is gone.'

If, when hearing that I have been stilled at last, they stand at the
   door,
Watching the full-starred heavens that winter sees
Will this thought rise on those who will meet my face no more,
'He was one who had an eye for such mysteries'?

And will any say when my bell of quittance is heard in the gloom
And a crossing breeze cuts a pause in its outrollings,
Till they rise again, as they were a new bell's boom,
'He hears it not now, but used to notice such things'?

　인생에 대한 미래완료적 전망이 제시된다. 인간은 각자 특정 시간에 특정 공간에서 살다 어디론가 사라진다. "그는 이런 것들을 눈여겨보던 사람이었지"에 보이듯 현재를 강제로 향유한다. "현재"는 각자에게 주어지며, "현재"를 받지 않을 수 없다. 그런데 현재는 우리의 육신에 생채기(scar)를 남기고 사라지기에 우리는 시간의 풍상을 피할 도리가 없다. "그에게 이것은 낯익은 광경이었을 거야"에서는 시간이 부여한 공간의 체험을 이야기한다. 이처럼 인간은 신체를 가지고 있기에 [세계 안]의 존재이며 인간에게 주어지는 특정한 시간과 공간으로 말미암아 [개별적 역사성]이 주어진다. 탄생 후 즉시 국가기관에 출생신고를 하여 삶의 스톱워치를 누르고 특정한 공간에서 인생의 마라톤을 시작한다. 육신을 다루는 [정신적 실체]는 자신의 [물질적 실체]의 비중과 주변 자연과 그 문화와의 원만한 교통을 위하여 고뇌할 수밖에 없다. 전자는 사물이라는 실재와 그 것에서 파생되는 상징과 기호와 수사의 지시체계하에서 다른 존재들을 희생한 대가로 상대적 지속성을 주장한다. "그는 저런 천진한 짐승들이 해를 입지 않기를 마음으로 애쓰면서도, 도움이 되는 일은 하지 못했는 데, 어느새 떠나갔어"에 보이는 언술 속의 주체는 실존의 실현에 미흡한 인생이었다. 언어를 앞세우며 육신을 숨기는 것이 인간 모두의 방어본능 이다. 한편 문자를 실재 앞에 앞세우는 것도 실재를 보호하는 방편이다. 하나님을 직접 대면하는 것은 죽음을 의미하기에 할 수 없이 기독신자들 은 성경을 읽는다. 하나님 앞에 예수를 내세우는 것도 하나님을 보호하기 위한 장치이다. 우리는 항상 우리 대신에 무엇인가를 내세워야 우리가 산다. 말 [言]을, 문자를, 돈을, 가문을, 명예를, 학문을, 이론을, 매니저를 내세워 우리의 실 존을 방어한다. 이것이 인간의 역사적으로 축적된 본질, 즉 페르소나의 진실이자 가면 속의 아리아(aria)이다. "그는 이제 저 소리를 못 들어, 예전에는 저 소 리를 귀담아 들었는데"에서 드러나는 것은 세상의 "종소리"에 반응하는 인간의 모습을 보여준다. 세상에 대한 인간의 생리적 반사작용은 지위고 하를 막론하고 파블로프(Ivan Petrovich Pavlov)적인 것이다. 관습의 "종소리"에 습관적으로 반응하는 것은 인간의 본질이다. 기상나팔소리에 기상하고, 벨소리에 수업이 시작되고 끝나는 것이 인간의 일상이다. 상호 의기투합된 관습에 어떤 순수한 의식이, 세련된 이론이 개입될 소지가 없 다. 그것은 생존에 민감한 신체가 즉각 반응하는 [지각]적인 것이다.

폰티는 지상에 유폐된 인간이라는 존재가 가지는 패배주의적인 결정 론에 비판적인 프로메테우스적인 입장으로, 이에 동조하는 [자유]와 [선 택]을 주장하는 사르트르의 [무]의 개념에 모순적으로 반발한다. 물론 인 간의 소멸에 저항하는 폰티의 정신을 이해는 하지만 사르트르의 실존 개념 가운데 개별의식으로서의 [무]가 인간의 불가항력적인 점임을 인정할 때 사물을 잠식해 들어가는 [무]의 운명적 수용은 타당하다. 이런 점에서 사자가 사슴을 추적하여 잡아먹는 것이 당연한 것은 사자는 육식을 하도록 원천적으로 설계되어 있기 때문이다. [무]의 자유를 구가하는 인간은 사실 자유롭지 않다. [자유]를 주장함은 자유롭지 않다는 것이며 [실존]을 주장함은 실존을 상실한 상태임을 반증하는 것이다. 인간의 자유는, 인간의 실존은 은하수처럼 많은 개인들의 자유와 실존의 상황 속에서 조율되어야 하기에 [나의 자유]와 [나의 실존]은 [타자의 구속]과 [타자의 억압]으로 연관될 수밖에 없다. 사르트르의 자유는 생각은 무한히 자유라는 점에서 [나의 자유]와 [나의 실존]만을 강조하는 분자적 실존주의로 치우치기에 불가피하게 인간과 인간의 상호충돌을 야기하고 원만한 의사소통을 불가능하게 한다.

사르트르의 실존은 세상에 둘이 없는 [천상천하 유아독존]의 절대적인 존재이다. 반면 퐁티는 사르트르의 폐쇄적 자아에서 상황적 자아로 나아간다. 세상에 둘이 없는 개인의 차이는 인정하지만 개인 상호 인정의 차원에서 인간관계가 설정되어야 한다. 한국사회에 유행하는 주체로서의 [갑]과 객체로서의 [을]의 관계는 퐁티의 관점에서 해소될 수 있을 것이다. 그것은 각자의 원자적 차이를 인정하고 존중하는 것이다. 개인의 원자적 자유를 신장하는 계기가 된 17세기의 데카르트가 천명한 [내가 생각하기에 내가 존재한다]라는 명제가 여전히 21세기에 사는 [나의 의식과 나의 존재]로 합리화될 수는 없다. 그것은 [나의 생각]과 [타자의 생각]이 엄연히 다르기 때문이다. 이런 점에서 연못 속 물고기의 마음을 모르는 장자(莊子)의 주장은 옳다. 지금은 [나의 마음]의 시대가 아니라 [타인의 마음]의 시대이다. [세계 내 존재]로서 제 역할을 하기 위하여 [나의 마음]과 [타인의 마음]은 모두 표현되어야 한다. 그 표현하는 수단은 [말, 글, 몸짓]이다. 이것은 모두 기호이자 언어이며 은유이자 제유이다. 이렇듯 우리의 마음이 매체인 문자 혹은 신체기호를 통해 전달되어야 하기에 우리의 마음은 상대방에게 완전히 전달될 수 없으며 오해를 불러일으키는 일이 다반사다. 우리의 마음은 기호로 완전히 표현할 수 없는 잉여를 가지고 있다. 우리가 진심이라고 말하는 것은, 우리가 진실이라고 말하는 것은 [시적 진실] 혹은 기호적 진실 혹은 주관적인 진실일 뿐이다. 그래서 석가와 마하가섭의 이심전심(以心傳心)이라는 마음의 유추와 텔레파시(telepathy)와 같은 마음의 전이(transference of mind)가 신비스럽다.

개인과 사회는 원래 상극(相剋)이지만 개인 없이 사회가 존재할 수도, 사회 없이 개인이 자아실현을 할 수도 없다. 개인이 사회를 떠나지만 결국 사회로 돌아온다. 실향민들이 고향에 돌아오듯이, 디아스포라의 전형인 유태인들이 이스라엘에 집결하듯이, 인간들이 흙이라는 매트릭스(matrix)로 돌아가듯이. 인간과 사회의 관계는 수어지교(水魚之交)의 관계인 셈이다. 왕국과 처자를 버리고 가출한 석가모니도 저자거리로 설법하러 환향한다. 혼자서 보리수나무 밑에서 극기한 후 득도하여 생의 윤회(samsara)를 단절하고 극락에서 편히 살면 될 터인데 굳이 속세로 내려올 이유가 있는가? 이러한 사례를 통하여 우리가 이해할 수 있는 것은 아

〈이심전심〉

리스토텔레스가 예전에 언명한 [인간은 사회적 동물]이라는 말이다. 사르트르의 개인적 실존주의는 사회와 국가라는 억압기제(repression mechanism)를 [무]화 시키려 하지만 한편으로는 사회와의 관계개선을 도모하는 이중성을 띤다. 그것은 사회라는 바

둑판 위에 검은 돌과 흰 돌 가운데 하나의 기능을 선택적으로 수행해야 할 개인이 이 판을 벗어나면 실존주의에서 추구하는 존재의 의미를 오히려 상실하기 때문이다. 돌과 돌이 대화하며 바둑판의 규칙을 준수하며 살아가야만 개인이라는 돌의 존재를 확인할 수가 있을 것이다. 이런 치열한 상황이 개인에게 가혹할 수도 있고, 개인이 이런 상황을 견디지 못하여 구토할 수도 이탈할 수도 있지만, 시간은 모든 개인을 태우고 흘러가는 것이 아니다. **전진하는 개인과 퇴행하는 개인은 각자의 운명을 수렴하고 시간의 궤적 속에서 사라진다.** 그러니 개인이 소외당했다고 해서, 구토한다고 해서 자연이라는 거대한 수레바퀴가 후진하거나 정지하지 않는다.

사르트르가 사회에서 고립되고 소외된 로캉탱을 부각시켜 우리에게 현대에 사는 개인의 비극성을 강조하려는 것은 어찌 보면 자기연민이 과도한 탓이다. 로캉탱은 자신의 선택에 의해 구토하다가 사라질 뿐이다. 마치 동물의 세계에서 사자에게 먹히는 사슴의 운명처럼, 로캉탱은 자연에게 먹히는 일개 개인에 불과할 뿐이다. 그렇다고 자연에 투쟁한다고 해서, 저항한다고 해서 자연이 개인에게 관대하지 않다. 무력한 개인으로서의 로캉탱보다 강력한 개인으로서의 [초인]이 더욱 지상의 엔트로피를 가속화시켜 지상의 종말을 재촉한다. 이런 점에서 로캉탱이 초인보다 사회의 지속에 더 기여하는 셈이 된다. 니체가 말하는 초인이라는 당당한 존재는 밀폐된 대기권 속에서 거친 호흡을 내뱉으며 지상의 파멸을 재촉하는 공동체 파괴적인 존재인 셈이다. 물론 니체의 요지인 인간을 구속하는 종교와 도덕의 계열 (genealogy)을 분쇄하고 자유를

〈초인의 비행〉

추구한다는 점은 수긍할 수 있다. 마치 시위대가 어떤 문제를 들고 나와 국가를 와해시켜, 나중에 시위하고 이 시위대를 인정해줄 국가자체가 사라져, 시위대 스스로 존재성을 상실하여 괴멸되는 것처럼, 기생충이 숙주를 다 파먹어 버린 후 파멸하는 것처럼, 로캉탱의 소외[33]된 상황은 지상에 존재하는 무수한 존재들이 겪는 일개 상황인 셈이다. 우리가 아무리 실존을 추구한다고 하여도 우리는 사회의 선험적인 구속을 회피할 수 없다. 따라서 우리사회가 인정하는 언어를 사용하고 경제구조와 문화시설을 이용해야 하는 점에서 사회로부터 구토를 느껴야 할 이유가 없다. 우리가 사회 속에 존재함은 당연하며 따라서 사회는 증오의 대상이 아니라 애정의 대상이 되어야 한다. 로캉탱의 구토를 통하여 사회의 잔인성을 고발하려는 사르트르의 입장에 비해 인간의 안식처로서 불가피하게 존재하는 사회에 불편한 애정을 느끼는 퐁티의 사유가 더 합리적으로 타당하게 보인다.

퐁티의 사유를 전체적으로 정리하면, 어디까지나 사물은 생각 속에 존재하기에 사물과 생각이 뒤섞여 있다는 것이다. 인식된 사물만이 존재하지 않는가? 인식되지 않는 사물은 더 이상 사물이 아니다. 그래서 우리는 주위의 상황과 연관되어 있다. [덥다][마음이 더운지, 날씨가 더운지는 모르지만]란 말도 주변상황과 연관된 말이다. 퐁티가 보기에 인간의 삶이 몸과 마음이 뒤섞여 있으므로 이를 인위적으로 구분하는 데카르트의 이원론을 거부한다. 데카르트가 마음과 몸, 주체와 대상을 나눈 이후 철학사는 이원론에 대한 치열한 논쟁으로 점철되어 왔다. 데카르트가 난로를 바라보는 의식은 의심할 수 없다고 말할 때, 그는 난로와 같은 물체뿐만

---

33) 소외는 적적하고 외로운 상황이 아니라 주체가 타자로부터 대상화된 상황을 의미한다. 대상화됨으로써 약자의 입장에 서게 된다는 것이다. 아이는 어미로부터, 종업원은 기업으로부터, 국민은 정치인으로부터 소외된다.

아니라 난로를 바라보는 자의 몸이 없어도 그 의식은 존재할 수 있다고 주장한다. 데카르트는 우리의 몸이 물질세계의 한 단편에 불과하다고 말하고, 몸은 의식(마음)과 분리될 수 있다고 주장한다. 퐁티의 입장에서는 마음과 몸의 이원론을 인정하지 않으며 인식론도 유물론도 부정한다. 그는 구체적 상황의 철학을 견지하며 지성에 의해서 주체와 대상, 마음과 몸을 명료히 구분하기 이전의 현상으로 복귀하려고 한다. 하지만 우리는 몸을 통해 사물을 인식하고 각도[관점]을 통해 사물을 불투명하게 인식한다. 퐁티가 말하는 세계는 초월적으로 명백한 지성주의가 아니라 구체적인 상황 속의 세계이며, 그가 생각하는 의식은 세계를 초월하지 못하고, 세상을 벗어나지 못하고, 각자의 몸을 통해 느끼는 인식상태이다.

06.

엘리엇 & 야스퍼스

주요개념 —— 브래들리, 불확실성의 시대, 기호의 황무지, 과학적 인식, 절대고독, 초월, [세계/
실존/신]의 구도, 한계상황, 포월자, 타자의 편집증, 초월자의 언어, 규정성
분석작품 —— 황무지, 성회 수요일, 프루프록의 연가

〈K. 야스퍼스〉

엘리엇(Thomas Stern Eliot)[34]과 야스퍼
스(Karl Theodor Jaspers)는 거의 비슷한 연대
에 세상을 살았다. 엘리엇은 1차 대전 후 실존주
의가 범람하던 시대에 실존주의자들의 개념을
취하지 않고 소크라테스 이래로 범람하는 허다
한 철학자 가운데 명성의 약효를 지속하는 대륙
의 대표철학자인 칸트나 헤겔을 선택하지 않고
유독 영국 철학자 브래들리(F. H. Bradley)[35]

---

34) 시인은 영국과 미국에서 각각 소유권을 주장하기에 디아스포라의 상태에서 갈등했다.
부인 비비안의 정신병을 간호하면서 생업(로이드 은행, 화이버 앤 화이버 출판사)에 종
사하면서도 시창작을 지속하여 삶의 구체성을 담보한 체험의 시학을 구현하였다. 사물
에 대한 낭만적 허구를 지양하고 사물의 실체를, 불가능해 보이기는 하나 언어로 포착
해보려는 시도로 [객관적 상관물]이라는 사물에 대한 반-지시적인 시학을 제시하여 문
단에 신선한 충격을 주었다.

에 매료된다. 물론 그의 작품 속에 자유, 선택, 고립, 소외, 절망, 공포, 죽음에 관한 실존주의적 개념들이 대거 함축되어 있다. 브래들리 철학의 골자는 [가] 실재에 대한 현상(appearances)의 한계, [나] 현상의 다변(多變)과 실재의 불변으로 양립불가, [다] 실재를 반영할 수 없는 감각·느낌·자의식의 불신으로 요약해 볼 수 있다. 그러나 이 주제들은 엘리엇이 만년에 영국국교(Anglican church)로 전향함에 따라 그의 화두로서의 시효를 상실하게 된다. 그것은 신과 인간의 문제, 현상과 실재의 문제

---

35) 브래들리의 철학을 간략하게 살펴본다. 그의 절대적 관념론은 G. W. F. 헤겔의 사상에 기초를 둔 것으로 세계의 근본특징이 물질이 아니라 정신이었다. 그는 이미 초기 저서에서 존 스튜어트 밀을 비롯한 영국 사상가들의 경험론을 강력하게 비판했고 헤겔의 사상에 깊이 의존했다. 첫 주요저서『윤리학 연구』(*Ethical Studies*, 1876)에서는 윤리적 행동의 목적이 인간의 최대 행복이라고 주장한 밀의 공리주의가 지닌 문제점을 밝히려 했다. 『논리학 원리』(*The Principles of Logic*, 1883)에서는 경험론자의 심리 이론이 인간정신의 관념 연합에만 한정되어 있기 때문에 불완전하다고 비판했다. 그는 이 두 저서에 나오는 개념들을 헤겔에게서 빌려왔다는 점을 솔직히 인정했지만 헤겔주의를 완전히 받아들이지는 않았다. 그가 가장 의욕을 갖고 쓴『현상과 실재: 형이상학 소론』(*Appearance and Reality: A Metaphysical Essay*, 1893)은, 탐구심과 의심을 자극하기 위해 제1 원리들을 비판적으로 검토한 저서였다. 이 책은 종교의 진리를 입증해주기를 기대하고 있던 그의 추종자들을 실망시켰다. 그는 실재가 정신적이지만 실재에 대한 상세한 증명은 인간 능력의 한계를 넘어서는 일이라고 주장했다. 다른 이유 때문이 아니라 인간의 사유가 어쩔 수 없이 지닌 추상적 성격 때문에 그러한 증명은 불가능하다고 본다. 그는 실재를 온전히 파악할 수 없는 관념 대신 느낌을 추천하면서, 느낌은 직접적이기 때문에 실재의 조화로운 본질을 파악할 수 있다고 주장했다. 그의 추종자들은 신앙과 영혼에 대한 그의 논의에도 실망했다. 그는 종교가 최종적이고 궁극적인 문제가 아니라 다만 실천의 문제이며 철학자의 절대이념은 종교인의 신과 양립할 수 없다고 선언했다. [현상과 실재]는 의혹을 풀기보다는 오히려 부추기는 결과를 낳았고, 브래들리가 윤리학과 논리학에서 이룩한 업적을 찬양하던 숭배자들도 그에게 등을 돌리게 되었다. 따라서 그의 저작이 후세에 미친 가장 큰 영향은 논쟁가로서 보여준 부정적·비판적 측면이었다. 관념론을 앞장서 공격한 버트런드 러셀과 G. E. 무어는 그의 날카로운 논법에서 많은 도움을 받았다. 오늘날 비평가들은 그가 내린 결론보다는 그 결론에 도달하기 위해 사용한 냉철한 진리탐구 방식을 더 높이 평가한다. (http://www2.kongju.ac.kr/sgwoo/cyberlec/IntroEL/Bradley.htm)

〈시인 엘리엇〉
를 모두 초월자의 임재에 귀속시키는 기독교적 패러다임으로 전환하였기 때문이다. 엘리엇이 문학·철학·종교와 같은 다양한 장르의 학문을 섭렵했듯이 야스퍼스 또한 법률·의학·심리학·철학과 같은 인문과 자연계를 아우르는 학문의 편력을 쌓았기에, 두 사람은 장르 간의 융합(convergence)이 활발한 요즈음에 적합한, 시대를 앞서간 선구자들이다. 다음에 나오는 「황무지」("The Waste Land")의 일부에서 삶과 죽음에 대한 시적화자의 고뇌를 읽을 수 있다.

이 엉켜 붙은 뿌리는 무엇인가? 돌 더미 쓰레기 속에서
무슨 가지가 자란단 말인가? 인간의 아들이여,
너희들은 말할 수도 없고 추측할 수도 없어, 다만
깨진 영상의 무더기만을 아느니라, 거기에 태양이 내리쬐고
죽은 나무 밑엔 그늘이 없고, 귀뚜라미의 위안도 없고
메마른 돌 틈엔 물소리 하나 없다. 다만
이 붉은 바위 밑에만 그늘이 있을 뿐,
(이 붉은 바위 그늘 밑으로 들어오라),
그러면 내 너에게 보여 주마,
아침에 네 뒤를 성큼성큼 따르던 너의 그림자도 아니고,
저녁때에 네 앞에 솟아서 너를 맞이하는 그 그림자와도 다른 것을;
한줌 흙 속의 공포를 보여주마.

What are the roots that clutch, what branches grow
Out of this stony rubbish? Son of man,
You cannot say, or guess, for you know only

A heap of broken images, where the sun beats,

And the dead tree gives no shelter, the cricket no relief,

And the dry stone no sound of water. Only

There is shadow under this red rock,

(Come in under the shadow of this red rock),

And I will show you something different from either

Your shadow at morning striding behind you

Or your shadow at evening rising to meet you;

I will show you fear in a handful of dust.

전반적으로 텍스트의 분위기는 어둡다. 그것은 발육장애를 암시하는 "엉겨 붙은 뿌리", 성장을 저지하는 "돌 더미 쓰레기", 사물의 반영이 불가능한 "깨진 영상", 불모의 "죽은 나무", 관 뚜껑을 암시하는 "붉은 바위", 작열하는 "태양", 존재의 "그림자", 무생물로의 환원을 의미하는 "흙 속의 공포"에서 우러나온다. "너"를 모방하는 그림자놀이와 같은 삶의 방식을 뒤집는 일이 사후에 벌어질 것이다. 그것은 "말할 수도" "추측할 수도" 없는 묵시적인 비전이다. 이렇듯 절망적인 상황에 포위된 인간의 삶을 잠시나마 구제해줄 아늑한 "그늘", 정겨운 "귀뚜라미"의 소리, 시원한 "물소리"도 부재하다. 인간은 어디를 둘러봐도 황무지 속에 갇혀있다. 물리적으로 약육강식과 적자생존의 잔인한 법칙이 적용되는 생업의 현장이라는 피땀을 요구하는 황무지에 구금되어 있을 뿐만 아니라 정신적으로도 인간성의 고갈을 초래하는 [기호의 황무지]에 구속되어 있다. 이천 년 전에 예수가 감행한 40일간의 광야 유랑(Matthew 4:1-11)은 인생에 대한 근본적인 탐색을 하기 위한, 인생을 영도(zero degree)에서 바라보려고 하나님 앞에선 처절한 몸부림이었다.

현대는 기계, 기술, 대중, 경제, 소비의 시대이다. 정신(soul)은 마인드(mind)라는 개념으로 둔갑하여 경제의 도구 혹은 시녀로 전락하였다. 각자의 신념이 대립하는 [불확실성의 시대][36]이며, 개성이라는 각자의 방에 유배되는 고립의 병동 속에서 살아간다. 안팎으로 공격받는 몸/마음의 와해를 방어하기 위하여 영양제, 항생제, 안정제를 섭취해야 한다. 그리하여 인성은 상실되고 명예, 금권, 권력, 정보와 같은 사회적 에너지를 얻기 위해 자아의 분열이 가속화된다. 중세기적 심연에서 탈출하여 [포스트모던]의 메마른 문명의 아스팔트를 무의식적으로 달리다가 문득 현실을 의식한다. 구로사와 아키라의 「폭주기관차」("Runaway Train")처럼 살인적으로 질주하는 문명으로서의 호랑이 등이 무서워지고 상실한 실존회복의 강렬한 향수를 느낀다. 매일 아침 자기의 의지에 반하여 개성을 학살하는 직장이라는 도살장(slaughter)에 끌어가는 우울한 현대인의 모습이 검은 도로 위에 반영된다. 카프카의 『변신』(*Die Verwandlung*) 속의 그레고리는 타율적 강제에 의해 자아가 응축되어 자율적 퇴행의 실체인 풍뎅이로 세상을 마감한다. 이것은 니체가 증오하는 실존을 상실한 전향적인 [약자]의 모습이다. 인간이 살아있는 동안 인간을 둘러싼 인습과 관습은 영원

---

36) 본 개념을 주창한 존 케네스 갤브레이스(John Kenneth Galbraith: 1908-2006)는 캐나다에서 태어난 미국의 경제학자이다. 그는 케인스주의적인 20세기 미국의 자유주의와 진보주의를 주도한 인물이다. 그가 쓴 경제학 관련 서적들은 1950-60년대에 널리 읽혔다. 1908년 캐나다 온타리오 주 태생으로, 토론토 대학의 온타리오 농과 칼리지에서 학부를 마치고 미국 캘리포니아 대학교 버클리에서 석사와 박사 학위를 취득하였다. 하버드 대학과 프린스턴 대학 교수로 재직하며 많은 경제적 견해들을 발표하였다. 제2차 세계대전 무렵에는 물가정책 국장과 경제보장대책 국장, 존 F. 케네디 시절에는 인도 대사 등 정부 관직을 두루 맡아 현실 경제에도 폭넓게 참여해왔으며, 1972년에는 미국경제인연합회 회장을 맡기도 했다. 이후 하버드 대학 명예교수로서 연구와 집필 활동을 계속하였으며, 대표적인 저서로는 『풍요로운 사회』, 『새로운 산업국가』, 『대공황』, 『미국의 자본주의』, 『불확실성의 시대』, 『대중적 빈곤의 본질』 등이 있다. (wikipedia.com)

히 제거될 수 없는 껍질이자 피부이고 감옥이다. 이것은 마치 돈에 팔려서 마지못해 늙은 부자에게 시집가는 갑순이의 운명이며 그녀의 마음은 원래 갑돌이에게 가있는 것이다. 늙은 부자를 선호하는 것이 우리의 현실이며 갑돌이를 선호하는 것은 진심일지 모르나 우리의 공염불(空念佛)이자 이상에 불과하다. 당대의 현실 속에서 야스퍼스는 철학도와 의학도로서 개인적으로 불가항력적인 시대상황에 대한 [좌절]을 느꼈다. 그러나 좌절은 [초월]을 시작하는 단초가 된다. 그가 보기에 인간의 삶은 정상적인 인간이라면 대개 두 가지 방향으로 나아간다. (a) 세계로부터 실존으로, (b) 실존에서 제1의 원인으로서의 [신]으로 나아감으로써 인간은 이중의 초월경험을 할 수 있다. 그리하여 세상은 [세계, 실존, 신]의 구도로 정리된다.

인간을 의미하는 하이데거의 개념인 능동적인 주체로서의 [현존재]는 야스퍼스에게 인간 존재가 아니라 오히려 객관적인 사물존재를 가리킨다. 여기에 물질, 생명, 마음, 정신이 속한다. 그리하여 그의 실존적 사유는 물리적, 정신적, 생물학적 영역에 고루 걸친다. 그가 보기에 세계에 관한 인식[실존인식]에 대항하는 것은 [과학적 인식]이며, [현대인의 존재인식]으로서 과학적 인식은 주로 수학적, 논리적 관점을 취한다는 점에서 조건, 전제, 가설, 공식의 채널만을 허용하는 폐쇄회로를 왕복하는 자폐적 인식이다. 이것은 사물의 거죽을 묘사하는 현상에 불과하며 과학은 무지와 미지의 안개에 포위되어 날뛰는 철없는 폭군에 해당한다. 이렇듯 야스퍼스는 과학적 명확성, 과학적 확실성 혹은 실증주의를 자아도취적 인식으로 보아 통렬하게 비판한다. 그의 연구범위는 세계 · 실존 · 초월이며 실존은 타자가 아니라 자기 자신이며 [참된 실존]은 가능성을 가진 자유로운 존재이고, 또 실존은 상호존재적인 관점에 입각해야 한다. 이런 점에서 키에르케고르와 같은 [단독자]로서의 실존개념과 다르다. 아울러 베케트(Samuel

Becket)의 『고도를 기다리며』(*Waiting for Godot*), 마르케스(Gabriel García Márquez)의 『백년의 고독』(*One Hundred Years of Solitude*)[37] 에 나오는 [절대고독]은 야스퍼스에게 무의미한 개념이다. 이 점을 「성회 수요일」("Ash Wednesday")에서 살펴본다.

나는 다시 돌이키기를 바라지 않기에
바라지 않기에
돌이키기를 바라지 않기 때문에
이 사람의 재능 저 사람의 능력을 탐내며
나는 더 이상 이런 일에 대하여 노력하고자 애쓰지 않는다
(늙은 독수리가 날개를 펼쳐 무엇 하겠는가?)
그 일상의 지배의 힘이 사라진 것을

---

37) 실존을 이해하기 위하여 이 작품의 플롯을 이해할 필요가 있다. [One Hundred Years of Solitude (1967) is the story of seven generations of the Buendía Family in the town of Macondo. The founding patriarch of Macondo, José Arcadio Buendía, and Úrsula Iguarán, his wife (and first cousin), leave Riohacha, Colombia, to find a better life and a new home. One night of their emigration journey, whilst camping on a riverbank, José Arcadio Buendía dreams of "Macondo", a city of mirrors that reflected the world in and about it. Upon awakening, he decides to found Macondo at the river side; after days of wandering the jungle, José Arcadio Buendía's founding of Macondo is utopic. Founding patriarch José Arcadio Buendía believes Macondo to be surrounded by water, and from that island, he invents the world according to his perceptions. Soon after its foundation, Macondo becomes a town frequented by unusual and extraordinary events that involve the generations of the Buendía family, who are unable or unwilling to escape their periodic (mostly) self-inflicted misfortunes. Ultimately, a hurricane destroys Macondo, the city of mirrors; just the cyclical turmoil inherent to Macondo. At the end of the story, a Buendía man deciphers an encryption that generations of Buendía family men had failed to decode. The secret message informed the recipient of every fortune and misfortune lived by the Buendía Family generations.] (wikipedia.com)

서러워할 필요가 무엇 있겠는가?

확실한 시간의 허무한 영광을
나는 다시 알고 싶어 하지 않기 때문에
생각하지 않기 때문에
하나의 진정한 일순간의 권력을
알 수 없으리라고 내 알고 있기 때문에
나무엔 꽃이 피고, 샘이 흐르는 그 곳, 그 곳엔 이제 아무것도 없어
나는 마실 수 없기 때문에

Because I do not hope to turn again

Because I do not hope

Because I do not hope to turn

Desiring this man's gift and that man's scope

I no longer strive to strive towards such things

(Why should the aged eagle stretch its wings?)

Why should I mourn

The vanished power of the usual reign?

Because I do not hope to know again

The infirm glory of the positive hour

Because I do not think

Because I know I shall not know

The one veritable transitory power

Because I cannot drink

There, where trees flower, and springs flow, for there is nothing
　again

"돌이키기를 바라지 않기 때문에"가 의미하는 바가 무엇인가? 더 이상 인생을 되돌아가 살기 싫다는 말이다. 다시 돌아가 유아-어린이-청년-중년-노인의 길을 되밟기 싫다는 것이다. 이것은 죽고 싶다는 말과 다름 아니다. 이처럼 인생유전이 무한 반복됨을 증오한 석가모니는 아예 윤회(samsara)를 거부하기 위하여 침식(寢食)을 끊고 6년의 수도를 감행하지 않았던가? 그 결과 윤회의 회전목마에서 내렸다고 본인은 주장하지만 객관적으로 증명할 길은 없다. 석가모니가 지금 도솔천에서 질고에 빠진 중생들을 내려다보며 우리의 고통을 조소하고 있을지 누가 알겠는가? 그러니 "일상의 지배의 힘이 사라진 것을" 서러워할 이유가 없을 것이다. 세상의 모든 힘은 불끈 솟구치다가 얼마 후 [에너지 2법칙]에 따라 사그라지기 마련이다. 그러니 아기가 노인이 되는 것을, 힘이 빠지고 노화되는 것을, 그렇게 "서러워할 필요"가 뭐 있겠는가? "허무한 영광"과 "일순간의 권력"은 예정된 것인데 인간은 그 순간을 놓치지 않으려 애를 쓰고 그 순간에서 헤어 나오기 싫어하기에 그 찰나 속에서 영원히 정주할 것처럼 생각한다. 권력과 영광에 취해 교만해지는 것도 그 후의 무력한 사태를 예정한 일종의 버티기로서의 방어본능일 수 있다. 판사의 논고로 인생이 허물어지기 직전 무죄를 주장하는 피고의 당당한 모습이다. 인간의 역사성은 한계가 있으나 "꽃"과 "샘"은 영원히 피고 지고 솟아오르고 마른다. 그러나 인간의 역사성은 개인과 개인의 연속성에 의해 지속된다. 확실한 사실은 자연은 변함이 없고 단지 인간만이 지속적으로 교체되는 것이다. 그러니 [중](monk)이 [절](temple)을 바꿀 수는 없을 것이다. [절]은 수세기에 걸쳐 [중]들을 바꾸어 왔다. [절]과 [중]이 반목(反目)하면 [절]이 떠나는 것이 아니라 [중]이 떠나야 하는 것이다. 이 자연법칙은 [중]의 의지와 전혀 상관이 없다. "나"는 일정한 순간에 존재하였기에 지구가 종말이 올 때까지 기다리며 머물 수가 없다. 그러므로 "나"의 역사성은 지구 역사의 일촌광음(一寸光陰)에 불과한 것이다. 이러한 [한계상황]에 이르러 몇몇 인간들은 부득이 [조물주] 앞에 납작 엎드리는 선택을 한다. 하지만 자발적인 선택이라기보다는 이기심에 기초한 합리적인 [파스칼의 선택](Pascal's wager)이다.

　인간에게 고독은 병이 아니라 달리 보아 상호소통을 요구하는 증상이다. 개별인간이 가지는 역사성은 의식의 자유성과 의미의 필연성을 가진다. 고독한 인간은 사회의 이방인, 패잔병이 아니라 역사가 [나]를 필요로 한다는 의식을 가지고 과거를 반성하고 현재에 충실하고 순간과 영원의 합일, 즉 [영원한 현재]를 도모하는 개인을 의미한다. 이러한 실존의 자각과 실현을 도모해야 할 개인의 입장은 [한계상황]에 봉착한다. 그것은 사회가 개인에게 부여하는 [규정성]이라는 낙인인 인종·혈통·가문·족보·국가와 같은 것으로, 사회가 개인을 임의로 규정할 때 개인은 이 [한계상황] 속에서 절망할 수밖에 없다. 그리하여 각박한 상황 속으로 내몰리는 개인에게 나타나는 4가지 증상이 [죽음, 번뇌, 죄, 투쟁]이다. 히틀러의 전 세계를 향한 투쟁, 세상의 고통과 사투를 벌인 붓다의 108번뇌, 살벌한 현실에서 창녀의 모성을 찾는 카프카의 주인공 [K]의 간음죄, 또 사채업자(loan shark)를 사회의 쓰레기라고 보아 도살한 도스토옙스키의 『죄와 벌』에 등장하는 라스콜리니코프의 살인죄에서 나타나는 현상이 이를 반영한다고 볼 수 있다. 그러나 [한계상황]이 모두 부정적인 것만은 아니다. 이를 통해 개인에게 실존을 반성하는 동기가 부여되고 초월자에 대한 향수를 가지게 된다. 초월자의 임재를 확인해주는 암호는 사물에 잠재되어있으나 이를 간과하는 당달봉사로서의 인간들은 각자의 관점 속에 유폐되어 있다. 그러니까 경전이 사실 시야에 드러나 있지만 경전의 내용을 모르는 것이다. 라캉의

「훔쳐진 편지」("The Purloined Letter")에서 편지가 눈앞에 놓여있지만 멀리 우회하여 찾으려하는 인간들의 맹목과 같이. 그래서 성경에서는 [눈 있는 자여 볼지어다]라고 말한

〈신의 언어를 탐구하는 사제들〉

다. 사물에 산재한 [초월자의 언어]는 [초월자의 직접언어], [신화와 계시의 언어], [철학적 사변의 언어]로 나뉜다. 그런데 [한계상황]에 나타나는 초월자의 암호는 결정적인 암호로서 개인이 실존적으로 암호를 해독하여 초월의 경지에 도달함이 가능하다. 이런 점에서 미켈란젤로(Buonarroti Michalangello), 로댕(Auguste Rodin) 같은 거장들의 불가해한 예술작품들이 감탄사만 자아내는 자아도취의 차원이 아니라 이 숭고한 작품들은 초월자의 계시를 머금고 엄연히 현실 속에서 위치한다는 점에서 초월은 피안이 아니라 우리의 현실이 된다. 따라서 제1자는 초월과 현실을 겸비한 [포월자]가 된다. 이것은 초월자이신 하나님이 비참한 여물통(manger)의 현실 속에 인간 예수로 탄생하신 경우와 흡사하다. 이 점을 「프루프록의 연가」("The Love Song of J. Alfred Prufrock")에서 살펴보자.

> 그러면 우리 갑시다, 그대와 나,
> 저녁이 하늘을 배경으로 펼쳐질 때
> 수술대 위에 마취된 환자처럼;
> 우리 갑시다, 어느 적막한 거리로,
> 불만의 소리가 튀어 나오는

허름한 일박 호텔에서 지새는 편치 않는 밤과
굴 껍데기 굴러 댕기는 톱밥이 널린 식당에 대한:
지겨운 논쟁처럼 이어지는 거리들
흉악한 의도로
당신을 압도적인 문제로 끌고 가기위하여
오, 묻지 마세요, "그것이 무엇이냐?"고
우리 가서 방문합시다.
방안에서 여인네들이 오고가며
미켈란젤로를 이야기 하네.

LET us go then, you and I,
When the evening is spread out against the sky
Like a patient etherised upon a table;
Let us go, through certain half-deserted streets,
The muttering retreats
Of restless nights in one-night cheap hotels
And sawdust restaurants with oyster-shells:
Streets that follow like a tedious argument
Of insidious intent
To lead you to an overwhelming question
Oh, do not ask, "What is it?"
Let us go and make our visit.
In the room the women come and go
Talking of Michelangelo.

    여기서 중독과 마비의 포르말린 냄새가 난다. "마취"된 상황에서 우리
는 어디로든 가야 한다. 인간은 욕망의 불을 붙이고 움직이며 탁자 위에
서 낙하하는 접시처럼 에너지가 적용되는 사물은 에너지가 소진할 때까

지 움직여야 한다. 그것은 노라(Nora)가 도망친 가정[A Doll's house]이라는 열린 새장으로의 귀환이다. 우리의 의식은 완전히 세상사의 의식이며 그것은 우리의 골수에 각인되었다. "수술대", "호텔", "식당", "미켈란젤로"는 인간을 마비시키는 억압기제들이다. 인간은 이러한 문화적인 장애물을 벗어나 어디론가 가야 한다는 점에서 실존의 문제를 제기한다. 행동을 제어하는 부정적인 의미가 함축된 "마취", "불만", "논쟁", "의도", "문제"와 같은 낱말들은 가족유사성을 가지고 시적화자의 [한계상황]을 대변한다. 그러니 인간은 태생적으로 외상을 가진 "환자"로 살아갈 수밖에 없다. 출생 이후 인간은 외부와 내부의 공격을 받고 매순간 전전긍긍 살아간다. 전자에 대해선 타자의 편집증(paranoia)이 인간의 물리적인 공간을 제어하고, 후자에 대해서는 자아분열증(schizophrenia)이 인간의 내면을 잠식한다. 타자가 자신의 욕망을 채우기 위해 [나]를 공격하지 않으면 위의 상황 속에 보이는 무료한 [나]는 스스로 의심하여 사물에 대한 반성적인 태도에 집착하여 자중지란에 빠진다. 이는 마치 가족의 생계를 책임지기 위하여 장마당에 나선 김선달이 처자의 욕망에 부응하여 [대동강] 물을 팔아 떼 부자가 될 궁리를 하는 것과 같다. 이처럼 인간은 남에게 물어 뜯김과 동시에 남을 물어뜯는다. 자신을 보전하기 위해 타자를 파괴함과 동시에 결국 자신을 파괴하고 마는 "여인네들"은 고고한 예술가 "미켈란젤로"를 향수한다. 그는 물질에서 천사의 형상을 재현하는 위대한 예술가인데 그를 저잣거리의 여인네들이 반추한다는 것이 역설적이다. 그러나 여성들을 저급한 인간으로, "미켈란젤로"를 고매한 인간으로만 볼 수는 없을 것이다. 그것은 전자나 후자나 마찬가지로 유한적이고 말초적인 존재이기 때문이며, 후자가 존재하는 근거는 전자에 의지하는 작가-독자의 변증법 탓이다.

야스퍼스의 실존은 외롭지 않다. 그것은 그가 말하는 실존이 자신과 초월자로 구성되어 있기 때문이다. 인간의 삶의 동기는 각자에 있는 것이 아니라 초월자의 상속자로서 증여(贈與)되는 것이다. 개인 앞에 초월자를 전제한다는 점에서 야스퍼스의 실존은 키에르케고르의 그것을 닮는다. 인간사회를 구성하는 [도구적 이성]에 저항하는 니체와는 달리 야스퍼스는 이성과 실존 사유가 양립 가능한 것으로 본다. 그가 보기에 이성은 배척할 수단이 아니라 초월자의 계시를 수신하는 신비한 수단이다. 하지만 인간의 인식은 특정한 관점, 시각, 입장에 입각한 인식에 불과하여 제한적인 차원의 인식이기에 인간과 사물은 상호 분열되어 인간의 사물에 대한 올바르고 완전한 인식이 불가하다. 그것은 사물의 일환으로서 사물 속에서 존재하는 인간이 사물의 실체를 알 수 없으며 이때 인간은 [한계인식]을 절감하고 좌절하는 과정에서 초월자를 동경한다. 이성과 실존은 상보적인 관계를 유지하며 실존은 이성에 의해서 규명된다. 이성은 실존에 삶의 의미를 부여하며 이성 없는 실존은 삶의 동기를 상실한 맹목적 상태에 처한 실존포기의 상태를 의미한다. 따라서 이성과 실존이 결합된 [실존이성]은 외부에 대해 공개성과 소통성을 견지한다. 야스퍼스가 보기에 실존철학은 사르트르와 카뮈(Albert Camus)가 주장하는 소외되고 추방된 이방인, 나그네, 추방자의 철학이 아니라 이성적인 동물로서의 인간은 고립과 고독을 타파하고 외부와 소통하기 위하여 이성적인 능력을 발휘해야 한다. 그리하여 사물에 옷을 입히는 무-실존적인 성향의 [이성]은 외부와 [수평적]으로 소통하는 외부의 주체가 되고, [실존]은 내밀한 [수직적] 주체로서 이성의 간섭을 거부하는 내부의 욕망을 가진다. 다시 말해 야스퍼스는 이성과 실존이 상호 조화를 이루며 존재하는 관계가 되기를 욕망한다.

07.

예이츠 & 가브리엘 마르셀

주요개념 —— 기능적인 인간, 구체성의 철학, 존재론적 긴급사태, 깨어진 세상, 신비, 문제,
추상화의 정신, 제1/2차적 반성, 상호의존, 유용성/불용성, 소유와 존재
분석작품 —— 아담의 저주, 재림, 학교 아이들 속에서, 비잔티움으로의 항행

마르셀은 가톨릭 신자(catholicism)이므로 유신론적 실존주의자로 분류된다. 이에 사르트르 철학의 존립근거가 되는 [실존주의는 휴머니즘이다.](Existentialism is a Humanism.)라는 명제는 그의 견지에서는 당연히 취소되며 [실존주의는 신에 귀결된다.](Existentialism leads to God.)라고 해야 될 것 같다. 그의 인생에서 특이한 사항은 불과 4세에 어

머니를 사별하였다는 점이다. 유아가 어머니의 품속에서의 혼연일체 속에서 상상의 나래를 펴고 꿈꾸어야 할 시기를 조기에 상실하고 일찍 어머니로부터의 소외를 강제적으로 체험했으며 동시에 일찍이 부성의 상징세계를 맛보게 되었다. 모성을 충분히 맛보지 못할 경우 [욕망의 보상원리]에 의해 모성의 결핍을 다른 여성으로

〈가브리엘 마르셀〉

보충하려고 시도하기에 카사노바의 경향을 띠기가 쉬우나 별다른 여성편력은 없기에 여성에 대한 동경이 절대자에 대한 갈망으로 대체되지 않았는지 유추해 볼 수 있다. 어릴 적부터 명석했던 마르셀은 유명한 지식인의 사교모임인 [금요일 저녁](Friday evenings)에 참석했다. 그 모임의 주요 인사들은 리꾀르(Paul Ricoeur), 레비나스(Emmanuel Levinas), 사르트르(Jean-Paul Sartre) 등이었다. 그런데 마르셀은 후설이나 사르트르와 비교하여 다소 학문적 체계가 미흡한 철학자라는 말을 듣고 있다. 그것은 정치적 외연의 확장과 권력에의 의지에 무심한 그의 내향적인 성향 탓으로 볼 수도 있을 것이다. 그럼에도 마르셀의 실존주의는 현대의 상황과 상당히 공감할 수 있는 개념을 담고 있다. 그의 주요 저작은 『존재의 신비』(*The Mystery of Being*), 『창조적 충실성』(*Creative Fidelity*), 『나그네 인간』(*Homo Viator*), 『존재와 소유』(*Being and Having*), 『비극적인 지혜』(*Tragic Wisdom*) 등이다. 그의 철학적 경향은 실존주의와 현상학을 공유하면서도 현학적인 추상성(abstraction)을 가급적 배제하고 구체적 체험을 담보하려고 했다. 일시적이고 즉흥적인 사유적 반성이 아니라 체험에서 우러난 진지한 반성을 강조했다. 그리하여 화려한 수사적 표현보다 일상어(ordinary language)를 철학적인 상황에 동원할 것을 주장했다. 이 점을 예이츠(William Butler Yeats)[38]의 「아담의 저주」

---

38) 예이츠는 평생에 걸쳐 비전의 실재계를 투시하려 했던 신비의 시인이었다. 초기의 라파엘 전파의 중세적 신비주의 / 중기의 현실주의 / 말기의 초현실주의로 이어지는 시적 편력을 통해 치열하게 생의 이유와 목적을 탐구했다. 그러나 시인은 으레 시인들이 그러하듯 궁상과 각혈과 요절로 특징지어지는 시인이 아니라 내부적으로 현실과 실재와의 갈등의 와중에도 외부적으로 정치/문화적인 운동을 통해 민족계몽과 사회개선을 위한 현실참여에도 능동적인 혁명가였다. [Yeats had a life-long interest in mysticism, spiritualism, occultism and astrology. He read extensively on the subjects throughout his life, became a member of the paranormal research

("Adam's Curse")에서 살펴보자.

여름도 막바지에 접어든 어느 날
그대의 절친한 친구인 그 아름답고 온화한 여인과
그대와 나, 이렇게 셋이 함께 앉아 시에 대해 얘기 나누었다.
나는 말했지, "시 한줄 쓰는 데도 몇 시간이 걸리지요.
하지만 순간적인 생각에서 나온 것처럼 보이지 않는다면
감치고 풀고 하는 우리의 작업은 무용지물이 되기 십상이지요.
차라리 부엌바닥이나 북북 문지르며 뼈 빠지게 일 하든가
아니면 날씨가 좋으나 궂으나 극빈노인처럼 돌을 깨든가.
달콤한 음률을 엮어내는 일은 훨씬 더 힘든 작업이지만
순교성인들이 소위 속인이라 부르는 은행원, 교사, 성직자들,
그처럼 시끄러운 자들에게는 빈둥거리는 일로 비쳐질 뿐이지요.

(한국예이츠 학회 157)

WE sat together at one summer's end,
That beautiful mild woman, your close friend,
And you and I, and talked of poetry.

---

organisation "The Ghost Club" (in 1911) and was especially influenced by the
writings of Emanuel Swedenborg. As early as 1892, he wrote: "If I had not made
magic my constant study I could not have written a single word of my Blake
book, nor would The Countess Kathleen ever have come to exist. The mystical
life is the centre of all that I do and all that I think and all that I write." His
mystical interests—also inspired by a study of Hinduism, under the Theosophist
Mohini Chatterjee, and the occult—formed much of the basis of his late poetry.
However, some critics have dismissed these influences as lacking in intellectual
credibility. In particular, W. H. Auden criticised this aspect of Yeats' work as
the "deplorable spectacle of a grown man occupied with the mumbo-jumbo of
magic and the nonsense of India."] (poemhunter.com)

I said, 'A line will take us hours maybe;
Yet if it does not seem a moment's thought,
Our stitching and unstitching has been naught.
Better go down upon your marrow-bones
And scrub a kitchen pavement, or break stones
Like an old pauper, in all kinds of weather;
For to articulate sweet sounds together
Is to work harder than all these, and yet
Be thought an idler by the noisy set
Of bankers, schoolmasters, and clergymen
The martyrs call the world.'

여기서 시에 대한 반성이 제기된다. 그것은 삶의 여러 가지 본질적인 물음을 내포한다. 시 쓰기가 과연 생활에 필요한 일상적인 일이었던가? 시 쓰기가 "빈둥거리는 일"이 아니었던가? 외부의 삶에 도움이 되지 않는 생산성이 전혀 없는 불모의 작업이 아니던가? 차라리 "부엌바닥"을 닦든지, "돌"을 깨든지, "달콤한 음률"을 생산하는 것이 삶에 유익하지 않을까? 만인의 입맛에 기여하는 요리가 소수를 위해 고독한 시를 쓰는 것보다 인생에 유의미하지 않을까? 그러나 게으른 시인이 무용한 "시"를 쓰는 것도 쉽지 않은 일이다. 그것은 사물을 기호로 얽어매는 작업이기 때문이다. 눈앞에 어른거리는 사물을 엉성한 기호를 이용하여 "순간"적으로 포착해야 하기 때문이며, 만일 지체한다면 구질구질한 사고가 늘어진 소설이 될 것이다. 시적화자가 보기에 사물의 현상, 현실, 현재만을 바라보고

〈예이츠〉

유/불리를 따지는 "속인" 가운데 "은행원", "교사", "성직자"가 들어간다. 이 사람들은 나에게 정신적 물질적으로 유익한 존재로 인식된다. 그런데 시인은 세상사람 어느 누구에게도 유익하지 않다. 써도 그만 안 써도 그 만인 시를, 배가 부르지 않는 시를 구태여 쓸 필요가 있겠는가? 그런 점에서 시인은 이미 세상 사람들부터 따돌림을 당하고 죽기로 작정한, 세상사에 무심한 "순교성인"이다. 하지만 마르셀이 말하는 삶의 구체성과 일상성의 기반하에서 초월을 바라보는 태도가 시인에게도 필요하다. 그것은 인간이 지저분한 땅바닥에 발을 붙이고 머리는 고고하게 하늘을 지향하는 반신반수(half-god and half-beast)의 이중인격체이기 때문이다. 이런 점에서 예이츠는 막연히 세상타령, 사랑타령이나 하는 무위도식의 시인이 아니라 욕망이 상충하는 비참한 현실을 냉철하게 직시하고 그 깨어진 현실을 타파하기 위하여 두통을 유발하는 사회현장에 투신한 그야말로 마르셀의 [구체성의 철학]에 부합하는 삶을 살았다고 볼 수 있다.

마르셀은 이 세상을 [깨어진 세상](The Broken World)으로 암담하게 바라본다. 그리고 그곳에 부조리하게 존재하는 인간은 모두 [기능적인 인간](functional person)에 불과하다. 여기에는 한 명도 예외가 없다. 직원, 점원, 요리사, 간호사, 교원, 공무원, 우체부, 목사, 신부, 군인 등. 지금 지상은 그가 보기에 온통 [존재론적 긴급사태](ontological exigence)에 직면해 있다. 비극의 지상을 외면하고 초월을 거부한 상태로서 헤쳐 나갈 길이 없는 일종의 딜레마에 처해있다. 지상에 인간이 의지할 곳이 없다면 지상이 지금은 깨어진 상태이지만 깨어지지 않은 적도 있었단 말인가? 지상은 원래 깨어진 곳이다. 성경적으로 보아 지상은 하나님으로부터 천형을 받은 아담의 후예, 카인의 후예들이 전전긍긍 살아가는 흠이 막중한 곳이다. 물리학적으로도 지상은 작용과 반작용이 일상인 레드 오션(red ocean)의 살인적인 공간이며, 타자의 것을 빼앗아 먹어야 살아갈 수 있는 잔인한 공간이다. 백인이 흑인을 노예로 부리고, 부자가 빈자를 착취하고, 강대국이

〈아담의 추방〉

약소국을 유린한다. 현재 나의 존재를 구성하는 것은 타자의 희생에 근거함을 부인할 수 없을 것이다. 그럼에도 지상은 현 상황에 대한 반성을 거절하고, 지상 외부에 존재할 가능성이 있는 초월적인 대상에 대한 검토를 거부한다. 다시 말해 인간은 현 상황에 대해 맹목적이며, 현 상황을 탈피하기 위해 어떠한 자유로운 상상도 하지 않고, 암울한 현 상황에 넋을 잃고 새로운 차원을 모색하지 못하고 있다. 마르셀은 존재감을 잃고 지상의 구석을 차지하며 황망하게 살아가는 현대인들을 [기능인], 즉 반성하고 탐구하는 능력이 퇴화된 [화석인](vestigial human)으로 본다. 행상을 하든, 사업을 하든, 운동을 하든, 불철주야 연구를 하든, 두꺼운 방석을 깔고 앉아 수행을 하든 마찬가지다. 이는 지상의 공백을 작업이든 창작이든 유형적 무형적으로 시간을 메우는 동작이자 작업이다. 마르셀이 보기에 매표원은 [자동 기계]로 대체될 수 있기에 기계적인 존재이다. 말하자면 단순 반복적인 일을 수행하는 인간은 기계적인 인간 혹은 [생각하는 기계]일 것이다. 따라서 기계적인 인간은 현 상황에 불만을 느끼고 무료함(monotony), 무관심(indifference), 불만의 차원을 겪게 된다. 편안하게 먹기 위해 사는 기계적 인생을 영위하는 안락함이 오히려 극도의 불안을 야기하고 반성적인 문제를 제기한다. 현재 잘 먹고 잘 살고 있는 듯하지만 사는 것이 사는 것이 아니라는 말씀이다. 지상에서 인간에게 안락과 행복을 제공하는 기계는 [후기 자본주의 시대](postcapitalism)[39])에 이르러 신으로 승격된

다. 세탁의 신[세탁기], 밥의 신[전기밥솥], 커피의 신[자판기], 물의 신 [정수기], 빵의 신[제빵기]. 기능주의의 시대에는 사물과 인간이 시간과 더불어 숨 가쁘게 향상되어야 하는 기능과 성능으로 호(好)/불호(不好)가 판별된다. 나날이 버전(version)이 진화되는 스마트폰과 해마다 기능이 향상되어가는 자동차처럼. 이제 인간은 자연이 인간을, 인간이 인간을 지배하던 상황에서 벗어나 기계가 인간을 지배하는 시점에 이르렀으며, 나아가 인간의 시각을 현혹하는 환영으로서의 시뮬라크러(simulacre)가 인간을 지배하기 시작했다. 컴퓨터 게임으로, 컴퓨터 도박으로 인간은 자신을 탕진하고 있지 않는가? 우리가 매일 컴퓨터를 작동할 때 [마이크로소프트]의 노예가 되는 것이다. 그리고 일상에서 직면하는 고충에 대한 해법을 다락방에 들어가 하나님께 경건하게 구하지 않고 인터넷 검색을 통하여 구하려 한다. 또 수술대에서 로봇이 목숨이 경각에 달린 인간의 뇌를 수술하고 있다. 현재는 인간의 문제를 침묵의 하나님께 의뢰하지 않고 기술관료(technocrat)가 제공하는 디지털 엔진에 의뢰한다. 이렇듯 신성(divinity)과 인성(humanity)이 사라지고 기술(technology)이 세계와 인간을 지배하고 있다. 이 점을 마르셀은 매우 심각하게 바라보고 우려했다. 물론 기술이 해결할 수 없는 내면적인 문제들이 있을 것이다. 기술의 신격화는 그것을 맹종한 인간들에게 매순간 접근하는 삶의 고충에 대해 적절한 해법을 제공하지 못할 경우 더욱 심각한 절망을 초래한다. 신을, 인간을 믿지 못하는 상황에서 이제 기계마저 믿을 수 없다면 믿을 수 있는 존재가 과연 무엇인

---

39) 더 이상 자본주의의 고유 특징인 [자본과 노동]의 대립이나 [노/사]의 갈등이 주문제가 아닌, 다시 말해 자본가와 노동자가 헤게모니의 결정적인 수단이 아니라 21세기에서는 [지식과 정보]와 [소비자의 힘]이 자본사회에서 패권을 차지하는 결정적인 수단으로 작용한다는 주의이다. 따라서 현재의 사회지배층은 자본가나 행정가(bureaucrat)가 아니라 빌 게이츠나 스티브 잡스 같은 기술관료(technocrat)가 된다.

가? 깨어진 세상에서 기계에의 불신은 인간으로 하여금 더더욱 삶을 곤혹
스럽게 할 것이다. 정밀한 기계에 의존하는 우주선이 극소수 부품의 이상
(異常)으로 탑승한 우주인들의 목숨을 앗아간 비극적 사례[1983년 미국
우주선 챌린저호]가 상기된다. 이를 「재림」("The Second Coming")에서
살펴볼 수 있다.

> 돌고 돈다 점점 커지는 가이어 속에서
> 매는 매잡이의 말을 들을 수 없을 것이다;
> 사물은 흩어진다; 중심은 유지할 수 없을 것이다;
> 무정부상태만이 지상에 퍼진다,
> 피로 얼룩진 파도가 만연하다, 도처에
> 순수의 제식이 익사한다;
> 최상의 것은 확신을 결여하고, 반면 최악의 것은
> 열정적인 강도로 차있다.
> 확실히 어떤 계시가 가까이 다가 온다;
> 확실히 재림이 가까이 다가온다.
> 재림! 이 말들은 입 밖으로 튀어 나오자마자
> 우주로부터 한 거대한 이미지가 튀어나와
> 나의 시선을 교란한다: 어딘가 사막의 모래밭에서
> 사자의 몸과 인간의 머리를 가진 한 형상이,
> 태양처럼 비어있고 매정한 한 시선이,
> 느리게 넓적다리를 움직이며, 그 주변에 모든 것이
> 성난 사막의 새들의 그림자를 감는다.
> 어둠이 다시 떨어진다; 그러나 지금 나는 안다
> 돌처럼 잠이 든 20세기가
> 흔들리는 요람으로 악몽에 시달림을,

어떤 무자비한 야수가, 그 시간이 막바지에 달하여,
태어나려고 베들레헴을 향하여 몸을 수그리나?

TURNING and turning in the widening gyre
The falcon cannot hear the falconer;
Things fall apart; the centre cannot hold;
Mere anarchy is loosed upon the world,
The blood-dimmed tide is loosed, and everywhere
The ceremony of innocence is drowned;
The best lack all conviction, while the worst
Are full of passionate intensity.
Surely some revelation is at hand;
Surely the Second Coming is at hand.
The Second Coming! Hardly are those words out
When a vast image out of *Spiritus Mundi*
Troubles my sight: somewhere in sands of the desert
A shape with lion body and the head of a man,
A gaze blank and pitiless as the sun,
Is moving its slow thighs, while all about it
Reel shadows of the indignant desert birds.
The darkness drops again; but now I know
That twenty centuries of stony sleep
Were vexed to nightmare by a rocking cradle,
And what rough beast, its hour come round at laSt,
Slouches towards Bethlehem to be born?

전체적으로 보아 획기적인 사건의 전조를 보여주며 인류사의 참담한
비극과 과학적 혁명을 눈앞에 대령한다. 예수의 십자가 처형, 로마제국의

멸망, 산업혁명, 제1차 세계대전, 제2차 세계대전, 한국전쟁, 베트남 전쟁, 이라크 전쟁, 핵폭탄 개발, 컴퓨터 개발, 우주선의 달 착륙, 시험관 베이비, 스마트폰 개발. 긍정적으로 보아 [패러다임의 전환](shift of paradigm)으로 볼 수 있지만 인간의 머리는 점점 교활해지고 인간의 신체는 강력한 장비로 확대되어 자연은 약탈당하고 신의 영역은 침범을 당한다. 물론 자연의 남용에 대한 반성적인 개념인 에콜로지(ecology)가 등장했으며 휴거의 사태를 예언하는 종말론이 주위에 횡행하고 있다. 매우 확실한 사실은 인간이 점점 기계와 유착하여 인간성을 상실하고 현실을 넘어 [사이버공간](cyber space)이라는 초현실의 공간으로 나아간다는 것이다. 최근 전 세계에 유행한 할리우드 작 「트랜스포머」("Transformer")와 같은 기계영화의 빈번한 등장은 별다른 현실이 아니라 우리의 불가피한 자기 원인적 현실을 반영한다. 그곳에서는 인간 대신 인간의 이미지인 아바타(avatar)와 로봇이 인간의 현실에 대리복무 한다. 말하자면 유령이 현실에 등장하는 셈이며 쇳덩어리가 전자 칩(chip)을 장착하고 인간의 현실을 구성한다. 앞으로 남/북이 대치하는 비무장지대(de-militarized zone)에도 24시간 졸지 않는 로봇경비대가 출현할 것으로 예견된다. 그러니까 인류의 시대는 [신 중심-인간중심-기계중심-이미지 중심]으로 나아가고 있는 셈이다. 이 작품에서 예견할 수 있는 것은 20세기의 인간과 21세기의 기계, 20세기의 포드주의(Fordism)와 21세기 포스트 포드주의(Post-Fordism), 20세기의 자본주의 [생산]과 21세기의 후기-자본주의 [소비]와의 대립이다. 그러나 시인은 자신의 문화이론

〈인간과 기계〉

인 [가이어 이론](theory of gyre)을 통하여 사물의 대립과 성쇠(waxing/waning)를 이미 보여주었다. 물론 르네상스 이전을 신 중심으로, 르네상스 이후 지금까지를 인간중심으로 볼 수 있겠다. 그것은 기계와 아바타를 인간이 생산했기 때문이다. 헤브라이즘과 헬레니즘의 대립과 반복이 지속된다. 그래서 지금 인간은 자연이라는 외부적인 환경과의 투쟁보다도 자아의 복제라고 하는 내면의 투쟁에 열을 올리고 있는 셈이다. "어떤 무자비한 야수가, 그 시간이 막바지에 달하여 태어나려고 베들레헴을 향하여 몸을 수그리나?"에서 보이듯이 인간은 자신의 이미지에 반한 수선화가 저지른 자가당착의 슬픈 신화 [narcissism]을 반복하고 있다. 그것은 인간이 자신에게 붙은 욕망의 불을 진화해야 하면서도 그 욕망의 불이 붙은 채 어디론가 질주해야 하기 때문이다.

인간의 해묵은 화두 가운데 하나는 [무엇이 인간을 정의하는가?]이다. 인간을 정의할 수 있는 대상은 초월자 내지는 인간이다. 그런데 인간이 인간을 정의할 수가 없을 것이고 인간은 한 순간 정의될 수가 없을 것이다. 그것은 인간이 인간을 이런 저런 식으로 바라본다는 것은 자기모순 혹은 자가당착(自家撞着)에 해당되며, 사실 인간의 의식과 세포가 매순간 바뀌기 때문이다. 인간이 자신을 바라보는 것은 자신의 블랙홀에 빠지는 [나르시시즘 신화]의 반복이며, [같은 강물에 발을 두 번 담글 수는 없다]는 헤라클레이토스(Heracleitos)의 말처럼 흐르는 시간의 강물 속에서 한 순간 인간을 정의했다고 했을 때 그것은 이미 과거의 인간이 되기 때문이다. 그래서 인간의 정체는 석가(Buddha)의 전통에 따르면 [공](空)의 상태이다. 이것은 막연하게 공허하고 허무한 상태를 의미하는 것이 아니라 끊임없이 빈 곳을 메우고 빠져나가는 상태 혹은 가득 차는 순간 새어나가는 상태 혹은 채워진 것 같으나 실상은 텅 빈 상태 혹은 유/무형의 반복을 의미하는 역동적인 것이다. 그런데 마르셀은 인간의 정체는 일종의 [긴급 사태](exigency)에 의존한다고 본다. 이 사태에 직면하여 인간은 불안과 불만을 느끼고 초월의 힘에 의존할 필요성을 느낀다. 인간은 지상에서 자력으로 무기력으로 채워진 불만을 잠재울 수 없어 하는 수 없이 하늘을 바라본다. 그런데 세상이 원래 깨어진 상태라는 것을 전혀 인식하지 못하는 일개 공동체의 부속품으로 전락한 기능화된 인간은 [존재론적 긴급 사태]를 인식할 수 없다. 기능화된 인간은 셰익스피어가 말하는 "백치에 의해서 전해지는 이야기"(a tale told by an idiot) 속에서 당국으로부터 정상적인 기능인으로 공증을 받고 사는 셈이다. 교수, 교사, 의사, 약사, 박사, 판사, 검사 등등. 갈릴레오, 뉴턴, 아인슈타인, 스티븐 호킹으로 이어지는 세기의 천재들에 의해 시도된 인간의 기원과 정체성 탐구의 주제가 전복되었듯이 인간은 지상과 우주의 전말(顚末)을 알 수 없으며 단지 지상에서 자신의 역사적 위치(수명)와 물리적 비중(체중)만을 알 수 있다.

불안을 전조하는 인간의 [긴급 사태]를 타개할 수 있는 버팀목이 [초월](transcendency)이다. 여태 초월이라는 개념은 동서양을 막론하고 황당한 개념으로 무시되었으며 현실 속에서 뜬구름 잡는 정신 나간 상태로 오도되었다. 그것은 초월이 체험을 동반하지 않은 상태에서 언급되었기 때문이며, 마르셀이 말하는 초월은 디딜 곳 없는 공허한 초월이 아니라 체험이라는 디딤돌을 동반한 초월을 의미한다. 체험은 관념적으로 객관화 시킬 수 있는 개념이 아니라 어디까지 주관적인 관점이다. 초월을 이야기할 때 등장하는 것이 [내재](immanency)이다. [내재]란 말은 초월적 존재가 지상의 상황에 내밀하게 개입하고 있다는 말이다. 그리하여 인간은 개별적인 초월체험이 가능하며 이를 과학적인 잣대로 절대 측량할 수 없다. 따라서 체험 없는 추상, 즉 형이상학적인 철학은 알츠하이머

(Alzheimer's disease)의 예방을 위한 사고 훈련 외에 인간의 근본적인 불안과 절망과 불만을 해소시킬 수 없는 기호놀이다. 이것이 마르셀이 무기력과 절망의 구렁텅이에 빠진 인간에게 전하는 인류애적인 메시지이다. 개별적인 초월체험의 사례로서 성경에서 바리새인 사울[사도 바울]이 다메섹으로 가는 도중 십자가에서 처형당한 예수의 임재를 생생하게 체험하는 신비한 사건(사도행전 9:6-9)을 참조할 수 있다. 체험적 의지를 동반한 초월을 향한 염원은 지상과 천상을 연결시키는 잠재적인 사다리이자 삶의 동기를 부여하는 의식의 구체적 심연(abyss)이다. 이를 「비잔티움으로의 항행」("Sailing To Byzantium")에서 살펴볼 수 있다.

하나님의 신성한 불 속에 서있는 오 성인들이여
벽의 황금 모자이크 속에서 계시듯
그 성화(聖火)에서 나오소서, 가이어 속에서 빙빙 도시는,
그리고 내 영혼의 찬송하는 주인이 되소서.
내 심장을 소모해주소서; 욕망으로 병들고
죽어가는 짐승에 얽매여
그것은 자신을 모른다; 그리하여 나를 만드소서
영원의 세공품으로.

자연에서 벗어나면 나는 결단코 취하지 않으리라
어떤 사물로부터 나의 육신을,
그러나 그리스 금 세공인이 만드는 그런 형상이 되리라
망치질된 금과 황금 에나멜이 발린
졸리는 황제를 깨우기 위하여
혹은 황금가지 위에 앉아 노래를 불러주는 그런

비잔티움의 귀족과 숙녀들에게
과거, 현재, 미래의.

O sages standing in God's holy fire
As in the gold mosaic of a wall,
Come from the holy fire, perne in a gyre,
And be the singing-masters of my soul.
Consume my heart away; sick with desire
And fastened to a dying animal
It knows not what it is; and gather me
Into the artifice of eternity.

Once out of nature I shall never take
My bodily form from any natural thing,
But such a form as Grecian goldsmiths make
Of hammered gold and gold enamelling
To keep a drowsy Emperor awake;
Or set upon a golden bough to sing
To lords and ladies of Byzantium
Of what is past, or passing, or to come.

　여기서 시적화자는 순간의 삶을 영위하는 인간의 숙명에 저항한다. 유한한 인간이기보다 무한한 황금 세공물이 되기를 원한다. 그런데 인간이 성경에 나오는 최장수자인 무드셀라(Methuselah)처럼 969년을, 5천 년을, 만 년을 산다고 해서 인간의 불만이 사그라질 것인가? 어느 정권, 어느 국가가 천 년의 수명을 누리는 인간의 복지를 책임질 것인가? 복지를 외치는 사회주의가 천 년에 달하는 인간의 복지를 보증할 것인가? 인

〈천국의 사다리〉

간이 알 수 있는 것은 오직 과거와 현재뿐이며 미래를 예상하는 것은 공염불에 불과하다. 그것은 인간이 5분 후의 운명을 알지 못하기 때문이다. 이런 점에서 현재를 잠식하는 과거의 후회와 미래의 환영을 배제하며 [지금](now)의 순간을 중시하는 포스트모더니즘의 마인드가 타당하다. 우리에게 가장 중요한 것은 황금보다 더 귀한 [지금]이다. 여기에다 각자가 처한 현재의 위치를 의미하는 [여기](here)가 추가된다. 실존의 정신은 [오래 전](long years ago)이 아니고 [나중](later)이 아니고 [지금 여기](now here)이다. 물론 현재를 구가하는 정신은 순간을 적극적으로 향유하려는 말초적인 [쾌락주의](carpe diem)에 흐를 수 있지만, 그럼에도 현재를 놓칠 수는 없을 것이다. 이 작품에 보이는 영원의 정신은 실존주의에 반한다. 그것은 실존주의가 영원에 대한 인간의 막연한 동경이 아니라 인간의 의식이, 인간의 과학이 아무리 발전하더라도 시시각각 인간을 엄습하는 예고 없는 선고로서의 죽음이라는 필연적인 운명을 전제하기 때문이다. 이 단속적인 운명을 회피할 인간적인 수단은 현재 불가하다. 그리하여 인간이 기댈 수 있는 것은 현재성의 배후가 되는 잠재성과 초월성이다. 한겨울의 앙상한 나뭇가지가 봄에 이파리가 잔뜩 달린 싱싱한 가지가 되고 꽃이 만발한 화려한 가지가 되고 열매가 주렁주렁 맺힌 알찬 가지가 되듯이. 그런 점에서 "금 세공인이 만드는 그런 형상"에서 함축하는 시적 화자의 태도는 실존의 두려움에서 벗어나 감각 부재의 영원을 지향하는 비합리적인 태도를 취한다. 한편 "자연에서 벗어나면 나는 결단코 취하지 않으리라 / 어떤 사물로부터 나의 육신을"이라는 부분에서 붓다의 관점도

엿보인다. 이는 생명의 영원 반복적 순환 사슬인 윤회(samsara)에서 벗어나고자 하는 몸부림의 반영이다. 그러나 이것은 어디까지나 인간의 주관적인 바람에 불과할 뿐 사후에 어떠한 상황에 처할지 사실 알 수 없다. 지옥의 불구덩이로 들어갈지, 천국의 화원을 거닐지. 인간의 미래완료적 비전을 보여주는 종교는 기독교가 유일하며 그 핵심원리는 지극히 간단하다. 하나님의 독생자 아들이신 예수 그리스도를 믿고 의지하고 회개(悔改)하면 인간이 죄인의 신분에서 의인의 신분으로 바뀌어 천국에 이른다는 것이다. 다시 말해 기독교에서는 인간의 죗값을 치른 속죄양(Redeemer) 그리스도를 믿고 의지하면 된다는 것이다. 그런데 불교는 연기설(緣起說)로 수렴되는 현세에 얽히고설킨 인간시장에서 자행하는 말/행동[karma]에 따라 재생(reincarnation)의 차원이 달리 정해진다고 본다.[40] 인간으로 재생될지, 짐승으로 재생될지 현재의 말과 행동에 달려있다고 한다. 기독교인은 생업에 종사하며 직업이 목수였던 예수를 삶의 현장에서 믿을 수 있지만, 불교도는 석가모니처럼 생업·가족·처자를 버리고 홀로 수도의 길을 표표히 떠나야 한다. 영원을 추구하는 인간에게 제공되는 종교적 방편의 선택은 어디까지나 개인의 몫이다. 각자에게 주어진 한 번의 선택이 지금부터 영원을 좌우한다고 볼 수 있다. 객관적인 종교선택의 수단으로서 [파스칼의 내기](Pascal's wager)로 유명한 중세의 수학자 파스칼

---

40) 인간이 상호 얽히고설킨 상황 속에 처해 있다는 불교의 연기설(causation)은 최근 유행하는 [텍스트는 다른 텍스트에 의해서 존재가능하다]는 상호텍스트성(intertextuality)의 관점과 대개 유사하다. 텍스트의 자리에 인간을 치환시켜 [인간은 다른 인간에 의해 존재가능하다.]로 풀이해볼 수 있다. 매일 자나 깨나 이상적인 주체로 나아가려는 욕망을 내재한 주체의 존립근거를 타자의 욕망의 기인한다는 [타자의 욕망] 이론도 이와 유사하다. 주체가 살아가는 이유는 타자가 존재하기 때문이라는 것이다. 그리하여 불교는 선과 악에 대해서도 연기론의 관점에서 볼 때 옳고 그른 것이 없고 오직 인연에 의한 행위의 결과라고 본다.

의 주장은 생자필멸의 인간이 그리스도를 믿는 것이 믿지 않는 것보다 어차피 죽을 인간에게 더 유리하다고 본다. 이제 영원을 향한 결단의 순간이다. 천국행이냐? 지옥행이냐? 여기에 중도는 없고 각자 결심할 문제이다.

마르셀이 보기에 [존재]는 다양한 맥락을 가지고 있다. [존재]에게 필연적으로 부가되는 개념은 [소유]이다. [소유]의 개념이 우리에게 상기시켜주는 개념이 검소하게 살다 간 법정의 [무소유][41]라는 개념이고, 가치와 탐욕의 관점에서 존재와 소유의 문제를 다룬 심리학자 에리히 프롬(Erich Fromm)[42]의 『소유냐? 존재냐?』라는 저술을 상기한다. 그것은

---

41) 인간은 [무소유]의 상태에서 살 수 없다. 이 개념은 인간사가 얽힌 상태 속에 처하여 있다는 [연기론]의 관점에서도 타당하지 않다. 인간이 존재하기 위해서는 타인의 정신적 물질적 소유들이 존재하기에 가능하다. 우리가 매일 사용하는 의식주에 관한 것들은 거의 타자들이 생산한 것이고, 우리의 의식은 타자의 생각, 타자의 담론으로 채워진다. 이런 점에서 무소유라는 말은 [소유의 절제]라는 말로 정직하게 바꿔야 한다.

42) 프롬에 대하여 촘스키와 마르쿠제의 신랄한(sarcastic) 의견을 참고할 수 있고, 프로이트에 대한 프롬의 비판은 그가 자아를 본능과 사회통제를 받는 수동적 존재로 보았다는 점과 가공의 무의식에 대한 과도한 투자로 말미암아 정작 중요한 현실에 대해 미미한 가변성과 의지를 초래하게 되었다는 것이다. [Noam Chomsky "liked Fromm's attitudes but thought his work was pretty superficial." In Eros and Civilization, Herbert Marcuse is critical of Fromm: in the beginning he was a radical theorist, but later he turned to conformity. Marcuse also noted that Fromm, as well as his close colleagues Sullivan and Karen Horney, removed Freud's libido theory and other radical concepts, which thus reduced psychoanalysis to a set of idealist ethics, which only embrace the status quo. Fromm's response, in both The Sane Society and in The Anatomy of Human Destructiveness, argues that Freud indeed deserves substantial credit for recognizing the central importance of the unconscious, but also that he tended to reify his own concepts that depicted the self as the passive outcome of instinct and social control, with minimal volition or variability. Fromm argues that later scholars such as Marcuse accepted these concepts as dogma, whereas social psychology requires a more dynamic theoretical and empirical approach.] (wikipedia.com)

자연도태(natural selection)의 생존방식으로서의 피비린내 진동하는 [소유]의 상황과 절제와 상생을 위한 삶의 양식으로서의 [존재]의 상황을 다룬다. 마르셀 또한 『존재와 소유』(*Being and Having*)라는 저술을 출판

〈윤회의 상상도〉

했다. 프롬은 심리학적인 관점에서 마르셀은 신학적인 관점에서 접근한다. 인간은 몸을 도구적으로 소유할 수도 있고 존재적으로 바라볼 수도 있을 것이다. 여성을 도구적으로 소유할 수도 있을 것이고 존재적으로 바라 볼 수도 있을 것이다. 돈을 물질적으로 소유[탐욕적]할 수도 있을 것이고 존재적[가치적]으로 바라볼 수도 있을 것이다. 나의 인격의 대리인이자 지상에서의 나의 기초이자 토대인 몸의 기능은 애매하다. [소유]는 내가 처분할 수 있는 나의 대상을 의미하고 [존재]는 타자와의 융합(assimilation)할 수 있는 나의 가치를 의미한다. 이 융합은 타자와 혼합되는 것, 즉 더불어 말하고 행동하는 것이며, 타자와의 만남은 어디까지나 나의 존재를 전제하여야 한다. 따라서 [존재와 소유]는 지상에서 사물을 대하는 합법적인 방식이다. 마르셀의 생각은 이 개념 가운데 어느 한 쪽에 비중을 두어서는 안된다고 본다. 종업원/노예를 소유[고용]하더라도 그 존재에 대한 자비로운 인식이 필요하다. 역으로 종업원/노예로 소유[고용]되었더라도 피지배자로서의 지배자에 대한 성실한 인식도 필요할 것이다.

[깨어진 세상]에 온전한 인간이 산다는 것은 모순이며, 혼란한 세상에 정신이 [온전한 인간]이 살지 않고 단지 교조적으로 정형화된 [정상화된 인간]이 살 뿐이다. [깨어진 세상]에 존재하는 것은 실존을 꿈속에서나마 희

구하다 불만의 악몽에 시달리는 [깨어진 인간]뿐이다. 이 인간은 생/로/병/사의 골치 아픈 [문제]를 평생 내장하고 산다. 마르셀이 보기에 인간은 [문제]를 들고 씨름하느라 [문제]에 속박되어 그 [문제]를 벗어날 생각을 해볼 겨를이 없다. 이때 발생하는 잡다한 [문제]는 인간이 공동체에서 존재하기 위하여 치러야할 [객관적인 문제]이다. 우리가 사회의 정상적인 일원이 되기 위하여 직면해야하는 운전면허시험, 수학능력시험, 공무원시험, 입사시험, 면접시험 같은 것이다. 여기서 제외되는 것이 나 자신에 속하는 문제이다. 객관적인 문제를 해결하는 와중에도 실존에 대한 주관적인 탐구문제가 여전히 남는다. 이 주관식 문제를 다루는 마르셀의 개념이 [신비](mystery)라는 것이다. 나 자신에 국한되는 문제는 [나는 누구인가?] 혹은 [나는 무엇인가?]라는 궁극적이고 압도적 문제이다. 이 문제는 자신 외에 제3자 어느 누가 결코 다룰 수 없을 것이다. 물론 정신분석가, 심리학자, 카운슬러가 나 자신의 문제를 대화요법(talking cure)으로 다룬다고 한다. 다시 정리하면 마르셀의 관점에서는 사회 구성원이 되기 위한 통과의례로서의 객관적인 문제 혹은 과학적인 문제를 [문제]라고 부르며, 나 자신에 관한 주관적인 문제를 [신비]라고 부른다. 아울러 과학적이고 객관적인 문제의 검토를 [1차적 반성]이라고 하고 나 자신에 관한 [신비]한 문제를 철학적으로 사유하는 것을 [2차적 반성]이라고 한다. 이때 철학적이라고 함은 현실과 유리된 추상성을 배격하고 삶의 피땀 어린 구체성을 담보하고 구현하는 것이다. 따라서 마르셀은 인간을 전자에 치중하도록 유도하는 공동체의 의도와 음모에 저항하고 인간이 스스로 자신의 문제에 대한 탐색이 가능한 이상적인 공동체의 가능성을 모색한다. 그런데 능률과 영리를 추구하는 현대사회에서는 인간을 사회조직의 부속에 불과한 기능인으로 다룰 뿐이지 인간 존재의 가치, 즉 개인의 [신비]를 모색하고 구현할 기회를 박탈한다. 사회라는 열차에 때맞춰 탑승하기 위해 자신에게 절박한 주관식 문제를 배제하고 [내 앞에 놓인](before me) 객관적인 문제를 우선적으로 다루며 정작 중요한 [내안에 존재하는](in me) 심각하고 신비로운 문제를 방치하는 것이 인간의 현실이다. 그야말로 인간은 셰익스피어의 말처럼 백치 혹은 바보처럼 공동체의 프로그램에 따라 살아가는 것이다. 마르셀은 체험적 [신비]를 상실한 채 지상의 규범 속으로 추락한 인간을 [추상화의 정신](the spirit of abstraction)을 가진 인간이라고 본다. 이는 [1차적 반성]의 기조를 이루는 이론, 개념, 공식, 법칙, 원리가 인간성(humanity)의 물기를 제거하여 명태처럼 바짝 마른 상태로 박제시킨 상태이자 인간성의 온기와 습기가 상실된 상태이다. 이 점이 「학교 아이들 속에서」("Among School Children")에서 잘 나타나 있다.

나는 질문을 하면서 긴 교실을 걸어간다.
하얀 후드를 쓴 친절한 늙은 수녀가 대답한다.
어린이들은 셈과 노래 공부를 하고,
독본과 역사 공부도 하고,
재단과 재봉도 배우고, 여러 가지
최고의 현대적 기능을 배운다—아이들의 눈이
순간적으로 놀라 일제히 쏠린다.
미소 짓는 한 60세 공인에게
　　　　　　　……

플라톤은 자연을 만물의 그림자 같은 원형 위에
어른거리는 물거품으로 생각했고,
한층 절실한 아리스토텔레스는 왕중왕의
엉덩이에 매질을 가했었다.

세상에서 유명한 황금 넓적다리의 피타고라스는.
바이올린의 활과 현에 손을 대어
별이 노래하면 무심한 시신(詩神)이 귀 기울이던 곡을 켰다.
그러나 낡은 막대기에 낡은 옷 걸치고 새를 쫓는구나.

I WALK through the long schoolroom questioning;
A kind old nun in a white hood replies;
The children learn to cipher and to sing,
To study reading-books and histories,
To cut and sew, be neat in everything
In the best modern way-the children's eyes
In momentary wonder stare upon
A sixty-year-old smiling public man.
           ......

Plato thought nature but a spume that plays
Upon a ghostly paradigm of things;
Solider Aristotle played the taws
Upon the bottom of a king of kings;
World-famous golden-thighed Pythagoras
Fingered upon a fiddle-stick or strings
What a star sang and careless Muses heard:
Old clothes upon old sticks to scare a bird.

인간이 살기 위하여 사는 방식이 절실하다. 주관적인 사생활 문제는
외면당하고 객관적인 문제를 우선 다룬다. 교육을 통해 사회시스템을 수
용하여야 하는 "공인"으로서의 인간은 대개 현실부정의 "플라톤", 물질
긍정의 "아리스토텔레스", 공간의 소유권을 주장하는 "피타고라스"와 같

은 지식구조의 차원에 편입되어, [2차적 반성]을 망각한 채 굴러가는 [깨어진 인간사회]에 대한 마르셀의 대책은 깨어진 인격을 지니고 있지만 자신을 포위한 타자들과의 소원한 관계를 타결하고 원만히 하는 것이다. 그것이 [유용성](availability)과 [불용성](unavailability)이라는 개념이다. 혹은 전자를 [일회성](disposability), 후자를 [바-일회성](non-disposability)이라고 부른다. 혹은 전자를 [능숙](handiness), 후자를 [비능숙](un-handiness)이라고 부른다. 용어가 각양각색이나 전자는 타자들에게 제공할 수 있는 자신의 물질적, 감정적, 지성적, 정신적 능력을 의미한다. 후자는 자신을 타자에게 헌신하지 않는 이기적인 상태를 의미하고 타자로부터의 소외와 고립을 초래한다. 이는 타자를 맹목적인 [1차적 반성]에 의해서 다루는 것을 말한다. 다시 말해 타자를 자기의 필요와 목적에 의해서, 타자의 기능과 능력에 의해서 판단한다는 것이다. 타자와의 불행한 관계를 종식하기 위하여 자만과 허영을 버리고 타자들을 대해야 한다는 것이다. 그런데 [나]는 상대방을 [나]와 같은 유일무이한 존재로 바라보지 않고 단지 유전적 타자 혹은 경제적인 대상 혹은 종(genus)의 객관화된 부류로 바라본다. 타자를 호명할 때 [당신](thou)이라고 부르지 않고 [그/그녀/그것](he/she/it)이라고 부른다. 그래서 마르셀은 우리 각자가 인간으로서 보증을 받는 [더불어](with, avec)라는 개념을 강조한다. 이것이 그의 철학의 핵심인 [호혜주의], [상호의존](reciprocity)이다. 신학적 토대에 위치한 마르셀은 인간을 지상에 육화된 존재로 바라본다. 그리하여 인간은 절대적으로 자기와 다른 지상의 존재를 외면하지 말고 지상의 상황 속에 지상의 사물 속에 지상의 타자 속에 참여할 것을 촉구한다. 마치 하나님이 천한 인간의 모습으로 지상에 하강하신 것과 같이 우리도 타자와 다를 것 없이 지상에서 타자와 [더불어] 살아가야 한다. 이것이 바로 인간이 지상에서 타자 속에

용해되는 영혼의 [재생](reincarnation)인 것이다. 결국 인간은 타자를 위하여 살아갈 역사적인 운명을 띠고 태어난 것이다.

08.

주체 & 실존: 주체적 실존

주요개념 ──── 1.주체의 정체, 2.재귀적 주체, 3.자율적 주체, 4.주관성의 주체, 5.엔텔레키의
주체, 6.믿의 주체
분석작품 ──── 가장 어여쁜 나무, 필부, 시카고, 시상-여우, 검은 탬버린, 엘도라도, 에스겔서,
순결한 청춘

1. 주체의 정체

[주체와 실존]의 의미가 일견 비슷해 보인다. 하지만 전자는 체제에
종속된 구성원이고 후자는 체제의 종속으로부터 탈출을 시도하는 [탈-주
체]로 볼 수 있다. 실존에 덧씌워진 기호가 주체를 형성하기에 주체는 [기
호화된 실존]이라고 칭할 수 있으며, 이 위장의 주체는 정치적/경제적/문
화적인 개념 속에 포섭된다. 이 그림에서 우리가 발견할 수 있는 것은 무
엇일까? 일단 돌덩어리가 허공에 떠있다는 것은 누구나 알 수 있다. 또
낙하하면서 중력에 잠정적으로 저항하는 물질의 현실을 생각해볼 수 있
고, 이 돌덩어리의 공간에 인간을 집어넣어볼 수 있다. 인간도 일종의 비
중 있는 사물이기에 인간도 돌덩어리인 셈이다. 그러면 공중에 떠있는 추
락하는 인간이 잠시 허공에 머무는 셈이다. 이 인간은 살아생전에 [주체]

라는 화인(火印)을 받은 존재이다. 인간이 살아있는 동안 [주체]라는 굴레를 벗어나기 어렵다. 급진적인 사회운동가들의 전유물인 주체회복이라는 말이 순진한 대중들의 귀에 자유분방하게 들릴지 모르지만 사실 [주체]라는 말은 인간을 공동체의 일원으로 구속시키는 명찰에 불과하다. 따라서 [주체]라는 개념은 실존주의자들에게 대단히 적대적인 개념인 셈이다. [주체]의 정의는 영어단어 [subject]의 의미연쇄에서 드러나는 [종속]이

라는 정의에서 보다 명확하다.

[주체]는 공동체의 한 개체로서 개성을 지니고 있으며 자신만의 고유한 경험과 의식을 보유한다. 이런 점은 공동체와 분리하여 존재하려는 실존주의의 경향과 유사하다. 그러나 주체는 타자와의 관계를 통하여 주체로 존재할 수 있기에 여전히 종속적인 운명을 지속한다. 주체/타자는 상호 대립적이지만 그럼에도 어느 한 쪽이 부재하면 양자 모두 존재의

〈르네 마그리트[43]의 그림〉

---

43) 르네 마그리트(René Magritte)는 초현실적인 작품을 많이 남긴 벨기에의 화가이다. 1916년 브뤼셀에서 미술공부를 시작했고, 1920년 중반까지 미래주의와 입체주의 성향의 작품을 그렸다. 그 이후 조르조 데 키리코(Giorgio de Chirico)의 영향을 받아 초현실주의적인 작품을 제작하였다. 그는 초현실주의적이지만 자신만의 개성이 두드러지는 작품들을 제작, 주로 우리의 주변에 있는 대상들을 매우 사실적으로 묘사하고 그것과는 전혀 다른 요소들을 작품 안에 배치하는 방식인 데페이즈망(depaysement) 기법을 사용하였다. 1950년대에는 그 전까지 했었던 작품들과는 전혀 다른 작품을 제작하기도 하였는데, 인상주의 시기의 르누아르의 영향을 받은 작품들과 바슈(vache) 시기의 야수파의 영향을 받은 작품들이 제작하였다. 그의 작품들은 주로 신비한 분위기와 고정관념을 깨는 소재와 구조, 발상의 전환 등의 특징을 보인다. 마그리트의 작품들은 현대미술에서의 팝아트와 그래픽 디자인과 대중매체의 많은 영역에서 영감의 원천이 되었다. 사이버 영화 「매트릭스」는 그의 「겨울비」("Golconde")(1953)라는 작품에서 영감을 받았다. (wikipedia.com)

의미를 상실하기에 양자 모두 상생하기 위하여 관계를 유지하는 이른바 [이항대립쌍](binary opposite)의 일체이다. 그런데 각각의 주체는 각각의 타자로 존재하기에 주객의 구분이 사실상 없다. [나] 자신은 주체이기도 하고 다른 사람들의 관점에서 [나]는 타자에 불과하다. [나]는 주체이면서 동시에 객체인 것이다. 주체의 정의를 독단적으로 정의한 데카르트는 주체를 두 관점에서 바라본다. [나] 자신을 생각하는 의식의 주체와 [나]의 생각이 내포된 몸의 주체. 주체는 어디까지나 물리적인 공간의 토대를 담보하여야 한다. 공간을 딛지 않는 주체는 주체로서 유명무실하다. 주체는 언어와 행동이라는 기표(signifiers)를 통하여 공동체의 검증을 받는다. 체제순응적인 적절한 말과 행동은 주체가 공동체에서 원만하게 존재함에 있어 필수조건이다. 상식, 합리, 이성, 규범, 윤리를 중시하는 사리분별에 맞는 말과 행동을 통하여 비로소 공동체의 주체로서의 자격이 주어진다. 이에 어긋나는 결격 주체는 타자들로부터 소외되고 격리된다. 『장미여관』 시리즈로 유명한 마광수 교수가 섹슈얼한 소설을 창작한 것이 주관적으로는 아무 문제가 되지 않지만, 건전한 성의 윤리를 강조하는 공동체에서 사회질서를 유지해야 하는 방편으로서의 도덕과 윤리, 이성과 상식을 중시하는 타자의 공동체에서는 검열대상으로 객관화되는 것이다. 그러기에 주체는 주체가 되는 자질인 주체성(subjectivity), 즉 사회에 종속되는 개체로서의 기능을 수행해야만 주체로서 인정을 받을 수 있으나, 그렇지 못할 경우 비정상인(freaks)이라는 낙인을 받게 된다. 주체를 생산하는 담론, 거대서사, 이데올로기, 역사, 신화는 주체의 정상성을 도모하고 주체의 항구성을 지속적으로 담보하는 억압기제로 존재한다. 이 점을 하우스먼(A. E. housman)의 「가장 어여쁜 나무」("Lovelist of Trees")에서 살펴본다.

가장 어여쁜 나무 벚나무 이젠
가지에 만발한 꽃을 달고
숲 속 승마대 둘레에 섰네
부활절 무렵이라 흰옷을 입고.

이젠 내 칠십평생에서
스무 해는 다시는 오지 않으리라
일흔 번 봄에서 스무 번 봄을 빼면
남는 건 오직 쉰 번의 봄.

꽃핀 것을 바라보기에
쉰 번의 봄도 잠깐 동안,
숲께로 나는 가야겠구나,
흰 눈을 걸친 벚나무 보러. [김종길 23]44)

Loveliest of Trees, the Cherry Now
Is hung with bloom along the bough,
And stands about the woodland ride
Wearing white for Eastertide.

Now, of my threescore years and ten,
Twenty will not come again,
And take from seventy springs a score,
It only leaves me fifty more.

And since to look at things in bloom

44) 김종길. 『현대의 영시』. 서울: 고려대학교 출판부, 1998.

Fifty springs are little room,
About the woodlands I will go
To see the cherry hung with snow.

여기 보이는 "벚나무"는 "부활절"과 연결된다. 나무에서 "꽃"이 피는 것은 [무]에서 [유]가 출현하는 것과 같다. 겨우내 아무것도 없던 나무 위에 지금 보니 "꽃"이 만발한다. 예수의 죽음 이후의 부활도 이와 같다. 로마군에 의해 무고하게 십자가에 매달리고 사흘 만에 부활하였다고 성경에 기록되어 있다. 나무의 표피를 찢고 "꽃"이 피는 것과 예수가 죽음의 장막을 찢는 것은 모두 고통과 연관된다. 그러기에 벚나무의 "꽃"과 "부활절"은 겉으로 보기에 화려하고 영광스러워 보이지만 그 속에는 삶의 고통이 잠재해 있는 것이다. 그리고 "칠십 평생"에서 "스무 해"를 빼는 이유는 무엇인가? 사물에 대한 안목이 부족한 시기가 태어난 후 20년에 이른다는 것이다. 그런데 이 무지한 "스무 해"를 빼고 50년을 사물을 바라보았다고 해서 사물의 실재에 도달할 수 있겠는가? 시적화자가 보기에 나이가 어리면 세상물정을 모른다고 보는 것 같다. 그러나 인간이 나이를 먹었다고 해서 사물의 근본을 이해하는 것이 아니라 축적된 삶의 경험이 인간관계에서 야기되는 충돌로 인한 자기 파괴의 기회를 감소시킨다는 것이 원숙 혹은 노숙의 이점일 것이다. 그런데 지나간 "스무 해"는 시간은 다시 돌아오지 않는다는 헤라클레이토스의 [만물 유전]의 블랙홀 속으로 사라진다. 인간은 시시각각 변하며 무지의 20년 그리고 유식의 50년을 보내고 형상이 파괴되어 만물을 구분 없이 수용하는 자연의 "숲"으로 돌아간다. 숲은 각각의 개인이 세상을 유람하다 쇠하여 돌아와 눕는 화물집하장인 셈이다. 이러한 비극적 인식과는 달리 이 작품을 인생의 무상과 벚꽃의 아름다움 사이의 대조로 바라보는(김종길 26) 시각도 있다.

생각하는 주체를 주장한 데카르트와 함께 상기되는 인물은 데이비드 흄 (David Hume)이다. 그가 보기에 [인식]을 초월하는 인간은 없다. 인간에겐 오직 인식만이 주어지고 인식은 관념이 되고 습관이 된다. 태어나면서부터 인간은 [관념과 습관의 노예]가 된다. 인간이 생각하는 것이 아니라 생각이 인간을 먼저 생각한다. 생각이 있음으로써 인간이 존재한다. 인간이 생각하는 주체가 아니라 생각의 틀 속에 주체가 갇혀있다. 이렇듯 흄은 생각에서 해방되는 인간의 실존 가능성을 인정하지 않는다. 이러한 취지(趣旨)에서 볼 때 관념론의 핵심인 인과론은 필연성에 기초하는 것이 아니라 사실 습관에 의해 귀납적으로 확립된 개연성에 불과하다. 이것을 흄의 특징적인 사고의 일환인 급진적 회의론(scepticism)이라 칭한다. 상상력도 흔히 아는 것처럼 신선하고 기발한 발상이 아니라 오래된 관습에 의해 굳어진 사고의 연장이며 사물을 감지할 때 동원되는 시공의 동반자이다. 헤겔(F. Hegel)의 경우 주체는 자신을 반성적으로 중개하는 과정에 의해서 구축된다고 보는데 이것이 소위 **변증법적 주체**(dialectic subject)이다. 인간의 행동은 내부의 추진력에 의해 자신을 향하여 부단히 움직이는데 이것이 주체성이고 헤겔은 이것의 정체를 규명하려 한다. 주체는 불완전하며 존립자체가 순수한 부정이다. 주체는 자신의 부정과 타자로부터의 부정에 직면한다. 인간은 늘 [내가 왜 이럴까]와 [당신은 틀렸다]라는 내부/외부의 목소리를 듣는다. 따라서 주체성은 진정성의 심연에서 오는 것이 아니라 단순성의 갈래에서 나온다. 주체는 구조의 형성물이고 자연의 부정이며, 부정의 연속이다. 헤겔의 주체는 자아회복의 동일성이며 주체는 주체화에 종속된다. 이 점을 오든(W. H. Auden)의 「필부」(匹夫, "The Unknown Citizen")에서 살펴본다.

그는 통계국에 의해서 파악되었다

공적인 불만이 없는 자에 대항하는 자로,

그리고 그의 행동에 관한 모든 보고서들은 일치한다

구식의 낱말에 대한 현대적 감각 속에서, 그는 성자였음을,

왜냐하면 모든 점에서 그는 위대한 공동체를 위하여 기여했다.

그가 은퇴한 날까지 그 전쟁만은 예외로 하고

그는 공장에 일했고 결코 해고되지 않았다,

그러나 그의 사장들을 만족시켰다, 퍼지 자동차.

그러나 그는 비노조원 혹은 임시고용원도 아니었다 그의 관점에서,

그의 노조가 보고했다 그가 임금을 받았다고,

(그의 노조에 대한 우리의 보고서는 그것이 확실함을 보여준다)

그리고 우리의 사회심리학노동자들은 알았다

그가 동료들과 잘 어울리며 술을 좋아했음을.

언론은 확신한다 그가 매일 신문을 샀다고

그리고 광고에 대한 그의 반응이 모든 점에서 정상적이었다고.

경찰당국은 그의 이름을 조사한 결과 그가 완전히 보험에 가입했음을 확인
　했으며,

그리고 그의 건강카드는 한 때 병원에 입원했었음을 그러나 퇴원했음을 보
　여준다.

생산자조사와 생활수준조사기관이 선언한다

그가 완전히 할부계획의 이점에 인식하고 있음을

그리고 그가 현대인에게 필요한 모든 것을 가지고 있음을,

전축, 라디오, 차, 냉장고.

대중여론에 대한 우리의 조사는 만족스럽다

그가 연중 적합한 의견을 견지한다는 점에서;

평화가 있을 때, 그는 평화에 적합하다: 전쟁이 있을 때, 전선에 나간다.

그는 결혼했으며 5명의 아이를 인구에 보태었다,

우리의 우생학자가 말하길 그것은 그의 세대의 부모로서 적절한 숫자였다.

그리고 우리 선생님들은 그가 결코 그들의 교육에 충돌하지 않을 것임을 보
  고한다.

그는 자유로웠는가? 그는 행복했는가? 그 물음은 애매하다:

어떤 잘못된 것이 있었다면 우리는 확실히 들었을 것이다.

He was found by the Bureau of Statistics to be

One against whom there was no official complaint,

And all the reports on his conduct agree

That, in the modern sense of an old-fashioned word, he was a saint,

For in everything he did he served the Greater Community.

Except for the War till the day he retired

He worked in a factory and never got fired,

But satisfied his employers, Fudge Motors Inc.

Yet he wasn't a scab or odd in his views,

For his Union reports that he paid his dues,

(Our report on his Union shows it was sound)

And our Social Psychology workers found

That he was popular with his mates and liked a drink.

The Press are convinced that he bought a paper every day

And that his reactions to advertisements were normal in every way.

Policies taken out in his name prove that he was fully insured,

And his Health-card shows he was once in hospital but left it cured.

Both Producers Research and High-Grade Living declare

He was fully sensible to the advantages of the Instalment Plan

And had everything necessary to the Modern Man,

A phonograph, a radio, a car and a frigidaire.

Our researchers into Public Opinion are content

That he held the proper opinions for the time of year;

When there was peace, he was for peace: when there was war, he
    went.

He was married and added five children to the population,

Which our Eugenist says was the right number for a parent of his
    generation.

And our teachers report that he never interfered with their education.

Was he free? Was he happy? The question is absurd:

Had anything been wrong, we should certainly have heard.

    이 작품은 인간의 실존추구는 요원한 일임을 보여준다. 실존추구는 고사하고 인간의 [상황]은 구조와 긴밀히 연관되어 있음을 보여준다. 인간의 내면과 외면, 인간과 인간, 인간과 사회의 관계가 마치 수어지교(水魚之交)의 의미처럼 불가분의 관계로 형성되어 있음을 보여준다. 이 [부정의 관계]를 벗어날 때 인간으로서 존재의 의미가 없는 것처럼 시적화자는 강박적인 증세를 표출한다. 인간이 아침에 기상한 후에 시행해야 할 일은 [관념과 습관의 노예]로서의 일과를 수행해야 하는 일이다. 이 순간 알튀세와 푸코가 말하는 개인의 감시 장치들이 등장한다. 그것은 전자가 주장하는 [이데올로기적 국가기구](ISA), 후자가 주장하는 [원형감옥](panopticon)

이라고 불러도 무방하다. 인간의 동태가 기록된 "통계국"의 "보고서", 인간이 복무하는 "공동체"의 "공장"과 고용주와 변증법적

〈제복의 인간: 영화 「25시」〉

이해관계를 다투는 "노조", 인간관계의 갈등과 결과에 대한 궁극적인 해결자로서의 "경찰", 국가와 국가 간의 이해다툼으로 벌어지는 개인의 의지와 무관한 무목적적인 "전쟁"과 "평화", 공동체의 이익에 부합하도록 열성인자보다 우성인자를 개발하는 "우생학자"와 같은 공통의 테마들이 이 작품의 주류를 형성한다. 구조는 끊임없이 개인을 구조에 합당하도록 적당히 개조하여 다양한 [변증법적 주체]를 생산한다. 그러기에 인간의 "자유"는 주체종속적인 자유이며 "행복"은 조직에 대한 헌신과 기여의 대가로서 주어지는 "임금"이다.

2. 재귀적 주체

포스트모던 시대의 주체는 단일하고 자동적인 주체가 아니다. 이때 주체의 모습에 균열이 발생한다. 해체주의의 주체는 중심으로서의 기능을 상실한 주체이고 [주변화된 주체]이다. 확고한 의식은 광란의 무의식에 의해 동요한다. 계몽주의 기획에 의해 주도되어온 이성은 감성에 의해 비판을 받으며 공론의 법정에 피고로 소환된다. 주체성을 비정상성의 회복으로, 물질의 재현으로 본 프로이트와 마르크스의 생각은 하이데거에 의해 잠식된다. 주체는 '거기 있음'(being-there)의 주체를 의미하는 [다자인](dasein)으로 대체된다. 소쉬르(F. Saussure)는 주체를 기표(signifier)적 주체와 기의(signified)적 주체로 양분하여 자의적인 기호적 주체를 탄생시킨다. 이는 몸이 기표가 되고 기표는 기의로 분화되지만 다시 기의는 기표로 재현되는 [재귀적 주체](reflexive subject)이다. 라캉은 자아의 분열을 조장하는 소쉬르, 프로이트, 하이데거에 자극받아 [분열된 주체](split subject)를 주장한다. 그것은 인간은 모태의 실재계(real order)로부터 추방

(expulsion)되어 상상계(imaginary order)를 통해 구축된 자아의 현실을 공동체의 영역인 상징계(symbolic order)에 투사하여 타자의 담론에 의해 박제된 자아를 구축한다는 것이다. 이때 실재의 자아는 거두절미(去頭截尾)되고 기형적인 불구로서의 현실의 자아는 영원히 그것을 향수한

〈에스메랄다와 콰지모도〉

다. 노트르담에 존재하는 **콰지모도**(Quasimodo)가 우리의 일그러진 자화상이다. 주체는 애초에 불만의 상태로 존재하는 결핍의 상태에 처한다. 욕망의 결핍을 실현하려는 막연한 욕망을 평생 가슴에 품고 살아가는 불만의 존재이다.

자신을 전부 바라볼 수 없는 주체는 타자의 시각[타자의 눈, 거울]에 의해 자아가 형성되지만[자아 전체성의 착각으로서의 이상적 자아] 사실 타자는 주체를 완전히 반영할 수 없다. 타자가 신뢰하는 주체의 모습은 신기루 혹은 착각에 불과하다. 마치 친구인 듯이 철석같이 믿었던 사람이 마침내 극악무도한 적으로 등장하는 배반의 멜로드라마처럼. 인간사회는 [아버지의 이름](the name of the father)이라는 상징체제가 군림하며 이에 종속되는 순종의 아들들을 거세(castration)하거나 종속되지 않는 반역의 아들들을 소외(alienation)시키고 배제(exclusion)시킨다. 타자의 인정(recognition)을 추구하는 인간은 자신의 사고와 욕망에 의해서가 아니라 타자의 사고와 욕망에 충일하게 살아간다. 자신의 몸과 영혼은 타자의 존립을 위하여 지배되고 희생되지만, 타자 또한 나의 욕망을 위하여 헌신하여야 한다는 점에서 입장은 동일하다. 그것은 주체의 의식은 어디까지나 **타자의 담론**으로 구성되기 때문이다. 그러나 인간은 심신을 거세당하는

고통의 상징계를 벗어나 비현실적인 기쁨으로 나아가는 새로운 경지를 탈-주체적으로 체험하는데 이것이 희열, 향락, 향유라는 의미로 다양하게 채색되는 [주이상스](jouissance)[45]이다. 그것은 고통의 세월이 지나면 행복의 시절이 오리라는 막연한 미지의 즐거움이자, 주체를 고통의 질곡에서 구해줄 구세주를 기다리는 초월적인 비전이다. 아울러 논리, 이성, 합리, 상식, 법률, 규칙을 아우르는 상징의 이해관계를 벗어나는 동물적인 혹은 타산적인 욕망이 소멸되는 일종의 해탈(nirvana)의 경지이다. 도(道)를 도라고 부르는 상징의 차원을 벗어난 탈-기호 혹은 탈-의미의 상태이자 실재의 상태이다. 이 점을 칼 샌드버그(Carl Sandburg)[46]의 「시카

---

[45] 라캉은 이 개념을 [쾌락원리]를 초월하려는 시도, 즉 쾌락에 부가된 금지를 부단히 초월하려는 시도로 본다. 하나님 아버지의 법을 벗어나 금단의 열매를 향수하는 인간의 희열이다. [Lacan considered that "there is a jouissance beyond the pleasure principle" linked to the partial drive; a jouissance which compels the subject to constantly attempt to transgress the prohibitions imposed on his enjoyment, to go beyond the pleasure principle. 한편 바르트는 이 개념을 독자의 종류를 구분하는 개념으로 다음과 같이 설정한다. [In his 1973 literary theory book [*The Pleasure of the Text*], Barthes divides the effects of texts into two: plaisir(translated as "pleasure") and jouissance. The distinction corresponds to a further distinction Barthes makes between "readerly" and "writerly" texts. The pleasure of the text corresponds to the readerly text, which does not challenge the reader's position as a subject. The writerly text provides bliss, which explodes literary codes and allows the reader to break out of his or her subject position.] (wikipedia.com)

[46] 칼 샌드버그는 작품배경을 거칠고, 과시적이고, 투쟁적인 인간시장으로서의 도살장・곡물창고・공장으로 묘사되는 시카고에 시선을 고정시키는 로컬리스트 시인이다. 또 시인은 미국의 아동들에게 왕과 기사 이야기 일색인 유럽풍의 이야기는 적절치 않다고 보고 아동의 읽을거리로서 『루타바가 이야기』를 썼다. [Carl Sandburg rented a room in this house where he lived for three years while he wrote the poem "Chicago". It's now a Chicago landmark. Much of Carl Sandburg's poetry, such as "Chicago", focused on Chicago, Illinois, where he spent time as a reporter for the Chicago Daily News and the Day Book. His most famous description of the city is as "Hog Butcher for the World / Tool Maker, Stacker of Wheat / Player with

고」("Chicago")에서 살펴본다.

사람들이 네가 잔인하다고 말하면 내 대답은 이렇다. 아낙네와
어린이들의 얼굴에서 처참한 굶주림의 흔적을 보았노라고.
일단 이렇게 대답한 후 나의 이 도시를 비웃는 자들을
향하여, 비웃음을 되돌리며 이렇게 말한다—

살아있고 거칠고 강하고 영리한 것이 이렇게도 자랑스러워
머리 높이 쳐들고 노래부르는 또 다른 도시가 있으면
어디 말해보라고.
산더미같은 일들을 악착스레 해내며 신나는 욕설들을
배알아내는, 너절한 도시들에 뚜렷이 대조되는 키가
크고 대담한 강타자가 여기 있다.
싸움에 게걸든 개처럼 사나웁고, 황야에 도전한 야만인처럼
영리한
맨머리로
삽질하며
부수며
계획하며
세우며 깨뜨리며 다시 세우는 (이재호 82)[47]

Railroads and the Nation's Freight Handler, / Stormy, Husky, Brawling, City of the Big
Shoulders." Sandburg is also remembered by generations of children for his
Rootabaga Stories and Rootabaga Pigeons, a series of whimsical, sometimes
melancholy stories he originally created for his own daughters. The Rootabaga
Stories were born of Sandburg's desire for "American fairy tales" to match
American childhood. He felt that the European stories involving royalty and
knights were inappropriate, and so populated his stories with skyscrapers,
trains, corn fairies and the "Five Marvelous Pretzels".] (poemhunter.com)

And they tell me you are brutal and my reply is: On the

faces of women and children I have seen the marks

of wanton hunger.

And having answered so I turn once more to those who

sneer at this my city, and I give them back the sneer

and say to them:

Come and show me another city with lifted head singing

so proud to be alive and coarse and strong and cunning.

Flinging magnetic curses amid the toil of piling job on

job, here is a tall bold slugger set vivid against the

little soft cities;

Fierce as a dog with tongue lapping for action, cunning

as a savage pitted against the wilderness,

Bareheaded,

Shoveling,

Wrecking,

Planning,

Building, breaking, rebuilding,

　"시카고"는 보편적인 도시를 상징한다. 그곳에 인간들의 욕망과 갈등
이 얽혀 있고 건설과 파괴가 공존한다. 지상에 내던져진 인간들이 무리
지어 집단을 형성하고 사회와 문화를 형성한다. 사회비평가와 문인들은
인간을 매일 닦달하는 피땀이 밴 도시를 저주하고 도시가 자신들을 소외
시켰다고 항변한다. 그러나 시적화자는 이러한 **구토의 증상**을 당연시 한
다. 인간이 사는 골목마다 애정과 애증이 어찌 없을 것인가? 인간이 사는
곳은 도시라는 정글임을 인정하여야 한다. "시카고"는 살인면허가 부여

---

47) 이영걸 역. 『20세기 미시』. 서울: 탐구당, 1993.

된 일종의 거대한 [콜로세움]이다. 검투사들이 각자 살아남기 위하여 타자를 죽여야 하는 원리가 이 살벌한 공동체의 제1의 원칙이다. 그러나 이곳이 비록 약육강식의 공동체이긴 하지만 여기서 살아가는 것을 회피할 수 없다. 인간은 도시의 정글에서 살아갈 도리밖에 없다. 비구(比丘)들이 출가하고 얼마 뒤 도시의 뒷골목을 헤매는 것처럼 인간은 결코 도시를 떠날 수 없음을 안다. 인간이 망각하고 있는 것은 "살아"있다는 것이다. 그런데 인간들은 살아있음의 현실을 부정하고 이를 망각하려 애를 쓴다. 인간은 궁극적인 종착역인 죽음을 미리 생각할 필요가 없다. 이 살아있음 또한 죽음보다 더 위대한 가치가 있다. 그것은 아무리 거룩한 명분을 내걸어도 죽음은 결과적으로 [무의미]하고, 삶은 아무리 비천해도 [유의미]하기 때문이다. 타자에게 가급적 사악한 영향을 주지 않으면서, 타자의 몫을 무리하게 수탈하지 않으면서 타자와 원만하게 공존하려는 [욕망의 절충]이 도시에 기반을 둔 우리의 바람직한 삶이다. 진저리쳐지는 생존의 방어기제로서의 "욕설"을 내뱉으며 적자생존을 견뎌내기 위한 검투사로서의 "강타자"의 모습은 삶에 충일한 인간의 정상적인 모습이다. 인간은 각자에게 주어진 삶을 살아가야 하기에 굳이 연약하게 살 필요가 없다. 이 작품 속에선 초인으로서 [니체]적 삶의 의지가 강렬하게 내재되어 있다. 당연히 주어지는 삶의 고통에 맞서 이를 당당히 맞서며 "머리 높이 쳐들고 노래 부르는", 이른바 고통을 환희로 치환시키는 [주이상스]의 정신이 나타난다. 생존의 명분하에 여성이 진통 가운데 생산한 아이들을 남성이 음모 가운데 죽이는, 줄기차게 잉태하고 죽이는 "게걸든 개"의 사회인 것이다.

3. 자율적 주체

〈루이 알튀세〉

알튀세(Louis Pierre Althusser)는 주체를 사회적 이념적 구축물이라고 본다. 주체는 내면적으로 '이념적 국가장치'(Ideological State Apparatuses)에 의해서 구축된 것이다. 국가와 사회 속에 존재하는 한 다른 도리가 없지 않은가? 인간의 주체는 구조 속에 존재하며 '호명'(interpellation)에 의해 환기된다. 주체는 '철수 아빠', '영희 엄마'로 타자에 의해 불리며 공동체의 구성원으로서의 역할이 확정된다. 모든 이데올로기는 인간을 이상화된 주체(idealized subject)로 제조하고 확립하는 데 조력해야 한다. 감시하는 사람을 볼 수 없는 원형감옥(panopticon)에 포위된 주체를 상기시키는 푸코는 기율과 권력에 의해 [자율화된 주체]를 주장한다. 타율에 의해 지배되는 주체는 그 타율에 의해 내면화되고 내면화된 타율은 자율로 둔갑하게 된다. 군대의 기상나팔은 새벽 6시에 울려 퍼진다. 이 타율적이고 강제적인 신호에 의해 순진한 인간은 길들여지고 복무 후에도 당분간 스스로 새벽에 기상하게 된다. 주체를 24시간 물샐틈없이 감시하는 공적인 타자들은 학교, 병원, 군대, 정부, 경찰이다. 인간이 다치면 의사가 달려오고, 인간이 사고를 치면 경찰이 달려오고, 적군이 침략하면 군대가 달려온다. 자율화되지 않은 비규범적인 비정상적인 주체(abnormal subject)는 일종의 잠재적 범인(potential criminals)으로서 공동체로부터 격리(isolation)된다. 프로이트의 정신분석학48)은 인간의 공동체에 적합한 정상적인 인물을 제조하

---

48) 프로이트는 의식과 무의식을 구분함으로써 데카르트의 의식 중심주의를 타파하였으며, 이

는 공적인 매뉴얼인 셈이다. 정신이상자들을 치료하여 정상인으로 개조하여 공동체로 복귀시키는 것이 프로이트의 역사적 사명이다. 따라서 주체성은 진리 혹은 진실의 문제가 아니라 단지 권력과 관점의 문제에 불과하며, 인간이 접근할 수 없는 상호주관적인 미분(未分)의 문제이다. 이 점을 테드 휴스(Ted Hughes)[49]의 「시상(詩想)-여우」("The Thought-Fox")에서 살펴보자.

> 나는 상상한다 이 한밤중에 한 순간의 숲을:
> 무엇인가가 살아있다
> 시계의 고독과
> 내 손가락이 움직이는 이 백지 곁에
>
> 창문을 통해 나는 아무 별도 보지 못한다:
> 좀 더 가까운 무엇인가가
> 어둠 속에 더욱 깊긴 하지만
> 고독 속에 들어오고 있다:

것은 의식에서 무의식으로 의식이 역전됨으로써 소위 [인식론의 단절](Epistemological Rupture)을 초래하였고, 또 일부 여성들의 반발이 있으나 사회구성의 원리인 가족 로맨스의 증상으로서 [오이디푸스 콤플렉스]를 제시하였으며, 상징계의 현실에서 불가피 거세될 수밖에 없는 욕망이 꿈속에 발현되어 인간이 내면의 항상성(homeostasis)을 유지한다는 논리는 그럴듯하다.

49) 케임브리지 출신이며, 미국의 요절여류시인 실비아 플래스(Sylvia Plath)의 남편인 휴스는 흔히 자연시인으로 알려져 있으며, 시를 창작하는 것을 일종의 사냥으로 생각했다. [Hughes is what some have called a nature poet. A keen countryman and hunter from a young age, he viewed writing poems as a continuation of his earlier passion. 'This is hunting and the poem is a new species of creature, a new specimen of the life outside your own.'] (Poetry in the Making, 1967) (poemhunter.com)

차가이 어둠 속의 눈처럼 살며시
여우의 코가 닿는다 나뭇가지에, 잎사귀에;
두 눈이 움직인다, 지금
또 지금, 지금, 지금

눈 속에 산뜻한 자국을 낸다
나무사이에, 그리고 조심스레, 한 절름거리는
그림자가 꾸물거린다 그루터기 곁에 구덩이 속에서
담대히 건너올 몸뚱아리 같은

개간지를 가로질러, 눈 하나,
넓어지고 깊어지는 녹색,
훌륭하게, 집중적으로
자신의 임무를 완수한다

드디어, 갑자기 독하고 매운 악취를 풍기며 여우 한 마리
그것이 머리의 어두운 구멍 속으로 들어간다.
창문은 여태 별이 없다; 시간은 째깍거리고,
종이는 인쇄되었다.

I imagine this midnight moment's forest:
Something else is alive
Beside the clock's loneliness
And this blank page where my fingers move.

Through the window I see no star:
Something more near

Though deeper within darkness
Is entering the loneliness:

Cold, delicately as the dark snow
A fox's nose touches twig, leaf;
Two eyes serve a movement, that now
And again now, and now, and now

Sets neat prints into the snow
Between trees, and warily a lame
Shadow lags by stump and in hollow
Of a body that is bold to come

Across clearings, an eye,
A widening deepening greenness,
Brilliantly, concentratedly,
Coming about its own business

Till, with a sudden sharp hot stink of fox
It enters the dark hole of the head.
The window is starless still; the clock ticks,
The page is printed.

사물이 예술로 탄생되는 과정이 그려진다. 그것은 기호화의 과정이다. 지각된 외부의 사물을 마음속에서 인식하고 이를 재현한다. "여우"라는 사물이자 실재는 "여우"라는 그림으로 재현된다. 이때 전자는 기표에 해당될 것이고 후자는 실재에 대한 의미의 일환으로서 기의에 해당될 것이다. 현실의 "여우"를 "여우"처럼 그린다는 것은 도상(icon)적 수법이

〈세잔의 상트 빅트와르 산〉

다. "별"이 없는 "어둠"과 "고독" 속에서 "여우"를 그린다. 이것은 어두침침한 머릿속 사유의 과정을 의미한다. 시간의 경과에 따라 야생의 "몸뚱아리"가 그려지고 화룡점정의 마무리를 위해 최종적으로 "머리"가 그려진다. 이는 질료에 배태된 형상을 조각하는 미켈란젤로의 정신이다. 무의식이 의식화되는 이 과정에서 무의식은 의식화의 과정에서 그 신비를 잃어버린다. "악취"를 풍기며 지면에 등장하는 "여우"를 통하여 우리는 메스꺼운 공감각(synesthesia)을 느낀다. 이러한 상투적인 해석과는 달리 여기서 우리가 놓친 것은 휴스를 포함하여 우리가 사물로서의 [여우]에 대해서 너무 상투적인 관점을 가지고 있다는 것이다. 그것은 실재의 [여우]를 기호의 [여우]로 재현하는 것이다. 전자의 [여우]를 보고 상상하고 줄기차게 후자의 [여우]를 재현하기 위하여 **타율적**으로 그린다. 그리하여 [여우]라고 하면 **자동적**으로 후자의 [여우]를 생각하게 되고 당연하게 그리게 된다. [산]을 [산]이라고 그림을 반대한 세잔(Paul Cezanne)50)은 회화의 타율화된 자율화의 관습적인 예술생산의 과정을 반성한 것으로 볼 수 있다.

---

50) 후기 인상파에 속하는 폴 세잔은 마티스와 피카소의 아버지라고 불린다. [Paul Cèzanne was a French artist and Post-Impressionist painter whose work laid the foundations of the transition from the 19th-century conception of artistic endeavor to a new and radically different world of art in the 20th century. Cèzanne can be said to form the bridge between late 19th-century Impressionism and the early 20th century's new line of artistic enquiry, Cubism. Both Matisse and Picasso are said to have remarked that Cézanne "is the father of us all."] (wikipedia.com)

4. 주관성의 주체

인간의 주체성 탐구에 있어 보다 신선한 시각이 네이글(Thomas Nagel)[51]에 의해서 제시된다. 그의 주요 화두는 [박쥐가 된다는 것은 어떤 것일까?](What is it like to be a bat?)이다. 그것은 인간이 인간이 아니라 박쥐가 되어 본다는 것이다. 그런데 인간을 인간이라고 명명하지 않고 박쥐라고 명명하지 못하라는 법이 없다. 공동체의 합의(convention)에 의해서 인간을 박쥐라고 바꿔 부를 수 있다. 이처럼 고정관념에서 벗어나려는 네이글은 소위 환원주의[52]를 반대한다. 환원주의는 복잡하게 기술되어 있지

---

51) Thomas Nagel(1937~) is an American philosopher, currently University Professor of Philosophy and Law at New York University, where he has taught since 1980. His main areas of philosophical interest are philosophy of mind, political philosophy and ethics. Nagel is well known for his critique of reductionist accounts of the mind, particularly in his essay "What Is it Like to Be a Bat?" (1974), and for his contributions to deontological[의무론적] and liberal moral and political theory in The Possibility of Altruism (1970) and subsequent writings. Continuing his critique of reductionism, he is the author of Mind and Cosmos (2012), in which he argues against a reductionist view, and specifically the neo-Darwinian view, of the emergence of consciousness. (wikipedia.com)

52) 철학에서 복잡하고 높은 단계의 사상이나 개념을 하위 단계의 요소로 세분화하여 명확하게 정의할 수 있다고 주장하는 견해. 물체는 원자들의 집합이고 사상은 감각인상들의 결합이라는 관념은 환원주의의 한 형태이다. 20세기 철학에서는 일반적인 형태의 2가지 환원주의가 주장되었다. 첫째, 논리실증주의자들은 존재하는 사물이나 사태를 가리키는 표현이 직접적으로 관찰할 수 있는 대상이나 감각자료로 정의할 수 있고, 따라서 사실에 대한 어떤 진술도 경험적으로 증명할 수 있는 일련의 진술과 동치라고 주장했다. 특히 과학의 이론적 실체는 관찰 가능한 물리적인 것으로 정의할 수 있으며 과학법칙은 관찰보고들의 결합과 동치라고 주장했다. 둘째, 과학의 통일을 주장하는 사람들은, 생물학이나 심리학 같은 특정 과학의 이론적 실체는 물리학 같은 더 기본적인 특정 과학의 실체들로 정의할 수 있거나 그 과학들의 법칙을 더 기본적인 과학의 법칙으로 설명할 수 있다고 주장했다. 여러 과학의 이론적 실체를 관찰 가능한 것으로 정의할 수 있다는 점이 모든 과학법칙의 공통 기초를 이루는 한 논리실증주의의 환원주의도 과학의 통일을 함축한다. 이러한 환원주의는 과학에서 이론명제와 관찰명제를 만족스럽게

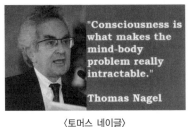

"Consciousness is what makes the mind-body problem really intractable."

Thomas Nagel

〈토머스 네이글〉

만 간단히 말하여 모든 것이 서로 상통한다는 주장이다. 물과 불이 통하고, 하늘이 땅과 통하고, 정신이 육체와 통하고, 남자와 여자가 통하고, 조물주와 인간이 통하고, 부분이 전체와 통한다는 것이다. 다시 말해 상하좌우의 모든 계열들이 두루 상통한다는 말이다. 그런데 환원주의의 결함은 특수성에 대한 [의식]을 배제한다는 것이며 이 점을 네이글이 신랄하게 비판한다. 정신현상에 대한 물리적 설명이 가능하다고 보는 환원주의자들의 주장과는 달리 네이글은 이를 거부한다. 의식이 각각의 생물을 특유한 생물로 만드는 것이며 각각의 생물에게 부여된 주관적 자질은 환원적 공통분모로 이해될 수 없다. 이러한 점에서 네이글은 자신이 정한 명제인 [인간의 박쥐로의 환원가능성]을 설명한다. 일단 박쥐는 인간과 마찬가지로 경험을 가지고 있지만 박쥐의 경험은 인간의 경험과 같다고 볼 수 없다. 박쥐는 눈으로 사물을 감지하지 않고 음파탐지기(sonar)로 사물을 감지한다. 잠수함이 소나를 통하여 적의 구축함을 탐지하듯이 박쥐는 사물을 향하여 음향을 발사하고 그 반사파로 사물을 탐지한다. 따라서 전파탐지기를 인체외부에 설치하여 간접적으로 사용하는 인간이 신체에 직접적으로 전파탐지기를 탑재한 박쥐가 되기는 힘

구별하기 힘들기 때문에 널리 받아들여지지 않고 있지만, 한 과학이 다른 과학으로 환원될 수 있는가 하는 문제는 여전히 논란거리이다. 이와 연관된 개념으로, 통섭(通涉, Consilience)은 "지식의 통합"이라고 부르기도 하며 자연과학과 인문학을 연결하고자 하는 통합 학문 이론이다. 이러한 생각은 우주의 본질적 질서를 논리적 성찰을 통해 이해하고자 하는 고대 그리스의 사상에 뿌리를 두고 있다. 자연과학과 인문학의 두 관점은 그리스 시대에는 하나였으나, 르네상스 이후부터 점차 분화되어 현재에 이른다. 한편 통섭 이론의 연구 방향의 반대로, 전체를 각각의 부분으로 나누어 연구하는 환원주의도 있다. (wikipedia.com)

들다.

우리는 박쥐의 경험을 결코 상상할 수 없으며 우리가 박쥐가 된다는 것을 자각하는 최고의 증거는 박쥐의 경험 그 자체로부터 얻어진다. 설혹 우리가 박쥐라는 은유적 생각, 혹은 장자(莊子)의 말처럼 우리가 나비로 변신하는 생각을 할 수 있는 일종의 **외삽**(extrapolation)[53] 혹은 보외(補外) 법을 적용한다하더라도 인간을 박쥐로 간주할 수는 없을 것이다. [인간이 박쥐가 될 수 있다]는 명제도 사람의 얼굴이 물고기의 얼굴과 사자의 얼굴과 유사하다는 차원에서 동일시 할 수 있는 일종의 **환원법**에 해당하지만 심신의 문제[의식]와 물리의 문제[물질] 사이에 충돌을 면키 어렵다. 이때 네이글은 사물의 실재론(theory of presence)으로 대응한다. 그것은 모든 사물의 [전경]엔 **후경**(background)이 있다는 것이다. 따라서 우리가 현실에서 실지 인식하지 못하는 사실이 있다하더라도 그것이 존재하지 않는다고 말할 수 없다는 것이다. 사람에 따라 각자의 경험이 다르고 특이한 것이다. 그러므로 어떤 인간은 박쥐의 경험을 할 수 있으며 박쥐같은 인간이 존재할 수 있다는 것이다. 이처럼 사물에 대한 **주관적 인식**과 **객관적 인식**의 상충은 유사 이래 존재하는 난제이다. 그것은 주관적 인식이 객관적 인식이고 객관적 인식이 주관적 인식이 되는 호환성 때문이다. 이렇듯 네이글은 **주관적 인식**이 과학적 인식을 초월한다고 본다. 과학적 인식은 주관적 인식을 반대하는 객관적 인식으로 인간의 경험 전부를 수렴할 수 없기 때문이다. 이 점을 하트 크레인(Harold Hart Crane)[54]의 「검은 탬버

---

53) 보외법(補外法) 외삽(外挿, extrapolation)은 해석학에서 어떤 그래프 등의 자료에서 나와 있지 않은 부분을, 그 부분에 가까운 부분에서 이어나가서 추정하는 것이다. (wikipedia.com)

54) 크레인은 대문호 T. S. 엘리엇의 「황무지」에 자극을 받아 도전적으로 불후의 서사시 「다리」("The Bridge")를 썼다. [Harold Hart Crane was an American poet. Finding

린」("Black Tambourine")에서 살펴보자.

지하실 흑인의 관심은
세상의 닫힌 문 위에 때늦은 판단을 표시한다.
병의 그림자 속에 각다귀가 뒤척이고,
마루 틈새로 바퀴벌레가 기어간다.

생각을 강요당한 이솝은 거북과
토끼로 하늘나라를 찾았고;
여우꼬리 돼지귀가 그의 무덤 위에 걸려있다
하늘에는 주문이 섞이고 있고.

지하실에 외로운 흑인은
헤매고 있다 어느 중간 어두운 왕국에서,
벽에 걸린 탬버린과,
아프리카에서 파리 윙윙거리는 시체사이에 놓여있는.

Aesop, driven to pondering, found
Heaven with the tortoise and the hare;
Fox brush and sow ear top his grave
And mingling incantations on the air.

---

both inspiration and provocation in the poetry of T. S. Eliot, Crane wrote
modernist poetry that is difficult, highly stylized, and very ambitious in its
scope. In his most ambitious work, [The Bridge], Crane sought to write an epic
poem in the vein of The Waste Land that expressed something more sincere and
optimistic than the ironic despair that Crane found in Eliot's poetry. In the
years following his suicide at the age of 32, Crane has come to be seen as one of
the most influential poets of his generation.] (poemhunter.com)

The black man, forlorn in the cellar,
Wanders in some mid-kingdom, dark, that lies,
Between his tambourine, stuck on the wall,
And, in Africa, a carcass quick with flies.

The interests of a black man in a cellar
Mark tardy judgment on the world's closed door.
Gnats toss in the shadow of a bottle,
And a roach spans a crevice in the floor.

　백인이 "흑인"이 될 수 있는가? 물론 상대방의 입장에서 생각하라는 [역지사지](易地思之)라는 상투어가 있지만 백인과 흑인은 상호 경험구조가 다르기에 백인은 흑인이 될 수 없을 것이다. 백인과 흑인이 평등해야 한다는 말은 단지 피부색깔에 대한 정치적 중립을 의미한다. 실질적으로 백인이 흑인을 지배하는 방식은 원초적인 기호적인 방식이 아니라 정치/경제적인 방식이다. 로마시대에 시저(Caesar)가 전승의 증거로 흑인 노예를 사슬에 묶어 로마로 압송할 때 이미 백인과 흑인의 차별은 만성화된 것이리라. 유색인종의 자유와 해방을 선언하는 [탈-식민주의](post-colonialism)의 거대담론을 차치하고 현재 백인이 흑인보다 월등한 정치 사회적 위치를 고수하면서 흑인들이 백인 지배를 용인하도록 시혜를 베풀어 흑인들이 지배세력에 저항하지 않도록 회유하는 차원에서 [정치적 적합성](political correctedness)이라는 개념이 탄생했는지 모를 일이다. 창조론에서 말하는 노아홍수이래로 인종의 계통이 분지되어 [함족]이 흑인으로, [야벳족]이 백인으로, [셈족]이 황인으로 갈라졌는지 모를 일이다. 본 작품에서 "흑인"이 "탬버린"을 두드린다는 것은 백인에게 학대

당하는 흑인의 운명과 타격을 받아야 하는 탬버린의 본질과 일치하는 바가 있다. "지하실", "흑인", "탬버린", "아프리카", "시체", "파리"는 모두 열등을 암시하는 의미자질을 가진다는 점에서 시적화자가 흑인에 대한 자비로운 [주관적 인식]을 표명하는 듯하다. 이 작품을 통해 여러 가지 질문들이 유발된다. "지하실"에 유폐된 "흑인"이 "각다귀"와 "바퀴벌레"의 환경에서 구원될 수 있겠는가? "탬버린"을 치는 인간으로서의 "흑인"과 "파리"가 친구로 삼는 "시체"로 소멸되는 "흑인" 가운데 무엇을 선택할 것인가? "이솝"의 현실 속에서 "토끼"와 "거북", "여우꼬리"와 "돼지 귀"가 함축하는 초현실적인 상황이 가능한가? 현실을 탈피하여 새로운 세계를 창조할 수 있겠는가? 결론적으로 과학적 생물학적 인식을 뛰어 넘어 주관적으로 마이클 잭슨(Michael Jackson)이 백인이 될 수 있고, 노예해방의 기수인 백인 링컨(Abraham Lincoln)이 흑인이 될 수가 있을 것이다.

5. 엔텔레키(entelechy)의 주체

아리스토텔레스에 의하면, 만물은 변화의 과정 속에 수렴된다. 생/로/병/사의 과정과 같이 각각의 사물은 힘을 내면에 응축하며 그 힘은 그 사물의 형상이 그것의 목적으로 설정했던 것을 현실적으로 실현한다. 한 마디로 말하자면 형상이 제 [꼴값]을 한다는 말이다. 이렇듯 사물은 스스로 고유한 [목적]을 향해 나아가려는 역동적인 힘이 존재한다. 이것은 외면 혹은 내면적으로 현실 속에서 성취된다. 건축가가 마천루를 짓는 경우와 도승이 토굴 속에서 도를 닦는 경우를 예로 들 수 있다. 아리스토텔레스는 어떤 사물 자체가 내포한 고유한 목적을 그 사물의 엔텔레키(entelechie),

즉 현실태라고 명할 수 있다. 아울러 사물은 현실태(reality) 이전의 잠재태(potentiality)를 가진다. 만일 올챙이가 개구리가 될 목적이라면 올챙이는 잠재적으로 개구리인 셈이다. 따

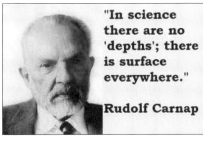

"In science there are no 'depths'; there is surface everywhere."

Rudolf Carnap

〈루돌프 카르나프〉

라서 사물의 변화는 [잠재태]로부터 [현실태]로의 이행이다. 그러나 아리스토텔레스가 보기에 잠재태가 있기 전에 반드시 [현실태]가 존재해야 함이 전제된다. 올챙이가 있기 전에 개구리가 존재해야 한다는 것이다. 아울러 아이는 잠재적인 어른이다. 그러나 이 아이가 어른의 [잠재태]를 소유하려면 우선 현실적인 어른이 선재해야 한다. 워즈워스(W. Wordsworth)가 말하는 [아이는 어른의 아버지]의 명제가 성립하기 위해서는 어른이 아이보다 선재되어야 하는 조건이 필요하다. 정자와 난자는 잠재적인 인간이다. 그러나 현실적인 인간이 존재해야 정자와 난자가 존재하는 법이다. 따라서 잠재적인 모습으로 변화해야 하는 것이 현실태의 불가피한 운명이다. 아리스토텔레스는 이를 **부동의 유동**(unmoved mobility)이라고 불렀지만 **유동의 부동**(moved immobility)이라고 부를 수도 있을 것이다. 현실태의 운동은 변화를 초래하므로 지상의 사물은 상호 영향을 받으며 지속적으로 유동하며 변화한다.

카르나프[55]에 따르면 과학 법칙은 관찰된 사실에 관련된 기술

---

55) 루돌프 카르나프(Rudolf Carnap: 1891~1970)는 현대 독일의 철학자이다. 독일의 룁른 근교 부퍼탈에서 태어났으며 빈과 프라하 등의 대학에서 가르쳤다. 처음에는 프레게, 러셀의 영향을 받아 기호논리학에 의한 [세계의 논리적 구성] 파악을 위해 노력했다. 이어서 수학자 괴델의 이론에서 힌트를 얻어 언어의 논리적 통사론을 연구했으며, 1936년부터 시카고 대학 교수를 지냈다. 타르스키의 의미론(意味論)을 배우고 논리학

(description)이다. 이에 과학 법칙은 3가지 단계를 통과해야 하는데 (1) 관찰을 통해 공통된 규칙을 발견하고 이 규칙을 계량화하여 기술하는 가설 단계, (2) 가설을 바탕으로 새로운 사실을 유추하는 예측 단계, (3) 예측을 실험/관찰을 통하는 검증 단계가 그것이다. 이렇듯 과학 법칙은 어떤 사건/어떤 현상에 대한 기술이기에 초월적/형이상학적 힘과 연관된 사건과 현상의 배후에 대한 탐색을 시도하는 철학/종교와 다르다. 이런 점에서 카르나프는 독일의 철학자 드리쉬(H. A. E. Driesch)의 주장을 반박한다. 드리쉬는 생물과 무생물을 구분하면서 각각 고유한 특성을 야기하는 배후의 동력이 있을 것으로 보아 이를 엔텔레키라고 부르며, 양자는 움직이는 힘의 크기에 따라 변화와 진화의 정도가 달라진다고 보았다. 예를 들어 생명체의 세포와 돌멩이의 입자는 운동의 크기가 각각 다를 것이다. 이에 대해 카르나프는 드리쉬가 엔델레키 이론은 비과학적인 주장이라고 비판한다. 그것은 엔델레키 이론이 증명되지 않는 한 가정에 불과하며 과학 법칙의 조건을 충족시키지 못하기 때문이다. 드리쉬는 엔델레키를 생물 현상의 원인이라고 보았지만 엔델레키와 생물체 간의 어떤 사실의 지속적 보편적 관계에 입각한 소위 법칙이라 부를 만한 어떤 것도 포착하지 못했으며, 아울러 과거의 지식에 엔델레키 이론을 적용했을 때에도 새로운 현상을 예측하거나 추가적인 지식을 얻을 수 없다. 예를 들어 항간에 떠도는 버뮤다 해역(Bermuda Triangle)의 실종사건이나 우주영화에서 행해지는 인간의 공간이동은 엔텔레키의 추정이 가능하나 과학적인 방법으로 입증되지 않는다. 이 점을 포(E. A. Poe)의 「엘도라도」("Eldorado")에서 살펴보자.

및 수학의 기초를 구명하였고, 논리실증주의자 중에서도 형식화된 인공적인 기호논리학에 의해 명제의 분석에 집중했다. (wikipedia.com)

화려하게 차려입은
친절한 기사가,
햇빛과 그늘 속에서,
오래 여행했노라,
노래를 부르며,
엘도라도를 찾아서.

그러나 그는 늙어갔다―
이 기사는 매우 담대했다―
그리고 그의 마음 위에 한 그림자가
떨어졌다 그가 발견하지 못했으므로
대지의 한 모퉁이를
엘도라도처럼 보였던.

그리고, 그의 힘이
부쳤다,
그는 순례자 그림자를 보았다―
"그림자," 그가 말했다,
"어디에 그것이 있을까―
엘도라도라는 이 섬에?"

"달의
산을 넘어,
그림자의 골짜기 아래로,
달려라, 용감하게 달려라,"
그늘이 화답했다―
"그대가 엘도라도를 찾는다면!"

Gaily bedight,
A gallant knight,
In sunshine and in shadow,
Had journeyed long,
Singing a song,
In search of Eldorado.

But he grew old—
This knight so bold—
And o'er his heart a shadow
Fell as he found
No spot of ground
That looked like Eldorado.

And, as his strength
Failed him at length,
He met a pilgrim shadow—
"Shadow," said he,
"Where can it be—
This land of Eldorado?"

"Over the Mountains
Of the Moon,
Down the Valley of the Shadow,
Ride, boldly ride,"
The shade replied—
"If you seek for Eldorado!"

"그림자"의 진실은 만물의 정상에 자리하며 진실의 물질로 동격화 하는 황금의 땅 "엘도라도"이다. 그곳에 도달하기 위해 그것을 찾기 위해 유사 이래 "기사"뿐만 아니라 우리 모두가 나선다. 그런데 그것을 찾아서 뭘 하겠다는 것인가? 그것이 권력과 자리와 명예와 호의호식(好衣好食)을 위함이 아닌가? 하지만 이것을 영원히 욕망한다는 것이 인간의 비극이다. 배부른 뒤에 무엇을 해야 할 것인가? 학문의 성취 뒤에는 무엇이 있단 말인가? 엄청난 공허함이 밀려오지 않겠는가? 그것은 목적을 무효화 하는 욕망의 상실이 아닌가? 인간이 삶의 목표에 도달하든지 못하든지 아예 그것이 부재하든지 모두 다 삶의 목표상실에 해당된다. 도달하면 그 후 삶의 목표를 상실한 것이요, 도달하지 못하면 미리 삶의 목표를 상실한 셈이며 그것이 부재하다면 이 또한 삶의 목표가 부재한 것이다. 「인디애나 존스」류의 모험 영화에서 자주 보이듯이 황금의 궁전을 찾기 위하여 길을 나선 탐험가들은 황금의 궁전을 발견하는 순간 눈이 멀어 죽거나, 욕망충족이 불가능한 실재와의 대면을 주체하지 못해 미쳐 날뛰다 죽는다. 차라리 인간의 목표는 완수하여 공허함을 느끼기보다는 아직도 나아갈 지점이 존재한다는 인식을 지속시키면서 그것을 지향하는 과정에서 머무는 것이 좋겠다. 위의 포의 작품은 영원을 지향하는 시인의 성향을 그대로 나타낸다. 이것은 요즈음 포스트모더니즘의 경향에 따라 시인과 작품은 어디까지나 구분되어야 하지만 작품을 시인의 인격을 드러내는 무의식의 소산이라고 보는 심리주의적인 관점이다. 대상과 기호는 엄연히 다르다는 점에서 인간이 추구하는 대상은 기호로 판별될 수밖에 없으며 그것은 영생, 황금, 명예, 권력, 계급과 같은 것이다. 그러나 그것은 인간에게 지속적으로 갈증을 남기는 것이다. 물론 신비적이고, 초월적이며, 정신적인 것을 추구한다하더라도 결국 기호로 귀속되고 함축된다. 산 속의 수도자가 구차스럽게 위장을 채우기 위해 저잣거리를 방황하고, 법열에 도달한 수도자가 굳이 무지한 중생을 위해 야단법석을 개최할 이유가 있겠는가? 도(道)의 정점에 해당하는 [무소유]라는 화두는 바로 물질의 토대 위에서 구현되는 셈이다. 아울러 세상의 것을 다 버리고 오라는 그리스도의 명을 지킬 수 없는 부자 청년의 모습이 고고하든지 저급하든지 우리의 모습이다. 불완전한 인간으로 하여금 언감생심 욕망의 완성이라는 실재의 고지를 향해 몰고 가는 고약한 [엔텔레키]의 주체는 누구인가? 인간은 스스로 도는 팽이인가? 누가 돌게 하여 도는 팽이인가?

6. 밈(mime)의 주체

인간은 자신의 정체성을 탐구하기 위하여 의식을 전제로 [무의식]이라는 불확실한 실재와 투쟁하여왔으며 아울러 현실에 일부 분출되는 언어의 심층구조를 탐색함으로써 인간의 기원을 알아내려고 시도했다. 그러나 아직도 인간의 정체와 시원에 대해서 오리무중이다. 이 와중에 보이지 않는 이 유령적인 주제의 탐구에 지친 인간은 아쉬운 대로 경험할 수 있는 현상을 통하여 인간의 정체성을 입증하려고 시도한다. 그 가운데 한 사람이 영국출신 진화론자 도킨스(Clinton Richard Dawkins)인데 그는 학문

〈클린턴 리처드 도킨스〉

적으로도 인정을 받은 옥스퍼드대 석좌교수 출신이다. 인간에 대한 그의 관점은 진화론에 입각한 유전자 중심적이다. 그는 1976년 전 세계를 강타한 『이기적 유전자』(The Selfish Gene)를 통해 독특한 개념인 [밈]을 창조해냈다. 그리고 인간 주

체의 영역확대로 인한 영향력 증가를 의미하는 『확장된 표현형』(*The Extended Phenotype*)을 발표했다. 이는 개인적인 차원에서 사회적인 차원으로 확대되어 가는 주체의 양상을 그린 것이다. 그는 진화론 계열의 선두주자인 헉슬리(T. H. Huxley)의 후계자로 볼 수 있다. 평생 역동적인 저술활동을 해온 그는 2006년 저술 『만들어진 신』(*God Delusion*)에서 창조주의 작품인 [지적 설계](intelligent design)를 부정하고 종교적 신앙은 고정관념(fixed idea)이라고 비판한다. 도킨스는 18세기 영국의 신학자 패일리(William Paley)가 주장한 창조론의 일환인 [시계제조인 이론](theory of watchmaker)에 반대한다. 그는 자연과 인간이 복잡한 기능과 조직을 가지고 있는 것은 일종의 자연선택(natural selection)에 의한 것으로 본다. 자연선택에 의해서 기능이 나날이 개량된 유전자가 시계제작자의 역할을 수행할 수 있었다고 본다. 이는 마치 까다로운 소비자의 선택에 의해서 최소비용으로 최대효과를 노리는 [이기적 경제학]의 관점에서 레드오션(red ocean)의 치열한 환경에 직면하여 버전(version)이나 모델이 지속적으로 진화해 나아가야 하는 첨단전자제품의 경우와 동일한 셈이다. 조물주의 창조가 아니라 자생적인 진화의 과정을 자연과 인간의 생성진리로 인식하는 도킨스는 [살인사건과 수사관]의 비유를 통하여 진화를 합리적이고 상식적으로 설명한다. 그것은 살인사건을 수사관이 목격할 수는 없지만 그 증거를 통해 사후에 입증할 수 있다는 것이다. 일견 그럴 듯하다. 환언하면 진화의 사건을 현재를 사는 인간이 목격할 수는 없지만 사후증거에 대한 관찰을 통하여 입증할 수 있다는 것이다.

도킨스는 태초에 조물주가 흙으로 인간을 빚어서 코에 숨결을 불어넣어(inspiration) 탄생했다는 창조론과는 달리, 물거품이나 물방울에 햇빛이 간섭하여 유기물이 탄생하였으며 이것이 [자기복제자](self-replicators)로

기능하며 점차 발달하여 생물의 형체를 띠게 되었고 환경에 적용하며 지속적으로 자신을 변형시켜 오늘에 이르렀다는 것이다. 따라서 인간은 계속적으로 살아남기 위해 불가피하게 변화와 혁신을 시도해야 하는 생존 기계(survival machine)이다. 따라서 변화와 혁신은 강제적인 활동이 아니라 생존을 위한 자발적이고 본능적인 행동인 셈이다. 이와 달리 「에스겔」("Ezekiel") 37장에 나타나는 인간의 복원 과정을 살펴보자.

1. 여호와의 손이 내게 내려와서 여호와의 영으로 나를 이끌어 골짜기 가운데 데려다 놓으셨다. 그곳은 뼈들로 가득했다. 2. 그분은 나를 뼈 주위로 지나가게 하셨다. 골짜기 바닥에 뼈가 아주 많았다. 그 뼈들은 매우 말라 있었다. 3. 그분께서 내게 물으셨다. "사람아, 이 뼈들이 살아날 수 있겠느냐?" 나는 말했다. "주 여호와여, 주께서 아십니다." 4. 그러자 그분께서 내게 말씀하셨다. "이 뼈들에게 예언하여라. 그들에게 말하여라. '마른 뼈들아, 여호와의 말씀을 들으라! 5. 이 뼈들에게 주 여호와가 이렇게 말한다. 내가 너희 안에 생기를 들어가게 할 터이니 너희는 살게 될 것이다. 6. 내가 너희에게 힘줄을 붙이고 그 위에 살을 붙이고 그 위에 살갗을 덮고는 너희 안에 생기를 불어넣을 것이다. 그러면 너희는 살게 될 것이고 내가 여호와임을 알게 될 것이다.'" 7. 그리하여 나는 명령받은 대로 예언했다. 그런데 내가 예언을 하자 덜그럭거리는 소리가 나더니 뼈와 뼈가 맞붙어서 뼈들이 함께 모였다. 8. 내가 보니 힘줄과 살이 뼈들 위에 올라왔고 살갗이 그것들을 덮었다. 그러나 그것들 안에 생기는 없었다. 9. 그러자 그분께서 내게 말씀하셨다. "사람아, 생기에게 예언하여라. 너는 생기에게 예언해 말하여라. '주 여호와가 이렇게 말한다. 생기야, 사방에서 나와서 이 살해당한 사람들에게 불어서 그들이 살아나게 하여라.'" 10. 그분께서 내게 명령하신 대로 내가 예언했더니 생기가 그들 안에 들어갔다. 그러자 그들이 살아나서 두 발로 일어서서는 엄청나게 큰 군대가 됐다.

1. The hand of the LORD was upon me, and he brought me out by the Spirit of the LORD and set me in the middle of a valley; it was full of bones. 2. He led me back and forth among them, and I saw a great many bones on the floor of the valley, bones that were very dry. 3. He asked me, "Son of man, can these bones live?" I said, "O Sovereign LORD, you alone know." 4. Then he said to me, "Prophesy to these bones and say to them, 'Dry bones, hear the word of the LORD! 5. This is what the Sovereign LORD says to these bones: I will make breath enter you, and you will come to life. 6. I will attach tendons to you and make flesh come upon you and cover you with skin; I will put breath in you, and you will come to life. Then you will know that I am the LORD.'" 7. So I prophesied as I was commanded. And as I was prophesying, there was a noise, a rattling sound, and the bones came together, bone to bone. 8. I looked, and tendons and flesh appeared on them and skin covered them, but there was no breath in them. 9. Then he said to me, "Prophesy to the breath; prophesy, son of man, and say to it, 'This is what the Sovereign LORD says: Come from the four winds, O breath, and breathe into these slain, that they may live.'" 10. So I prophesied as he commanded me, and breath entered them; they came to life and stood up on their feet—a vast army. (NIV Bible)

구약성경에 나오는 이 내용은 하나님께서 선지자 에스겔에게 보여주신 환상에 관한 것이다. 그것은 바벨론에 포로로 끌려와 비참하게 노예 생활하는 이스라엘의 백성들에게 하나님의 선민(選民)임을 일깨워주고 이스라엘이 회복되는 비전이다. 이때 이스라엘은 우리 모두에게 해당될 수 있다. 지상에 추락한, 낙원에서 추방된 이방인으로서의 우리는 지상에서 고통의 나날 속에서 하늘을 우러러본다. 하나님의 목적은 남북으로 분열된 이스라엘 백성을 하나로 만들어 시온으로 귀환하게 함으로써 민족의 통일을 이루는 것으로 볼 수 있다. 이 점이 오늘날 한국의 상황과 매우 흡사하다고 본다. 남북한이 분열된 상태에서 하나님의 의도는 남북을 하나님의 법으로 통일시키는 일일 것이다. 그리고 서로 물고 물리는 완악한 현실의 질곡에서 인간을 해방시켜 천국의 피안으로 인도하시려는 하나님이자 그 외아들이신 그리스도의 사명도 이와 같다. 하나님이 에스겔에게 보여주는 환상의 내용은 에스겔이 보이지 않는 손에 이끌려 골짜기에 와 보니 "마른 뼈"들이 서로 결합되고 이 위에 힘줄과 살과 가죽이 씌워지며 생명의 기운을 얻어 소생되는 것을 보여 주는 것이다. 이때 "마른 뼈"는 핍박을 당하는 이스라엘이 될 수도 있고, 강대국에 둘러싸인 한국이 될 수도 있고, 어려운 생활 여건 가운데 포위된 우리 각자의 상황이 될 수도 있을 것이다. 해골에 살점이 붙고 생명의 기운이 들어가서 인간으로 재생되는 하나님의 전지적 능력을 인간이 현재 과학적인 지식을 통하여 흉내를 내고 있다. 인공수정을 통해 인간을 생산하고, 인간의 성을 바꾸고, 유전자복제를 통해 사회에 필요한 인간만을 생산함으로써 정상과 비정상의 인간이 공존하는 창조의 다양성을 훼손한다.

그러나 하나님의 절대적인 영역 속으로 인간이 과학을 수단으로 침투하는 것은 자연의 남용으로 인해 인간들이 현재 재난의 반작용을 겪듯이 반드시 하나님의 [지적설계]에 대항한 반작용을 언젠가 초대하게 될 것이다. 이에 대한 성경적인 사례와 신화적인 사례가 있다. 그것은 바벨탑 신화와 프로메테우스의 신화이다. 그런데 인간들은 이 신화를 옛이야기로 치부하여 그 심각성을 실감하지 못한다. 한편 현재 기독교의 강력한 영향력을 받고 있는 한국은 오히려 기독교가 쇠락한 이스라엘과 역사적으로

몇 가지 유사한 점을 가지고 있다. 그것은 양국가가 모두 소국으로서 강대국들에 의해 포위되어있기에 과거 분쟁이 끊이질 않았으며 현재에도 위협을 받고 있다는 점이다. 공교롭게도 한국이 일본의 지

〈에스겔의 비전〉

배를 받았듯이, 이스라엘 또한 이집트의 지배를 받았으며 양국이 모두 남/북으로 분단되었다는 사실이다. 따라서 양국은 모두 절망적인 상황을 겪었으며 바람 앞의 등불과 같은 신세로서 국가적 비극의 비유인 "마른 뼈"의 재생을 갈망하며 [생존기계]로서 아등바등 살아가고 있다.

[밈]은 문화 전달의 단위 혹은 모방의 단위라는 개념으로 도킨스의『이기적 유전자』에서 등장한 개념이다. 지상에서 스스로 복제하는 물리적 실체로 가장 수가 많은 것은 유전자, 즉 DNA(deoxyribo-nucleic acid) 분자인데, 이것이 문화적으로 원용된 것이 [밈]이다. 각각의 [밈]은 상호 경쟁을 통하여 생성과 소멸을 거듭한다. 음악에서 클래식과 재즈, 미술에서 구상과 비구상, 댄스에서 발레와 허슬(hustle), 정치에서 공산주의와 자본주의, 문화의 경향에서 모더니즘과 포스트모더니즘은 문화의 변화와 생존을 반영한다는 점에서 도킨스의 [밈]은 일리가 있다. 환경에 적용하여 변종을 생산하는 바이러스처럼 문화 유전자인 [밈]도 생존을 위해 끊임없이 변종을 양산하는 역동적인 존재이다. [확장된 표현형]에서 [표현형]은 [유전자형]과 대비된다. 후자는 생물 내부적으로 잠재된 형질이며, 전자는 외부의 모습이다. 백인/유색인으로 드러나는 것이 [표현형]이며, 각 인종의 감추어진 우성 혹은 열성의 유전인자가 [유전자형]이다. 그런데 도킨스는 [유전자형]의 일부를 [표현형]에 부가한다. 인간의 정신 혹은 동

물의 반응과 같은 [유전자형]도 [표현형]에 포함시켜야 한다는 것이다. 이 것이 [확장된 표현형]의 개념이다. 물론 도킨스의 이론에 대한 반론도 제기되어야 마땅하다. 그것은 너무 실증주의적이라는 점과 개체의 특수성을 고려해야 한다는 점이다.

도킨스의 주요 개념은 간단히 말하여 [유전자 결정론], [누적적 자연선택론], 문화 복제자 [밈]이다. 그런데 도킨스의 주장에서 야기되는 문제는 본인의 소신인지는 모르겠으나 인간 존재의 환멸에서 비롯된 인간의 생물화와 동시에 비인격적인 분자인 DNA의 인격화이다. 그러니까 도킨스의 말대로 한다면 세상은 박애와 사랑이 전무한 DNA 간의 살벌한 적자생존의 콜로세움으로 변한다. 물론 테이블 위로 박애와 사랑을 내세우며 테이블 밑으로 주먹질이 오가는 인간의 현실을 부정할 수는 없을 것이다. 인간은 어차피 완전한 존재가 아니고 머리로는 하늘나라를 동경하고 발밑으로 진창을 헤매는 반수반인의 존재이기 때문이다. 도킨스가 보기에 DNA는 의지의 주체, 인격적 결단과 행동의 주체이며 DNA의 인격화는 인간·동물·광물에 동등하게 적용된다. 사물 속의 DNA가 자신의 실재가 되는 셈이다. 누적적 자연선택론은 현실을 통해 과거를 추론한다는 점에서, 현실을 통해서 유사이래의 비현실을 탐구한다는 점에서 유전자의 과거와 현실의 차이에 대한 입증에 어려움이 있을 것이다. 문화이론은 계량적으로 실증할 수 없다는 점에서 문화복제이론임을 주장하는 [밈 이론]은 과학적 이론으로서는 성립되기가 어렵다. 따라서 생물학적 DNA와 사회문화적 DNA에 해당하는 [밈]의 조화가 가져오는 공생을 위한 이타적 관계에 대한 점검이 현재의 윤리학에 필요하다는 그의 주장은 사변적임을 피할 수 없다.

청소년 시절 기독교인이었던 도킨스는 인간의 신앙을 모방적인 [밈]

의 작용으로 보았다. 다시 말해 인간에 내재한 신의 개념은 유전자를 통해 [밈]의 현상 속에서 재현되는 것으로 본 것이다. 이런 점에서 유사 이래 인간과 인간 사이에 전승되는 신의 개념을 [밈]의 복제라고 해석할 수 있다. 니체가 신을 포기하고 초인을 선택했듯이, 도킨스는 하나님을 포기하고 [밈]을 선택한 셈이다. 이런 점에서 그는 학문적 신념에 따라 배우자의 생물학적 효용가치에 기초해서 여러 번의 결혼을 경험했는지도 모르겠다. 그는 다른 생물들과 동일한 야성적인 유전자의 특성을 넘어선 인간 고유의 영성(spirituality)의 지평에 대해선 회의의 시선을 던진다. 도킨스의 말대로 한다면 인간의 모든 사건과 상황은 외면/내면 모조리 세포적인 관점으로 귀결된다. 그러므로 서구역사를 장식하는 기독교의 성자들과 동양의 문화를 대변하는 노자, 장자는 룸펜이고 법열을 추구한 석가는 바보 얼간이에 불과하다. 여기서 우리는 도킨스의 시각을 통하여 알 수 있는 한 가지 명확한 사실이 있다. 그것은 석학 도킨스를 비롯하여 모든 인간의 시각은 지극히 편파적이고 파편적이라는 것이다. 이 점을 로렌스(David Herbert Lawrence)[56]의 「순결한 청춘」("Virgin Youth")에서 살펴보자.

---

56) 로렌스는 생명체 고유의 [신비로운 내면적 힘]을 믿었는데 이 힘은 원시 야생의 원동력이며, 이 기조하에서 시인은 물리적 내면적 식물과 동물의 생명력을 다루었다. 이런 점에서 인간을 포함된 생물 개체의 원시적인 힘을 거세하지 말고 제대로 발휘를 해야 한다고 보는 니체의 관점과 일치한다. 한편 평론가 테리 이글턴은 로렌스를 민주주의, 자유주의, 사회주의, 평등주의를 반대하는 급진우파로 본다. [He believed in writing poetry that was stark, immediate and true to the [mysterious inner force] which motivated it. Many of his best—loved poems treat the physical and inner life of plants and animals; others are bitterly satiric and express his outrage at the puritanism and hypocrisy of conventional Anglo—Saxon society. Lawrence was a rebellious and profoundly polemical writer with radical views, who regarded sex, the primitive subconscious, and nature as cures to what he considered the evils of modern industrialized society. Critic and admirer Terry Eagleton situates Lawrence on the radical right wing, as hostile to democracy, liberalism,

지금 다시

전신(全身)이 살아 약동한다,

그리고 나의 눈에서 발사된 삶,

그것이 나의 눈과 입 사이에서 떨며,

나의 몸을 가로지르는 야생의 동물 같은 파리들이,

나의 눈을 절반쯤 공허하게, 그리고 떠들썩하게,

나의 조용한 가슴을 격류와 화염으로 채우며,

나의 가슴 아래 부드러운 잔물결을 모아서

급격하고, 열정적인 파도로 나아간다,

그리고 나의 부드러운 잠든 배는

욕망의 일순간 충동으로 떨리며 깨어난다,

스스로 맹렬하게 힘을 모아;

나의 유순한 능숙한 팔들이

강한 힘으로 자신을 얽어맨다

결속하기 위하여—그것들이 결코 결속할 수 없는 것을.

그리고 나는 떤다, 그리고 계속 떤다

나의 몸의 야생의 이상한 폭정 하에,

그리고 엄중한 나의 눈알이 튀어나와 그것을 확인한다,

삶의 분출하는 격류가 나의 눈 속으로 퇴조할 때까지,

나의 아름답고 외로운 몸의 뒤로

피곤하고 불만족스럽게.

Now and again

All my body springs alive,

And the life that is polarised in my eyes,

---

socialism, and egalitarianism, though never actually embracing fascism.]
(poemhunter.com)

That quivers between my eyes and mouth,

Flies like a wild thing across my body,

Leaving my eyes half-empty, and clamorous,

Filling my still breasts with a flush and a flame,

Gathering the soft ripples below my breast

Into urgent, passionate waves,

And my soft, slumbering belly

Quivering awake with one impulse of desire,

Gathers itself fiercely together;

And my docile, fluent arms

Knotting themselves with wild strength

To clasp—what they have never clasped.

Then I tremble, and go trembling

Under the wild, strange tyranny of my body,

Till it has spent itself,

And the relentless nodality of my eyes reasserts itself,

Till the bursten flood of life ebbs back to my eyes,

Back from my beautiful, lonely body

Tired and unsatisfied.

로렌스의 시작품에 비치는 생물학적인 욕망의 그림자를 관습적으로 반추하지 않더라도 이 작품에서 세포, 신체의 기능이 정열적으로 드러난다. 산이 있기에 산을 찾아가고 청춘이 있기에 불장난이 발생한다. 이미 원인제공이 되어있기에 결과는 절로 예견된다. 비록 육체의 욕망은 발산하는 것이 예견되어 있는데도 공동체는 그 발산의 수준을 일정하게 조율하거나 억제하려고 한다. 그것은 인간들의 욕망의 불이 동시에 발산되어 상호 살육한 결과 공동체 전체의 파멸을 방지하기 위함일 것이다. 생리적인 욕망은 본질적으

〈중세의 정조대(Chastity belt)〉

로 당연히 자유의 해방구를 지향하지만 이것이 용납될 경우 각 개인이 자유를 구가할 수 있는 유일한 터전인 공동체마저 불사를 소지가 있기에 각자의 욕망을 서서히 태우도록 여러 가지 억압기제를 도입하지 않을 수 없다. 그것은 비물질적인 것으로 종교, 윤리, 법률, 도덕, 물질적인 것으로 신경안정제(sedative), 정조대, 학교, 병원, 형무소와 같은 것들이 있다. 이 장치들은 공동체가 개인의 욕망의 불로 데워질 수밖에 없지만 보다 서서히 데워지도록 유도하여 공동체의 수명을 연장하려는 목적을 가지고 있다. 그리하여 욕망의 통제기관으로서의 입법기관에는 욕망의 직접적인 체험보다 간접적인 체험인 문화적인 체험이나 심신의 수련과 같은 욕망 승화의 체험을 권장한다. 태생적으로 주어진 "순수한 청춘"은 죄가 아니나 그것이 사회의 목표와 이념에 배치(背馳)되기에 한편으로는 죄가 되는 것이다. 배가 고파서 한 덩이의 빵을 훔친 장발장이 무슨 대역 죄인인가? 문제는 배가 고프기에 배를 채워한다는 점이 순수한 본능이라 하더라도 남의 것에 대한 절도를 금하는 인위적인 인간의 규범에 어긋나기 때문이다. 하지만 물질적인 욕망의 구현으로 인한 인간 상호 살육을 방지하기 위한 장치가 있다. 그것은 사물을 대신하는 기호를 배치하고 욕망을 삭제하는 욕망의 기호화, 욕망의 언표화, 욕망의 의미화의 장치이며 상호 대립하는 정치인들이 상호 물어뜯고 싸워야 할 투쟁의 욕망대신 욕망의 피와 땀이 함축된 합의서로 갈음하는 경우와 같다. 마찬가지로 노동자가 탄광에서 피와 땀을 흘리고 난 후에 숫자가 그려진 인쇄물로서의 지폐(wage)를 받는 경우도 이와 동일하다. 이 피땀으로 얼룩진 지전(紙錢)을 가지고 식당에서 피가 밴 스테이크를 사먹을 수 있다. 도킨스의 주장은 미국의 생태학자 E. O. 윌슨[57]이 제

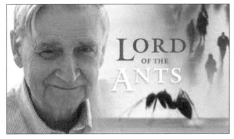

〈E. O. 윌슨〉

기한 일종의 사회생물학의 아류로 볼 수도 있다. 그의 난해한 생물 수리학적 주장은 대략 다음과 같이 풀어 볼 수 있겠다. 개체의 다양성의 관점에서 인간을 성자[A]와 정상인[B]와 사기꾼[C]로 분류한다. [A]는 [1]의 비용을 들여 [0]의 이득을 취하고 [B]와 [C]에 무조건 헌신한다. [C]는 [A]와 [B]를 통해 [0]의 비용을 들여 [1]의 이득을 취하려 한다. 그런데 [B]는 [A]처럼 [C]에게 무한정 헌신하지 않는다. [B]는 결국 [C]에게 비용을 들여 투자하지만 곧 이득이 없는 한 무조건의 헌신을 중단한다. [C]는 [B]에게서 공동체와 게임에서 소외되는 사회적 징계를 받는다. [A]는 무조건 헌신하느라 기진맥진하여 지상에서 사라지고 [C]는 [B]로부터 격리

---

57) 다음에 나오는 윌슨의 전기를 읽어보자. [Edward Osborne Wilson(1929~) is an American biologist, researcher (sociobiology, biodiversity), theorist (consilience, biophilia), naturalist (conservationist) and author. His biological specialty is myrmecology, the study of ants, on which he is considered to be the world's leading authority. Wilson is known for his scientific career, his role as "the father of sociobiology", his environmental advocacy, and his secular-humanist and deist ideas pertaining to religious and ethical matters. Wilson was the Joseph Pellegrino University Research Professor in Entomology for the Department of Organismic and Evolutionary Biology at Harvard University and a Fellow of the Committee for Skeptical Inquiry. He is a Humanist Laureate of the International Academy of Humanism as a winner of the Pulitzer Prize for General Non-Fiction.] (wikipedia.com)

〈진화안정전략의 한 사례〉

되어 지상에 사라진다. 따라서 지상에 개체수가 증가하는 것은 [B]이며 이것을 생존한 개체가 ESS(Evolutionary Stable Strategy)를 확보한 상황이라고 본다. 이런 점에서 비용을 투자하지 않고 수익만을 노리는 사기꾼, 얌체족, 투기꾼, 폭력배의 개체 수는 점차 감소할 수밖에 없다. 여기서 우리가 감지하는 교훈은 사회가 안정적으로 유지되기 위해서는 사회가 마냥 성(聖)스럽고 선할 수만은 없다는 것이다. 이런 점에서 성스러운 사회는 소수의 사기꾼들에 의해 난장판이 되어 수명이 짧다. 그리하여 선량한 사회질서를 유지하기 위하여 적선과 자비가 무한한 [최대의 도덕]이 아니라 자비의 절제를 함축한 [최소의 도덕]이 필요하다. 이런 점에서 파렴치한 북한에 대한 남한의 무한하게 자비로운 태도는 북한의 태도를 더욱 불량하게 하고 선한자로서의 남한의 생존을 계속 위태롭게 할 뿐이다.

09.

타자 & 실존

> 주요개념 ── 가공의 나 자신, 태생적 배척, 피아의 구도, 수선화의 신화, 매체중심, 타자의
> 윤리학, 타자의 욕망, 연기된 만족, 무한한 타자
> 분석작품 ── 땅파기, 두꺼비

    르네상스 이후 타자성 혹은 타성에 대한 논의는 주체성의 붕괴로 인하여 발생했다. 봉건제도의 주체성, 가부장의 주체성, 군주의 주체성, 제국의 주체성, 독재자의 주체성이 무너지고 시민의 주체성이 민주주의라는 가면을 쓰고 융기되었다. 마치 왕과 같은 권위의 저자가 죽고 시민으로서의 독자가 탄생한 경우와 같다. 달리 기호적으로 표현하면 사물과 기표 혹은 기표와 기의의 1대1 관계에서 1대 [n]의 관계가 되어버린 경우이다. 그리하여 사물, 대상, 주체는 다양한 의미로 분열된다. 역사적으로 맹목적이고 입법적인 권위의 편집증(paranoia)에서 무정부적이고 아노미(anomie)적인 의

〈영화 「글래디에이터」("Gladiator"): 실존의 양립?〉

미의 분열증(schizophrenia)으로 나아간다. 그런데 유사 이래 인간사회가 보여주는 편집증과 분열증은 사실 양날의 칼이다.

요즘 발생하는 중동국가들의 민주화 투쟁은, 물론 장기간 지속된 편집증의 결과인 독재를 타도하는 순기능을 가지고 있으나, 분열증의 장기적인 진행은 사회질서를 파괴함으로써 공동체가 구심점을 상실하고 흡사 [배가 산으로 올라가는 무질서]를 초래할 수 있기에 개혁을 희구하면서도 삶의 안정을 희구하는 시민들의 삶은 오히려 불안해질 수 있다. 북한사회처럼 반세기 이상이나 극소수의 독재적 편집증으로 유지되는 비정상적이고 기형적인 사회는 편집증을 공동체 친화적, 즉 자연화로 강제함으로써 주민들의 의식 분열증을 원천적으로 봉쇄하려는 조기 [세뇌교육](brain-washing)을 통해 독재적 편집증을 점점 [주체사상]으로 만성화시키고 있다. 따라서 북한사회의 주민은 태생적으로 [실존]을 상실하고 민주사회에서 보여주는 자기운명을 선택할 기회를 상실하고 조직의 부속품으로서의 한 로봇 인간으로 제작되고 있는 셈이다.

인간은 자신의 관점에서는 주체이지만 상대의 관점에서는 타자로 변경된다. [주/객의 문제]는 하루 이틀의 논쟁에 끝날 주제가 아니라 유사 이래 전 세계적으로 고민해온 영구적인 주제이다. 소수의 주관이 강조될 때 사회는 [전체주의적 편집증]을 겪었으며, 다수의 타자가 강조될 때 사회는 [민주주의적 분열증]을 겪을 수밖에 없다. 그러나 인간의 본질은 주체성이 아니라 타자성(alterity)에 가깝다. 그것은 인간의 육신과 정신의 기원이 어디까지나 부모와 사회에 근거하고 있기 때문이다. 따라서 실존주의자들의 말처럼 세상에 아무 기원 없이, 아무 고향 없이 존재하는 인간은 하나도 없다. 선조로부터 확산되어 [현재의 나](present I)에 이르는 종(gene)의 연장선상에 존재하는 우리는 무수한 조상들의 연기된 형상이자 아바타(avatar)인 셈이다. 아바타는 최근 공상영화에 등장하는 초과실재 (hyper-reality)의 결과물인 [가공의 나 자신](virtual self)에만 해당되는 것이 아니다. 그리하여 우리는 항상 기원과 출신을 향수하고 탐문한다. 인간은 어디에 있더라도 육체적으로 태어난 곳을 그리워하고, 정신적으로 존재의 이유를 탐색한다. 인간은 태어나자마자 돌아갈 곳으로 이미 향하고 있다. 인간이 자연적으로 수렴될 죽음으로서의 타자의 영역인 실재는 현실에서 조금씩 실현되고 있다. 이 점을 히니(Seamus Heaney)[58]의 「땅파기」("Digging")에서 살펴보자.

내 손가락과 엄지 사이에
놓인 몽당연필: 권총처럼 편안하게.

내 창 밑에서 나는 쟁쟁한 쇳소리
그것은 자갈밭 속으로 삽이 파고드는 소리:
아버지는 땅을 파고, 나는 내려다본다.

텃밭을 일구는 그의 육질 엉덩이가
감자 이랑 사이를 파느라 나지막이 숙였다가
거듭 장단 맞춰 올라오기를
이십 년.

---

58) 시인으로서의 그의 경향은 아서 왕(King Arthur)의 재림을 기대하는 듯 전통성과 민족성에 집착하고 있으며, 사소한 사물과 인간 속에서 진리를 찾고자 하는 이른바 [범속한 것에서 진리를 탐색]하려고 했다. 도시적인 것보다 전원적인 것을 추구한다는 것은 현재에 대한 불만의 표현일 수도 있으며, 현상보다 기원을 중시함으로써 현재의 상황을 근거 없는 부조리한 것으로 보는 것, 다시 말해 영국으로부터의 지배를 탈피하려는 무의식적 저항의 발현이라고 할 수 있다.

거친 장화가 자루를 스치고 손잡이는
무릎 사이에서 철통같이 버틴다.
아버지는 높다란 잔가지를 뽑아내고 반짝이는 날을 깊이 박아
우리가 거둔 햇감자를 흩는다.
손에 든 감자의 서늘한 감촉을 느끼며

참으로, 아버지는 삽을 잘 다루셨다.
할아버지처럼.

할아버지는 토탄을 많이 파냈다.
토너 늪지 사람 어느 누구보다도.
한번은 우유를 병에 담아 가져다 드렸다.
종이로 대충 막아서, 할아버지는 허리를 펴고
마시고, 곧 몸을 굽혔다.
메치고 깔끔하게 자르고, 어깨 너머로 잔디를
걷어내며 밑으로 밑으로
질 좋은 토탄을 찾아 땅을 파낸다.

감자 양토의 차가운 냄새,
푸석푸석한 토탄이 타들어 가는 소리,
살아있는 뿌리를 뭉툭하게 잘라놓은
실뿌리들이 내 머릿속에서 깨어난다.
그러나 나는 그들을 뒤따를 삽이 없다.

내 검지와 엄지 사이에
놓인 몽당연필로.
그것을 파낼 것이다.

Between my finger and my thumb
The squat pen rests; snug as a gun.

Under my window, a clean rasping sound
When the spade sinks into gravelly ground:
My father, digging. I look down

Till his straining rump among the flowerbeds
Bends low, comes up twenty years away
Stooping in rhythm through potato drills
Where he was digging.

The coarse boot nestled on the lug, the shaft
Against the inside knee was levered firmly.
He rooted out tall tops, buried the bright edge deep
To scatter new potatoes that we picked,
Loving their cool hardness in our hands.

By God, the old man could handle a spade.
Just like his old man.

My grandfather cut more turf in a day
Than any other man on Toner's bog.
Once I carried him milk in a bottle
Corked sloppily with paper. He straightened up
To drink it, then fell to right away
Nicking and slicing neatly, heaving sods
Over his shoulder, going down and down
For the good turf. Digging.

The cold smell of potato mould, the squelch and slap
Of soggy peat, the curt cuts of an edge
Through living roots awaken in my head.
But I've no spade to follow men like them.

Between my finger and my thumb
The squat pen rests.
I'll dig with it.

여기서 감지되는 것은 현상을 통한 근본에의 천착이다. 외면을 통해 내면을, 물리적인 차원에서 심리적인 차원을, 가시적인 현실에서 잠재적인 현실을 추구한다. [땅파기]의 기표는 인간의 의식작용으로 실제로는 땅을 파는 행위를 초월한다. 기억 속을 파내려가는 사유운동은 땅을 파내려가는 행위와 같다. 인간의 행동은 외면적인 행동만으로 규정할 수가 없다. 그런데 왜 근본을 파내려 가는가? 이것은 과거를, 기원을 파내려가는 것과 같다. 물론 공자의 [온고이지신](溫故而知新)이라는 말이 있다. 인간이 자신의 혹은 타자의 과거를 파내려는 본능이 있음을 전제할 때 인간은 선천적으로 기원·기억의 연좌제에 연루되어 현재가, 현실이 구속된다. 인간에게는 뭔가를 파내려가는 것이 삶의 동기인 셈이다. 간밤의 꿈의 의미를, 연인이 무심코 던진 말의 의미를, 백악관 성명의 의미를, 사제가 성경의 의미를, 제자가 선사의 말의 의미를 천착하려 한다. 말의 거죽보다 말의 속을 뒤집어보려 한다. 마치 기아에 시달리는 아프리카, 북한의 한 어미의 메마른 젖통을 마구 빨아대는 갓난아기처럼 인간은 깡마른 기표에서 풍만한 재생의 기의를 기대한다. 무엇인가를 파내는 것이 인간의 작업이며 현재는 가시적인 질료의 터전에서 비가시적인 유령의 비전으로서의 이미지를 천착한다. "토탄"을 파내는 할아버지와 "텃밭"을 일구는 아버지, 그리고 사색의 결과물을 재현하려는 "나"의 "몽당연필"은 지상의 탐색이 상징적인 차원에서 상상적인 차원으로서 전환됨을 의미하는 것으로 이른바 매클루언(M. Mcluhan)이 말하는 정보의 시대 속에 시적화자가 진입했음을 말한다. 그러니까 각자의 실존은 우연히 추락한 지상에서 조차 배척당했음을 시사한다. 그러므로 인간은 절대자의 섭리에 의해 지상에 추락됨으로써 말하자면 [1차적 배척](the first exclusion)을 당한 셈이며 비밀정보의 인지로부터 소외당함으로써 권력기관으로부터 [2차적 배척](the second exclusion)을 당한 대중 다수의 일원이 된 것이다. 물론 어머니의 자궁으로부터 소외를 당하는 [태생적 배척](natal exclusion)이 있을 것이다. 시적화자의 "몽당연필"은 인간이 실상으로부터 점점 유리되는 단초를 조성하는 그리하여 [초과실재]의 현실을 고착화시키는 도구로 "내 손가락과 엄지 사이에" 자리한다. 인간은 손장난으로, 말장난으로 자신의 생생한 말초적 현실을 그림으로써 그 아픈 감각적인 자극을 마비시켜 [현존재]의 지속을 도모하려한다.

타자는 주체를 구성하는 요소가 된다. 그것은 타자의 부재는 곧 주체의 부재이고 타자 없이는 주체가 없기 때문이다. 여성을 타자로 인식하는 근대적인 사고방식은 유색인종을 타자로, 피식민지인을 타자로 여겨왔다. 타자성(otherness)은 타자를 판별하기 위한 속성이며 타자의 부정적인 인식을 각인시키는 낙인(stigmatization)이다. 이것은 외부로부터 각인될 수도, 내부로부터 각인될 수도 있다. 자율적 타자와 타율적 주체는 같은 맥락을 가진다. 주체라는 존재는 자신이 보기에 주체이면서 타자가 보기에 타자이기 때문에 그러하다. 그런데 마담 보부아르가 주장하듯이 타자가 굴욕적이고 비굴한 용어인 것만은 아니라 자아와 타자를 구분하는 문화적인 개념이기도 하다. 그것은 우선적으로 비중을 두어야 할 본능적인 자아와 이타주의에 의해서 비중을 두어야 하는 문화적 타자를 구분해야 하기 때문이다. 나아가 전 세계 공동체와 국민을 구분 짓는 개념이기도 하다. 그리하여 타자는 엄연히 우리의 주변에 존재한다. 그런데 주체가 타자를 염두에 두어야 하는 이유는 주체와 타자의 관계는 일방적인 관계가 아니라 상호적인 관계를 유지해야 하기 때문이다. 이 관계는 불가피하다. 그것은 라캉이 말하듯이 주체는 타자의 언술이기 때문이다. 주체가 존재하기 위해서 타자의 존재는 전제조건이며 주체를 구성하는 것들은 모두 타자의 힘으로 구축된 것이다. 주체는 의식주 전반에 걸쳐서, 그리고 내면의 영혼까지도 타자에 의해 잠식당한다. 식당·버스·부모·의사·변호사·목사·교사와 같은 유형적인 타자적 실체들이, 전통과 관습규범과 같은 무형적인 타자적 실체들이 주체를 구성한다. 그러면서도 자신의 존립의 근거가 되는 타자를 억압하려는 주체의 운명은 아이러니하다. 헤겔이 말하는 [주인/노예의 변증법]이나 자본주의 사회에서 강조하는 [노/사의 변증법] 모두 주체와 타자의 단절 없는 상호텍스트성을 의미하는 보로메오 매듭(borromean knot)의 연장선상에 놓여있다. 그럼에도 주체는 스스로 존재할 수 있는 듯이 타자를 무시하고 외면한다. 인간사회에서는 여전히 불식되지 않는 주체와 타자라는 [피아(彼我)의 구도], 즉 식민지/피식민지, 남성/여성, 부자/빈자의 관계에서 비인간적인(dehumanization) 전자 우위의 관점이 유지되고 있다. 요즈음 한국에 유행하는 갑/을(the principal and the subordinate)의 관계가 바로 주체/타자의 관계이다. 호수에 비친 자신의 얼굴에 집착하는 [수선화의 신화]가 만연하는 이기적인 인간사회에서 주체와 타자간의 민주화는 명목상의 구호에 불과하며, 자아와 타자가 상생하는 그야말로 본질적인 관계개선은 요원한 실정이다. 그것은 불가지적으로 보아 타자를 수탈하여 주체를 구성하는 인간의 본질 탓이며 이는 지극히 상식적인 차원이다. 개별적이고 특이한 사례들이 간혹 있긴 하지만, 전체적으로 자식은 부모를, 국민은 군인을, 대기업은 소기업을, 부자는 빈자를, 죄인은

〈타자의 신화〉

예수를 희생양(scape-goat)으로 욕망한다. 그러나 자본주의 사회에서 마르크시스트가 주장하는, 노동자가 주체가 되고 자본가가 타자가 되는 것도 바람직하지는 않다. 그것은 노동자의 세계에도 주체세력과 타자세력이 있으며, 인간사회 어디에도 공정한 사회란 존재하지 않고, [공정한 사회]라는 구호만이 존재할 뿐이다. 그것은 인간이 자아위주의 욕망의 산물이기 때문이다. 기독교적으로 말하자면 인간은 탐욕의 욕망이라는 불이 붙은 채 태어나는 천형을 받았기 때문이다. 그리하여 성경에서는 세상에 [의인은 없으며 하나도 없다](Romans 3: 9-18)라고 말한다.

주체와 타자와의 대립과 갈등은 주체중심, 이성중심, 의식중심의 사고관이 횡행하던 르네상스 이래로 근대계몽기를 거쳐 신화중심, 신학중심, 인간중심, 주체중심, 타자중심의 거친 노상에서 점차 변모하고 있다. 현재 타자중심에서 나아갈 방향은 아마도 사이보그, 아바타를 포함한 [매체중심]이 될 것 같다. 그간 주체와 타자에 대한 다양한 주장들은 헤겔, 피히테, 사이드(Edward Said), 푸코, 레비나스(Emmanuel Levinas), 라캉, 지젝(Slavoj Žižek) 등으로 이어진다. 이 가운데 레비나스의 경우 [타자의 윤리학]이 주체의 윤리학을 대체했다. 이는 니체가 [신의 죽음]을 선포한 것 이상으로 혁명적인 주장이고 실천이다. 서구사회의 비극은 주체와 타자의 편 가름에서 촉발되어 정치적 편견의 결과물인 특정 인종과 특

정 국가를 두둔하는 주체중심주의로 나아갔다. 흑/백의 갈등, 제1/3세계의 갈등, 아리아인/유태인의 갈등. 사이드는 [탈식민주의]를 통하여 동양이 하나의 타자로서 주체인 서구에 대상화되었음을 강조한다. 이것은 서양은 서양으로서 존재하기 위해 동양이 존재해야 함을 망각한 밑 빠진 항아리 같은 치명적인 오류이다. 아이러니하게도 타자를 자아의 구성요소로서 최초로 인식한 사람은 골수백인인 헤겔이었으며, 후설도 상호주관성(intersubjectivity)이라는 개념을 통하여 주체와 타자의 관계가 일방적인 것이 아니라 상호적인 것임을 강조했다. 그것은 주체로서의 인식은 타자로서의 대상을 지향하기 때문이며 대상이 없는 인식은 의미가 없기 때문이다. 이 점을 라킨(Philip Larkin)59)의 「두꺼비」("Toads")에서 살펴보자.

---

59) 평생 독신을 고수했으며 시인으로서의 유명세에도 불구하고 조그만 마을의 사서로서 생을 마무리했던 라킨은 토머스 하디의 작품을 구사하고 무료하고 황량한 일상을 통해 생의 처절함을 폭로한다. 그리고 예이츠와 딜런 토머스 작품 속에 보이는 탈속적이고 고색창연한 네오-로맨티시즘을 비판하고 생의 질곡에 뛰어 들어간다. [His first book of poetry, The North Ship, was published in 1945 and, though not particularly strong on its own, is notable insofar as certain passages foreshadow the unique sensibility and maturity that characterizes his later work. In 1946, Larkin discovered the poetry of Thomas Hardy and became a great admirer of his poetry, learning from Hardy how to make the commonplace and often dreary details of his life the basis for extremely tough, unsparing, and memorable poems. With his second volume of poetry, The Less Deceived (1955), Larkin became the preeminent poet of his generation, and a leading voice of what came to be called 'The Movement', a group of young English writers who rejected the prevailing fashion for neo-Romantic writing in the style of Yeats and Dylan Thomas. Like Hardy, Larkin focused on intense personal emotion but strictly avoided sentimentality or self-pity.] (poemhunter.com)

왜 나는 두꺼비가 내 인생에서
움직이고 웅크리게 해야 하나?
내 재치를 쇠스랑처럼 휘둘러
그 짐승을 내 쫓을 수는 없을까.

일주에 엿새를 두꺼비는
그 구역질나는 독으로 얼룩진다.
무슨 셈을 치르는 걸까!
어쨌든 격에 맞지 않다.

무수한 사람들이 그들의 재치로 산다.
강연강사도 말더듬이도
깡패도 군의관조수도 시골뜨기도—
그들은 극빈자로 마감하지 않으리.

다수의 그들은 불난리를 한 아름
안고 뒷골목에 사는데
뜻밖의 횡재나 정어리 통조림을 먹고
그것을 그들은 좋아하는 듯.

애들은 그저 벗은 발이고
그들의 말 못할 아내들은
경주용 강아지처럼 말랐지만
아무도 실제로는 굶지 않는다.

허참! 그까짓 연금 따위
내게 이렇게 외칠 용기 있다면

그러나 누가 아니래 바로 그것에
우리 꿈들이 생겨나는 걸.

하기는 두꺼비와 꼭 닮은 것이
내 안에도 웅크리고 있으니까.
그 궁둥이가 재앙처럼 무겁고
눈처럼 냉정하다 나아가서

명예와 아가씨 그리고 돈줄을
모두 한자리에서
내가 낚는 방법을
감언으로 얻어낼 수는 없으리라.

나는 말을 않는다. 어느 한 면이
다른 면의 정신의 진실을 나타낸다고.
다시 말해 우리가 양면을 다 지녔는데
어느 한 면만을 버리기는 힘들다.

Why should I let the toad work
Squat on my life?
Can't I use my wit as a pitchfork
And drive the brute off?

Six days of the week it soils
With its sickening poison—
Just for paying a few bills!
That's out of proportion.

Lots of folk live on their wits:
Lecturers, lispers,
Losers, loblolly-men, louts—
They don't end as paupers;

Lots of folk live up lanes
With fires in a bucket,
Eat windfalls and tinned sardines—
They seem to like it.

Their nippers have got bare feet,
Their unspeakable wives
Are skinny as whippets—and yet
No one actually starves.

Ah, were I courageous enough
To shout, Stuff your pension!
But I know, all too well, that's the stuff
That dreams are made on:

For something sufficiently toad—like
Squats in me, too;
Its hunkers are heavy as hard luck,
And cold as snow,

And will never allow me to blarney
My way of getting
The fame and the girl and the money
All at one sitting.

I don't say, one bodies the other
One's spiritual truth;
But I do say it's hard to lose either,
When you have both.

시적화자는 "두꺼비"처럼 억눌린 삶을 토로한다. 삶의 멍에는 명예와 비굴의 모순적 양립을 요구한다. 매일 삶의 심연 속으로 잠수하여 위장을 충족시킬 침전된 해물의 부스러기를 건져야 하는 비탈에 서있는 인간의 삶에 개입할 추상성을 시적화자는 허용되지 않는다. 그는 누구나 예외 없는 준엄한 삶의 현장에서 인간시장의 양상을 탐색한다. 적자생존의 세상에서 정상적인 남자라면 자기가 우선 존재하기 위하여 누구나 원하는 "돈", "명예", "여자"를 낚는 방법을 타자에게 전수해주지 않는다. 철저한 자기만족의 탐욕이 인생을 좌우하는 논리로 군림한다. 그러나 극단적인 자기존중의 반대편에 서있는 "내 재치를 갈퀴처럼 써서 그 짐승을 쫓아낼 수 없을까"에 내포된 반성적인 무의식이 있다. 인간은 세상을 살아가기 위하여 "구역질" 나는 "독"을 탑재한 "두꺼비"여야 하지만, 인간의 모순적인 정체성을 지탱하는 고결한 내부의 결핍을 충족시키기 위해서 형식적으로 선한 사마리아인(samaritan) 행세를 하기도 한다. 그것은 속물과 도덕군자를 겸비한 양면의 칼날로서의 인생에서 "다시 말해 우리가 둘을 다 지녔는데 / 어느 한쪽만을 버리기는 힘들다"는 것이다.

[노에마] 없는 [노에시스]를, 노에시스 없는 노에마를 상정할 수 없다. 사르트르 또한 [존재와 무]의 개념을 통해 주체와 타자의 관계를 상생의 관계로 설정한다. 존재는 무에 의해 잠식되고 무는 존재가 없으면 의미가 발생하지 않는다. [텍스트 밖에는 아무것도 없다][60]라고 할지라도 텍스

트 자체가 부재한 상황에서 공연히 [의미의 연쇄]가 발생할 이유가 없을 것이다. 그의 여인인 보부아르(de Beauvoir) 또한 타자성을 이야기했다. 남성이 주체이고 여성이 타자로서 [제2의 성](The second sex)이라는 것이다. 그런데 남성이 제1의 성이요, 여성이 제2의 성이라는 것은 후기-페미니즘이 번성하는 요즈음엔 좀 어색하다. 현재 여성이 가정을 지배하는 경향이 뚜렷해지고, 남성을 제압하고 사회 진출하여 남성 위에 군림한다. 세계의 대통령과 수상의 자리를 다수의 여성들이 차지하고 남성들은 이 여제들의 부하로 살아간다. 이런 점에서 보부아르의 남성 우위-여성하위의 담론은 현재 그 약효가 소멸한 셈이다. 물론 세계각처에서 전통적인 가부장제의 영향이 전무한 것은 아니다. 하지만 보부아르는 헤겔의 [주인/노예의 변증법](master-slave dialectic)을 비유로 제시하며 남/녀의 상보관계를 주장한다. 그런데 페미니스트들의 존경을 한 몸에 받은 라캉61)은 아예 주체를 [타자의 담론]으로 구성된 존재로 바라보기에 주체와

---

60) [Nothing outside the text]. 데리다(J. Derrida)가 언명한 것으로 텍스트에 기호로만 접근이 가능하고, 텍스트를 밖에서가 아니라 안에서 해체해야 한다는 것이다. 밖에서 해체한다는 것은 텍스트에 대한 해체의 주체로서의 축을, 기둥을, 중심을 설정한 셈이기에 텍스트의 중심축을 철저히 부정하는 데리다는 텍스트는 안에서 해체해야 한다는 것이다. 그러므로 해체주의자는 [inside-outside]의 강령으로 기능하여야 한다.

61) 인간의 개성화에 대한 라캉의 [거울이론]에 대한 설명을 참고하자. [The idea of the "mirror stage" is an important early component in Lacan's critical reinterpretation of the work of Freud. Drawing on work in physiology and animal psychology, Lacan proposes that human infants pass through a stage in which an external image of the body (reflected in a mirror, or represented to the infant through the mother or primary caregiver) produces a psychic response that gives rise to the mental representation of an "I". The infant identifies with the image, which serves as a gestalt of the infant's emerging perceptions of selfhood, but because the image of a unified body does not correspond with the underdeveloped infant's physical vulnerability and weakness, this imago is established as an Ideal-I toward which the subject will perpetually strive throughout his or her life.]

타자와의 경계가 모호하다.

인간이 주체를 인식하는 것은 거울의 기능으로서의 타자의 시선을 통하여 인식되기 때문이며 자아인식도 일종의 오류라고 본다. 거울에 나타난 자아가 자아의 전부가 아니며 대상에 대한 인식은 불완전하며 항상 불만의 앙금으로서의 [작은 대상 에이](objet petit a)를 남긴다. 인간이 완전을 지향하지만 완전에 도달하지 못하는 불만, 즉 [연기된 만족]이 삶을 계속 추동하는 동기가 된다. 옹기장이가 옹기를 애써 구웠는데 그 옹기가 불만스러워서 망치로 매정하게 깨부수고 다시 굽는 경우도, 자기정체성에 회의와 불만을 느낀 고흐(Vincent v. Gogh)가 자기의 귀를 자르는 경우도 이와 유사하다. 또 인간의 의식을 구성하는 것은 상징계의 산물인 [타자의 담론]이며 인간이 사는 목적은 [타자의 욕망]을 충족하기 위해서이다. 정치인은 국민을 위하여, 군인은 조국을 위하여, 개인은 사회를 위하여, 가장은 가족을 위하여, 배우는 관객을 위하여 살아야 한다. 라캉은 항상 [실재]를 제대로 수용하지 못하는 욕망의 차이를 느끼는 상징체제에 존재하는 [미완의 인간 존재]를 말함으로써, 타자를 향한 주체의 삶이 운명적이라는 점에서 실존의 실천이 어려움을 토로한다. 한편 레비나스(Emmanuel Levinas)62)는 노골적으로 영원하고 완전한 존재로써 [무한한 타자](The

---

(http://www.english.hawaii.edu/criticalink/lacan)

62) 레비나스 철학의 요지는 [주체 앞에 타자를 설정해야 한다]는 것이다. [Levinas derives the primacy of his ethics from the experience of the encounter with the Other. For Lévinas, the irreducible relation, the epiphany, of the face-to-face, the encounter with another, is a privileged phenomenon in which the other person's proximity and distance are both strongly felt. "The Other precisely reveals himself in his alterity not in a shock negating the I, but as the primordial phenomenon of gentleness." At the same time, the revelation of the face makes a demand, this demand is before one can express, or know one's freedom, to

Infinite Other)를 설정한다. 그는 타자를 주체 앞에 설정하고 여태 서구를 지배해온 형이상학(metaphysics) 대신 윤리학(ethics)을 전면에 내세운다. 정신적 육체적으로 인간을 구속하는 타자의 지배를, 타자에 대한 부담을 긍정적으로 수렴하는 태도이다. 인간이 인정하든 안하든 인간은 불가피하게 주체이자 타자이며 살아생전에 타자의 주인이면서 동시에 타자의 노예가 되는 이율배반적인 역할을 벗어버릴 수가 없는 부조리한 인생이기에 이 불가지함을 의연하게 수용할 수밖에 다른 도리가 없다. 그것은 인간이 인간사회를 벗어나면 인간으로서의 역할을 제대로 할 수 없기 때문이다.

---

affirm or deny. One instantly recognizes the transcendence and heteronomy of the Other. Even murder fails as an attempt to take hold of this otherness.] (wikipedia.com)

10.

실존 & 피안

주요개념 —— 사회분화의 원리, 아버지의 이름, 최대다수의 최대행복, 파놉티콘, 유토피아,
　　　　　중관사상, 나체법문
분석작품 —— 영생불멸의 송가, 투 머더스, 페드라, 졸업

　　최근 상영된 영화 「투 머더스」("Two Mothers")에 나오는 이야기는
충격적이다. 간단히 말하여 어미들과 아들들이 성적교제를 한다는 것이
다. 어미와 어미의 친구는 각각 아들 하나씩 두고 있는 상황이며, 그녀들
은 어릴 적부터 같이 알고 지내온 처지이다. 이들의 남편은 한 사람은 대
학교수이며, 한 사람은 사망했다. 전자는 호주에 교수자리가 생겨서 가버
린다. 양자 모두 가장의 부재로 인하여 심리적 생리적인 본능에 따라 여
인들은 각자 서로의 아들들과 연인관계를 지속한다. 이 여인들은 사회의
이성적 보편적 관습을 무시하고 본능과 자유의지에 따라 현실의 구애(拘
碍)없이 실존을 완전히 구가한 셈이다. 어미와 아들과의 불륜을 방지하는
오이디푸스 콤플렉스에 순응하지 않는 오이디푸스 콤플렉스의 반역이다.
가족 로맨스를 구성하는 이 증상에 대한 들뢰즈적 저항이 이 영화 속에서
실천된다. 그러나 그들의 관계는 내면에 깔린 오이디푸스 콤플렉스의 잔

재에 의한 양심적이고 반성적인 태도에 잠식
되고, 서로의 관계를 사회 관습적으로 정상화
시키려 애를 쓴다. 이 영화를 통하여 도덕과
윤리의 계열(genealogy)에 얽매인 주체를 해
방시키기가 얼마나 어려운지를 볼 수 있다. 사
회가 이들에게 주는 명령은 비정상적인 생활
을 청산하고 정상적인 삶, 즉 오이디푸스 콤플
렉스라고 하는 [사회분화의 원리]에 순응

〈영화 「페드라」〉

(conformation)하라는 것이다. 이것이 바로 라캉이 말하는 가부장의 명
령이자 [아버지의 이름](Name of the Father)이다. 아버지의 명령을 거
역하는 자들은 거세의 위협을 받으며 정신적, 육체적, 경제적, 사회적인
거세를 당한다. 그것은 성인의 세계이자 아버지의 세계로서의 상징계에
서는 무애자재한 상상계의 모든 자유를 수용할 수 없기에 상징계의 기호
를 벗어나는 욕망은 당연히 거세될 수밖에 없을 것이다.

이렇듯 인간의 실존에 저항하는 공동체의 장벽은 간단하지 않다. 한
편 신화적인 관점에서 어미와 아들과의 관계는 어미가 아들을 자신의 품
속으로 끌어들이는 대모(the Great Mother)의 발현이라고 본다. 이 주제
에 부합하는 영화가 「페드라」("Phaedra")[63]이다. 젊은 계모와 아들의 사

---

63) 이 영화의 원초적 소재로서 신화적인 내용은 이러하다. 제우스의 아들 가운데 크레타
섬의 왕이 된 [미노스]의 딸 중에 이 영화의 제목에 등장하는 [파이드라](Phaedra)가
있다. [미노스]는 정략적인 이유로 아테네의 왕 [테세우스](Theseus)의 후처로 딸 [파
이드라]를 시집보내게 되었는데 불행하게도 [파이드라]는 [미노스]의 전처소생인 의붓
아들 [히폴리투스](Hippolytus)를 사랑하게 된다. 하지만 이 영화의 스토리텔링과는
달리 왕비의 욕정을 [히폴리투스]는 필사적으로 저항하고, 사랑을 거절당한 [파이드라]
는 아들을 증오하게 되고 간악한 음모를 꾸며 아들을 사지로 내몰고 그녀 역시 자진(自
盡)한다.

〈영화 「졸업」〉

랑 이야기이다. 결국 아들은 아비의 현실적인 장벽에 좌절을 느껴 벼랑 끝 도로를 질주하다 자살한다. 이 상황의 비극성을 고조시키는 장중한 배경음악이 바흐(Johann Sebastian Bach)의 「토카타와 푸가」("Toccata and Fugue" in F major, BWV 540)이며 마지막 절규는 [페드라]였다. 오이디푸스 콤플렉스에 저항하는 아들의 상황은 상징계에서 수용될 수 없기에 상징의 기호화가 불가능한 실재계를 지향할 수밖에 없다. 동시에 이와 유사한 주제의 영화 「졸업」("The Graduate")이 상기된다. 중년 여성과 대학 졸업생의 불륜을 다루며 이 여성의 이름이 여성해방의 대명사인 [미시즈 로빈슨](Mrs. Robinson)이다. 어미 나이의 중년 여성과 아들 또래의 연애는 당연히 사회적 지탄을 받는다. 그런데 심각한 문제는 이 여성의 딸이 바로 이 남성과 교제 중이었다는 것이다. 그러니까 여성 두 명과 한 명의 남성 사이에 벌어지는 역-오이디푸스 콤플렉스의 구도가 형성되는 셈이다.

이 세편의 영화에서 드러나는 공통적인 주제는 [관습에의 저항]이자 [실존의 추구]이다. 그래서 영화 속의 인물들은 자신들을 에워싼 견고한 관습에 저항하다 하나같이 존재를 상실할 위협에 직면하고 시공을 초월하는 자유로운 로맨스의 구가가 아니라 실존을 파괴하는 불안과 공포 속에서 초조히 살아간다. 관습이 없었다면 이들의 비정상적인 삶이 무슨 문제가 있겠는가? 관습은 인간사회의 질서를 유지하는 규범이다. 실존추구라는 미명하에 인간의 야성이 각자 발휘되면 누구도 살아남을 수 없다. 어쩌면 다소 억압적이기는 하지만 인간사회에서 공생을 위하여 최대다수의 최대행복이 합리적이다. 니체가 그토록 갈망하듯이 인간에게 상징계로서의 답답한 현실의 대기권을 탈출하도록 완전한 자유를 부가한다면, 완전한 실존을 향유할지 모르나 대기권의 닫힌계를 보호하는 거죽으로서의 관습과 도덕과 윤리의 괴멸로 이어져, 황홀하게 말초적이고 감각에 솔직한 삶을 일시 향유하면서 동시에 불가피하게 초래되는 엔트로피의 증폭으로 인하여 신속하게 자멸하게 될 것이다.

그러기에 일부 감각취향의 자유인들의 실존적인 삶에 배치(背馳)되기는 하지만 벤담(Jeremy Bentham)64)이 주장한 [최대다수의 최대행복] (the greatest happiness of the greatest number)의 정치방식이 최선은 아니지만 인간의 삶을 연장시키는 합리적인 대책으로 보인다. 인간에게 타자에 대한 의식과 고려 없이는 약간의 실존도 담보되지 않는다. 그러나 인간에게 완존한 실존을 구가할 순간이 있다. 그것은 유아기의 순간이며 임종 시의 순간이다. 어느 누구의 간섭에도 저항하는 유아와 이런저런 이유로 삶의 의무에서 해방되는 죽을 무렵 인간은 자신을 구속하는 관습, 윤리, 도덕, 규범의 허물을 벗고 [파놉티콘]의 구속을 벗어날 수 있다. 이 점을 워즈워스의 「영생불멸의 송가」("Ode, Intimations of Immortality from Recollections of Early Childhood")에서 살펴보자.

---

64) 벤담의 [공리주의]의 원칙하에 설계된 원형감옥 [파놉티콘](panopticon)을 모델로 삼는 근대의 모든 시설은 미셸 푸코의 [감시와 처벌]의 관점에서 분석의 대상이 되고 있다. 미셸 푸코는 [근대의 모든 시설이 [파놉티콘]을 모델로 한 것이라면, 결국 근대사회의 이상은 곧 감옥에 해당하는 것이 아닌가?]라는 의문을 제기한다. 우리는 [파놉티콘]의 원리가 근대적 주체 형성과정에 중대한 영향을 주었음을 주목해야 한다. 우리는 [파놉티콘]에 거주하는 수인(囚人)으로서 감시자가 부재할 때에도 그가 존재한다고 상상하여 감시자의 시선을 자율적으로 내면화함으로써 우리 자신을 감시하게 된다. 21세기 현재 우리들에게 CCTV, 신용카드, 휴대전화, GPS, 인터넷과 같은 미디어테크노의 발전은 우리의 삶을 감시의 환경으로 적나라하게 내몰고 있다. 따라서 약간이라도 감시를 벗어나 실존적인 삶을 추구하기 위한 우리의 소박한 노력이 절실하다.

지금, 새들이 이처럼 지저귈 때,

그리고 어린 양들이 뛰어 다닐 때

북소리에 맞춰서,

나에게 홀로 슬픔이 다가왔다:

적절한 말이 떠올라 안도했다,

그리고 나는 다시 힘이 난다:

폭포는 절벽에서 소리를 지른다;

더 이상 나에게 슬픔은 없고 계절은 틀림이 없다;

나는 듣노라 산이 떼 지어 외치는 메아리 소리를,

바람은 내게 다가온다 잠의 들판에서,

그리고 지상이 온통 즐겁다;

땅과 바다는

스스로 흥겹다,

그리고 5월의 마음으로

모든 짐승들에게 휴일을 준다;—

그대 기쁨의 아이야,

나에게 소리를 질러라, 나에게 그대의 외침이 들리게 하라, 그대는 행복한
    목동!

Now, while the birds thus sing a joyous song,

And while the young lambs bound

As to the tabor's sound,

To me alone there came a thought of grief:

A timely utterance gave that thought relief,

And I again am strong:

The cataracts blow their trumpets from the steep;

No more shall grief of mine the season wrong;

I hear the echoes through the mountains throng,

The winds come to me from the fields of sleep,

And all the earth is gay;

Land and sea

Give themsel

ves up to jollity,

And with the heart of May

Doth every beast keep holiday;—

Thou Child of Joy,

Shout round me, let me hear thy shouts, thou happy

Shepherd-boy!

이 작품은 영화 「초원의 빛」("Splendor In The Grass")에 소개되어 센티멘털한 해석으로 만인들의 눈물샘을 자극한바 있다. 그 감동적인 부분은 "한때는 그렇게도 밝았던 광채가 / 이제 영원히 사라진다 해도 / 초원의 빛이여, 꽃의 영광이여 / 그 시절을 다시 돌이킬 수 없다 해도, / 우리 슬퍼하기보다, 차라리 / 뒤에 남은 것에서 힘을 찾으리. / 인간의 고통에서 솟아나오는 / 마음에 위안을 주는 생각과 / 사색을 가져오는 생활에서"이다. 여기서 우리에게 주는 교훈은 인간에게 시시각각 다가올 상실과 소멸의 비극에 대해 인간이 마냥 슬퍼할 수만은 없는 노릇이기에, 이 자아상실의 위기 속에서 인간들이 벗어날 방도는 좋은 생각과 사색을 할 도리 밖에 없다는 것이다. 앞의 영화 속에서 벌어진 형용할 수 없는 인간시장의 비극일지라도 당연지사로 여기며 설사 고통스러운 삶의 과정을 경유하더라도 이 상황을 긍정적으로 수용하는 것이 다른 수가 없기에 현실을 견디는 한 방편이다. 한가로운 로맨스의 비극과는 달리 백척간두(百尺竿頭)의 단두대 앞에 선 『유토피아』(*Utopia*)[65]의 저자인 토머스 모어(Thomas More)[66]의 여유로운 모습에서 삶의 위기를 초월하는 초인의 모습을 본다.

그러나 이 작품을 다른 각도에서 바라볼 수 있다. 생자필멸(生者必滅)을 의미하는 잔인한 엔트로피의 법칙에 구속된 운명에 [불안]을 느끼는 시적화자는 절망적인 미래완료적 운명에 전율을 느끼지만 현재의 시간과 삶을 인식하고 불길한 미래에 대해 자신을 위로한다. 삶에 불안을 느낀다는 점에서 실존적 인식이며, 과거의 후회와 미래의 불확실에서 벗어나 [지금 여기에](now here)라는 실존적 인식하에 현재를 즐긴다는 점에서 포스트모던한 인식을 가지고 있다. "새"들과 "양"들이 평화롭게 노는 지상의 정원에서도 시적화자는 막연한 [불안]을 느낀다. 그것은 미래의 상황에 관한 것으로 지금의 현재를 미래에 비춰볼 때에 미리 슬픔을 예견한다. 그러나 지금의 현재는 엄연히 우리에게 주어진 것이다. 폭포, 계절, 바람, 산 등 산천은 의연하고 의구하다. 불안한 것은 시적화자의 마음, 우리의 마음이다. 지상의 과거, 현재, 미래가 자연스럽게 운행되건만 유독 자연의 구성요소인 인간만이 "슬픔"과 불안을 느낀다. 자연과 인간은 혼연일체로서 "땅과 바다"의 흐름 속에서 명멸해야 하기에 이 작품을 통한 워즈워스의 입장은 실존적 불안과 공포를 초월한다. 자연과 인간이 일체로서 인간이 자연이요 자연이 인간일진대 인간이 다가올 자연의 미래에 대해 미리 불안해할 이유가 없지 않은가?

---

65) 유토피아의 반대개념으로 디스토피아(dystopia)는 전체주의 정부에 의해 억압과 통제를 받는 사회를 말한다. 존 스튜어트 밀이 사용한 이 개념은 [나쁜 장소]를 가리키는 dys(나쁜)와 topos(장소)가 결합된 단어이다.

66) 그는 평생 스콜라주의적 인문주의자로서 덕망이 높았으며, 1529년부터 1532년까지 대법관을 포함하여 여러 관직을 역임하였으며, 모어는 1516년에 자신이 저술한 책에서 묘사한 이상적인 정치체제를 지닌 상상의 섬나라의 이름인 [어디에도 없는 곳]을 의미하는 [유토피아](Utopia)라는 단어를 만들어냈다. 그는 헨리 8세가 주장한 잉글랜드 교회에서의 [왕위지상권]을 받아들일 것을 거부한 죄로 정치 생명이 끝남과 동시에 반역죄로 몰려 처형당하였다. (wikipedia.com)

지상에서의 [무작위]와 [부조리]의 실존에 불안을 느낀 인간들은 이 고통의 질곡을 벗어나기 위해 제각기 여러모로 투구(鬪狗)한다. 이 투구 라는 말은 [개싸움을 붙이다]라는 또 하나의 기의가 부여되기에 인간의 삶이 그야말로 [개 같은 인생]이라는 말이 그럴듯하다. 안팎으로 물고 물 어뜯기는 것이 인간의 일상이 아니던가? 집안에서 부부 간에 물어뜯고 밖 으로 나가서 이해관계가 걸린 이권을 놓고 타자들과 물고 물리는 싸움이 우리의 일상이다. 실적을 올리기 위해서, 계약을 따내기 위해서, 합격하 기 위해서, 포식하기 위해서, 승진하기 위해서, 골(goal)을 넣기 위해서, 고지를 점령하기 위해서 사력을 다해 이전투구(泥田鬪狗)한다. 아니면 산 속 토굴 속에서 인간의 본성을 [공](空)으로 만들기 위해서 피땀을 흘리며 정신을 닦달한다. 세상의 모든 것이 얽히고설켜있다는 [연기](緣起)[67]와 죄악에 대하여 목숨을 걸고 투구한 두 사람이 있다. 한 사람은 하나님이 생육신(incarnation)하신 [예수]이고 또 한 사람은 순수한 지상의 아들 인도의 왕자 [석가][68]이다. 양자는 모두 인간으로서의 고통을 달관한 사 람들임에도 인간적인 고뇌가 없지 않았다. 신의 아들인 예수조차 십자가

---

67) [인간이 인간에 얽혀 구성된다]라는 요지의 이 개념은 [텍스트는 텍스트에 의해서 구성 이 된다]는 [상호텍스트성](intertextuality)의 개념과 유사하다. 한편 이 개념은 상황 의 그물에 걸린 개인을 의미하기도 한다. 이 인연의 모진 그물을 끊어내기 위하여 석가 는 6년간 보리수나무 밑에서 고행을 했으며 그 결과 인연의 사슬을 끊어냈다는 실증할 수 없는 신화를 생산했다.

68) 석가가 깨달음에 이른 상황을 살펴보자. [According to the early Buddhist texts, after realizing that meditative jhana was the right path to awakening, but that extreme asceticism didn't work, Gautama discovered what Buddhists call the [Middle Way]―a path of moderation away from the extremes of self-indulgence and self-mortification[고행]. In a famous incident, after becoming starved and weakened, he is said to have accepted milk and rice pudding from a village girl named Sujata. Such was his emaciated appearance that she wrongly believed him to be a spirit that had granted her a wish.] (wikipedia.com)

위에서 [알리알리 라마 사박다니](아버지 아버지 왜 저를 버리옵나이까?)
(Matthew 27:46)라고 했을 정도이니 양 손과 발목에 못 박는 십자가 형
벌의 고통을 절감할 수 있을 것이며, 보리수나무 아래서 식음을 전폐하고
피골(皮骨)이 상접한 상태에서 아귀들의 유혹과 싸우는 석가의 상황을,
한 끼의 단식으로도 극심한 식욕의 고통에 몸서리치는 우리의 근본적인
자성(自性)69)으로 미루어 볼 때 충분히 이해할 수 있다. 배고픔, 목마름,
육신의 고통, 정신의 번민과 갈등으로 범벅이 된 아수라(asura)의 상태에
서 심신의 평정을 과연 유지할 수 있었겠는가? 그런데 그것을 극복했다하
고 [야단법석]을 하지만 증명할 방법이 없으며 어떤 황홀한 경지를 어떻
게 언어로 형용할 수 있겠는가? [도]를 [도]라고 말할 수 없음을 [중관사
상]을 주장하는 석가70)의 후계자로 알려진 나가르주나는 [희론](戱論)이

---

69) 자성에 대해서 학인(學人)들 간에 의견이 분분하지만 다음의 게시물이 비교적 자성의
    의미를 잘 적시해주는 듯하다. [자성(自性)은 자신의 성품이라는 한자말인데 그 핵심은
    자신의 몸과 마음이 가진 성품을 의미하고 몸과 마음이 가진 성품을 있는 그대로 알고
    보는 것을 자성을 깨우친다는 의미라고 생각합니다. 그럼 자성을 깨우치면 업보가 고통이
    되지 않는 원리는 무엇일까요? 자신의 몸과 마음에 주의를 기울여 알아차림이 이어지고 그
    결과로 마음이 안정되어 고요해지면 그때 몸과 마음이 가진 성품을 볼 수 있는 조건이
    성숙됩니다. 그래서 우리가 '나'라고 알고 있는 몸과 마음을 깨어있는 알아차림으로 있는 그대
    로 본 결과 나, 나의 것, 나의 자아라고 할 수 없다는 것을 알게 됩니다. 그것은 오직 물질과
    정신의 찰나생멸의 연속이며 찰나 생멸하여 일어나는 현상은 자신의 축적된 마음의 힘
    (업력)이라는 원인에 의해 그 결과로 나타나는 것임을 알게 됩니다. 즉 몸과 마음의 찰
    나생멸을 알고, 이 몸과 마음을 '나'라고 할 수 없음을 알고, 이 세간의 모든 일, 자기가
    당하는 모든 일은 자기가 행한 어떤 원인에 의해 일어날 수밖에 없는 당연한 현상이며 이것도 또
    한 영원하지 않고 무상한 것이라 곧 지나갈 것이라는 것을 아는 것이지요. 그러므로 자성을 깨
    우친 사람은 현재 어떤 괴로움이 나타나도 그것을 그대로 수용하는 지혜가 있어 이것이
    [나의 괴로움이네, 괴로워 죽겠네, 어떻게 벗어날까] 하면서 그 괴로움에 연연하지 않는
    다는 것입니다. 그래서 괴로움이 있으면 '있다!'고 알고 그것의 원인은 그전에 나의 어리
    석음과 갈애가 원인인 것을 알고 받아야 할 것은 받는다는 마음이 생겨 현재 괴로워 하
    는 느낌에 휘둘리지 않는다는 것입니다.] (http://blog.naver.com/PostView.logNo=
    100092671309)

라는 개념으로 설명한다. 도(道)가 통한 무아의 상태를 문자로 포섭하려는 것은 한마디로 가가대소(呵呵大笑)할 이야기라는 것이다. 그러기에 수행자가 토굴 속에서 무엇인가를 터득했다고 해서 오도송(悟道頌)을 쓰는 것은 용렬하고 경박한 짓이라는 것이다. 물론 그 상태를 다른 수단으로 표할 길이 없기에 마지못해 문자를 사용하려는 변통적인 심정은 이해할 수 있지만, 진정 도를 획득한 상태는 그것을 문자로 수용하려는 것이 아니라 [평소 붙들려 있는 사유방식을 놓아 버릴 때]이며, 그로 인하여 우리의 정신적 동요를 멈췄을 때 경험하는 깊은 평화를 느끼는 것을 의미한다고 본다.71) 문득 귓전을 스쳐가는 유행가 속에도 이 심오한 의미가 함축되어 있다. [이제 그리운 것은 / 그리운 대로 내 맘에 둘 거야 / 그대 생각이 나면 / 생각난 대로 내버려두듯이]와 [소리 내지마 / 우리 사랑이 날아가 버려]에 보이듯이 인간의 마음을 언어로 매개하기가 힘들다. 최인호의 소설 [길]에 나오는 경허선사72)의 [나체법문]은 언어의 무지와 몽매함을 잘 느끼게 해준다. [장

---

70) 붓다(Buddha)는 [깨어있는 자]라는 뜻으로 그렇다면 붓다를 제외한 나머지 인간들은 깨어있지 못하다는 논리적 결론이 나온다. 그러니까 실존을 획득한 [깨어난 인간]이 애초에 부재하다고 말할 수 있다. 여기에다 붓다는 만물이 얽혀 있다고 보기에 [연기](緣起), 더욱 인간이 실존하기에 힘이 들 것이다. 깨어난 사람, 최초의 정각자인 붓다를 제외한 나머지 인간들은 데카르트의 말대로 [나는 생각한다]고 하지만 실상은 생각이 없는 [잠든 인간]인 셈이다. 그만큼 인간들이 깨어 있기가 어렵다는 것이다. 물론 각자가 의식적으로 깨어있다고 하지만 의식이 잠든 상태가 인간인 것이다. 그러나 인간은 붓다처럼 깨어날 수도 있을 것이다. 그러기에 깨어있지 못한 것이 원래 인간의 [자성](自性)이 아니라 인간의 [자성]은 다른 것으로 변할 가능성이 내재되어 있다. 이것을 일명 [공]이라고 한다. [공]은 일부 식자들의 해석에 따라 허무한 것이나, 마냥 비어있는 것이 아니고 무엇인가가 채워질 수 있는 가능성의 공간이다. 물론 그 무엇인가는 시간의 추이에 따라 또 다른 걸로 채워지게 될 것이다.

71) 데이비드 로이. 『돈 섹스 전쟁 그리고 카르마』. 서울: 불광출판사, 2012.

72) 조선말기의 승려[1846(헌종 12)~1912]. 속명은 송동욱(宋東旭). 법호는 경허(鏡虛). 법명은 성우(惺牛). 전라북도 전주 출신. 선(禪)의 생활화 일상화로 근대 한국불교를 중흥시켰다. 태어난 해에 아버지가 죽었으며, 9세에 과천의 청계사(淸溪寺)로 출가하였다.

부의 일을 마치고 일 없이 법의 기쁨과 세상 밖의 무궁한 즐거움을 누리
던 경허가 처음으로 법회를 열어 중생들을 깨치고자 하는 날에 그의 어머
니 박 씨도 아들이 자기를 위해 법문을 설 한다는 기쁨으로 옷을 갈아입
고 맨 앞자리에 조심스레 앉았다. 법상에 앉아 주장자를 잡고 한동안 묵묵히
있던 경허는 갑자기 벌떡 일어나 옷을 벗기 시작하였다. 마침내 실오라기 하나
걸치지 않은 완전한 벌거숭이가 되자 숨죽이고 있던 신도들은 소리를 지
르고 처녀들은 황망히 법당을 뛰쳐나갔다. 완전히 벌거벗은 알몸이 된 경허
는 어머니 박 씨에게 말 하였다. "어머니 저를 보십시오." 어머니는 크게 놀라고
화가 나서 "무슨 법문이 이렇단 말인가?"하고는 박차고 나가버리자, 경허
는 껄껄 소리를 내어 웃으면서 벗었던 옷을 하나씩 다시 입고는 주장자를
세 번 내리치고는 법상을 내려왔다. 이것으로 설법은 끝이다.]73) 이렇듯
의복, 계율, 관습 그 무엇인가에 안팎으로 붙잡혀 있다가 해방되는 상태
가 [도]의 상태라고 볼 때 이것은 서구적으로 보아 인간이 [실존]을 획득
한 상태가 아닌가?

계허(桂虛)의 밑에서 5년을 보내고, 1862년(철종 13)부터 한학을 배우기 시작하였다.
그 뒤 계룡산 동학사의 만화(萬化)에게 불교경론을 배웠으며, 9년 동안 제자백가를 익
혔다. 1871년(고종 8) 동학사의 강사로 추대되었다. 1879년에 옛 스승인 계허를 찾아가
던 중, 돌림병이 유행하는 마을에서 죽음의 위협에 시달리다가 발심을 하고, 동학사로
돌아와 석 달 동안 용맹정진을 하다가 [소가 되더라도 콧구멍 없는 소가 되어야 한다]는
말을 듣고 깨달았다. 그 뒤 천장암(天藏庵)으로 옮겨 깨달음 뒤의 공부를 계속하였다.
1880년 용암(龍巖)의 법통을 이었으며, 스스로 청허(淸虛)의 11대손, 환성(喚惺)의 7대
손이라 밝혔다. 1884년 천장암에서 만공(滿空), 혜월(慧月), 수월(水月) 등의 삼대 제자
를 지도하였다. 1886년 6년간의 깨달음 뒤의 공부를 끝내고 충청남도 일대의 개심사(開
心寺)와 영주의 부석사(浮石寺), 부산의 범어사에서 후학 지도와 교화 활동을 하면서
크게 선풍(禪風)을 떨쳤다. 특히 그 당시, 낡은 윤리의 틀로는 파악할 수 없는 기이한 행
적을 많이 남겼다. (네이버백과)

73) 최인호. 『길 없는 길』. 서울: 샘터사, 1993.

결론

실존의 아리아드네(Ariadne)적 전망

20세기 중반에 풍미한 실존주의는 지금도 지속되고 있다. 그것은 인간의 의식이 여일하기 때문이며 실존주의가 표방한 불안, 공포, 존재, 실존, 부조리, 우연 등과 같은 본질적인 개념들이 인간의 생존과 무관하지 않기 때문이다. 이런 점에서 실존주의는 인간 존재의 기원과 목적에 대한 진실과 인간의 운명을 천착하는 종교와 같은 진정성(authenticity)의 철학이라고 볼 수 있다. 앞에서 읽어본바 지속적으로 제기된 실존주의적 관점을 (1) 선/악으로 판단하는 제도와 관습으로부터 인간을 해방시키기, (2) 불가해한 진리를 추종하는 공허한 초월주의와 형이상학으로부터 인간을 해방시키기, (3) 인간을 물질적인 존재로만 보지 않고 몸/마음이 구분된 존재가 아니며, 전자가 후자를, 후자가 전자를 매도하지 않는 몸/마음이 어우러진 존재로 바라보기, (4) 인간은 공동체와 제도, 초월적 실재로부터 무한히 자유로운 존재, 따라서 (5) 실존주의 행동강령은 [a] 자유(freedom), [b] 선택(choice), [c] 참여(participation)로 정리해볼 수 있다. 이처럼 인간과 인간, 인간과 공동체의 삶을 규정하는 까다로운 입장을 취하는 실존주의를 한마디로 요약하면 [개인 공동체라는 구정물 속에

〈수족관의 상황: 인간과 사회〉

들어가되 구정물을 묻히지 말자는 것이다. 그러니 실존주의를 제대로 실천하기가 굉장히 어렵다. 사물에 대한 직접적인 대면이 불가능하듯이 실존주의의 진정한 실천은 요원한 현실이다. 인간이 희구하는 궁극적인 자유는 인간이 근본적인 진리의 요체로서의 실재를 갈망하는 것과 같이 현실에 억압되고 거세되어 은폐되고 부지불식간에 드러나는 꿈의 욕망이다. 인간이 다양하듯이 인간이 주장하는 실존주의의 경향도 앞에서 살펴본바 가지각색이다.

인간의 유동적 변덕에 따라 실존주의에 대한 경향은 다양하게 전개될지라도 실존주의의 본질인 인간 존재의 기원과 목적에 대한 물음에는 변함이 없다. 왜 인간이 지상에 존재하는가? 인간이 지상에 존재하는 이유는 무엇인가? 이 점에 대해서 다양한 실존주의자들이 답을 한다. 유신론적 실존주의를 지향하는 키에르케고르는 간단히 말한다. 그것은 인간이 [유별난 개인](The Single Individual)이라는 것이다. 그것은 [나 자신]에 대한 가치를 대중으로부터 구분하여 존중하는 [개체성](singularity)이다. [나 자신]이 어떤 공동체로부터 어떤 상황으로부터 구박과 통제를 받기 위하여 태어난 것이 아니라 창조주의 창조의 다양성에 입각하여 탄생하였다는 것이다. 이를 실천한 사례로 키에르케고르는 성경에서 자기의 외동아들 이삭(Isaac)을 하나님의 명령에 따라 제물로 바치려 한 [아브라함](Abraham)의 경우를 든다. 그는 관습과 통념에 구애받음이 없이 순전한 믿음으로 하나님 앞으로 나아가려 한 [초인][74]이었다. 이때 개인은 우주를 초월하는 힘을 가진다(single individual higher than the universe). 마치 인간의 겨자씨만한 믿음이 태산(泰山)을 옮기듯이. 이것이 창조주를 향한 믿음의 [도약](leap)이다. 물 위를 걸은 예수께 의지하여 물 위를 걷는 개체로서의 베드로(Peter)처럼. 그러므로 인간 중심의 저잣거리의 어중이떠중이 대중의 신념과 관념은 키에르케고르의 신념에 반(反)한다. 아울러 인간시장에서 현학자(pedant), 불신자(atheist)에 의해서 자행되는 창조주의 진리에 대한 이런저런 얼버무림(equivocation)에 대해서도 반대한다.

대조적으로 니체는 고통과 행복을 동시에 주는 신을 배격한다. 밥을 먹는 행복과 과식으로 인한 고통을 준 신을 비난한다. 왜 이런 모순적인 신을 숭배하는 데 인생을 낭비하는가? 그런데 신이 인간에게 행복만 주었다면 행복을 어찌 느낄 수 있겠는가? 매일 스테이크를 먹는 부자가 스테이크를 먹는 행복을 알겠는가? 그는 반만년 서구의 역사를 지배해온 기독교를 실재를 탐문하는 종교가 아니라 인간의 심신을 억압해온 [약자의 철학](philosophy of the weak)으로 바라본다. 그러나 니체가 말하는 초인의 철학을 실천하기 위하여 어디까지나 사회공동체의 질서를 전제해야 하며 공동체의 구성원들은 각자 초인이 되기 위하여 상대방을 존중하지 않으면 안 될 것이다. 초인이라는 존재가 사회에 과도한 영향을 줄 경우 다른 타자들을 억압하는 존재가 될 것이고, 니체가 인간의 본능을 거세하는 기독교의 역기능(dysfunction)을 지적하고 있지만 동시에 인간의 본능을

---

74) 키에르케고르의 관점에서 하나님께 모든 것을 맡기며 의지하는 개인(raising myself to the God)이 사회의 통념과 관습을 존중하는 일상적인 개인과 구분되는 [초인]이며, 반면 니체는 하나님의 자리에 인간을 집어넣고, 사회의 통념과 관습에서 벗어나 자신에게 자신의 운명을 전적으로 내맡기는 개인을 무신론적 [슈퍼맨]으로 본다.

공존을 위해 조절하는 순기능(effectiveness)의 측면이 있음을 간과해서는 안 될 것이다. 물론 인간사에서 기독교라는 미명하에 예수의 사랑보다 인간의 의지와 독선이 우선시되어 자행된 비극적인 사건들이 다수 있음을 부정할 수는 없을 것이다. 천국행 티켓을 파는 타락한 중세 가톨릭, 잔 다르크(Jeanne d'Arc)의 화형식, 미국 살렘(Salem)에서의 마녀사냥, 현재 성업중인 기독교를 빙자하여 혹세무민(惑世誣民)하는 사교(cult) 같은 것이 회개해야 할 기독교의 일그러진 자화상이다. 인간은 사회라는 장기판 위에서 초인 행세를 해야 하기에 자아실현의 공간인 장기판을 부숴버리면 인간은 초인이기 이전에 존재의 의미를 상실한다. 인간들이 상호 초인으로 행세할 때 그 충돌을 어찌할 것인가? 니체의 주장대로 세상의 그 어떤 종교건, 어떤 철학이건, 어떤 이데올로기건, 어떤 인간[진시황제, 히틀러, 김정일 등 독재자]이건 인간을 억압하고 통제하지 말아야 한다. 아울러 인간이 스스로 자괴심을 가지거나 주눅 들지 말아야 하지만, 인간이 공생하기 위하여 아니 자신의 생존을 위하여 시행되어야 할 절제(moderation)와 겸손(humility)의 불가피한 도덕률을 아예 무시할 수는 없을 것이다. 물론 타인의 불필요한 간섭을 벗어나 자신의 능력을 마음껏 발휘하여 인류공영에 기여하려는 초인의 의지는 바람직할 것이다. 니체의 초인사상도 인간사회와 유리된 것이 아니라 인간사회의 다른 사상과의 차이를 바탕으로 구축되고 의미를 가진다는 점을 어느 누구도 부정할 수 없을 것이다.

실존주의를 전 세계적으로 확산시킨 실존주의의 사제인 사르트르의 확고한 명제는 [실존이 본질을 앞선다](existence precedes essence)는 것이다. 이는 갖가지 인위적인 [본질]에 휘감긴 실존을 해방시키려는 것이며, 인간 존재를 규정하는 일반적이고 정형적인 관념을 배제한다. 여태 인간의 본질로서 규정된 것은 [인간은 이성적인 동물](rational animal)

혹은 안셀무스(Anselm of Canterbury)의 언명에 따라 [인간은 신의 형상](imago Dei)이라는 것이다. 이때 [존재]는 상황 속에서의 자유로운 선택으로서 스스로 구성(self-making)하는 것이다. 사회에서 폭력적으로 규정된 자아의 정체성을 수용하지 않고 스스로 자아를 구성하는 것이다. 이때 남성에 의해서, 혹은 동성에 의해서 자율적으로 규정된 여성의 정체성은 당연히 배격된다. 인간은 인간을 억압하는 [자연]의 산물도 아니요, 인간을 기만하는 [문화]에 의해서도 아니고 [존재 그 자체]이다. 이해하기가 다소 불편하지만, 인간이 존재하는 것이 인간의 정체성을 구성한다. 사르트르의 핵심개념을 과거부터 현재까지 나의 존재가 세상 속에 투기된 상태는 [현재완료적 존재]를 의미하는 현사실성(facticity), 투기(project), 소외(alienation), 진정성(authenticity)으로 나누어볼 수 있다. 그런데 대상에 대하여 의미가 주어진다는 점을 고려할 때, 인간이 존재하기 위하여 사회구성원들이 던지는 의미의 세례를 결코 피할 수는 없을 것이다. 인간은 자신의 시각에서 벗어나 타자의 시선을 통해서 비로소 자기의 존재를 인식한다. 우리가 부정할 수 없는 [현 사실성]의 요소들은, [a] 자연적 특성(natural properties)(몸무게·신장·피부색)과, [b] 사회적 특성(social properties)(인종·계급·국적)과, [c] 심리적 특성(psychological properties)(신념·욕망·성향)과, [d] 역사적 특성(historical properties)(나의 과거·나의 족보)을 의미한다. 그러나 사르트르는 자아를 억압하는 [현사실성]의 요소들을 거부한다. 그것은 키가 작거나, 검은 피부를 가지고 있거나, 지적장애를 가지고 있거나, 노예의 집안에서 태어났다는 사실이 현재의 나를 부정적으로 규제하기 때문이다. 이는 내면적, 외면적, 문화적, 정치적 연좌제를 해체하자는 것으로 바람직한 주장이다. 세상은 나를 [소외]시키는 것이 아니라, 내가 세상 속으로 [투기]함으로써 비로소 세상이 나에게 의미를 가진다는 점에서 오히려 내가 세상을 [소외]시키는 것이다. 세상으로부터 내가 소외를 당하든 내가 세상을 소외시키든 한 가지 분명한 사실은 세상은 나에게 결코 편한 환경을 제공하지 않는다는 것이다. 그것은 인간이 매일매일 먹이를 구해야 하는 레드오션(red ocean)의 상황 속에서 살아가기에 적자생존의 법칙, 힘이 정의가 되는 정글의 법칙이 인간사회의 원초적인 법칙이기 때문이다. 사르트르가 대학에서 학문적으로 [소외] 당하지 않고 살아남아 명예를 누리며 내연녀 보부아르와 호의호식할 수 있었던 것은 그의 학문적 역량이 주위 학자들에 비해 탁월했기 때문이다. 인간은 서로 서로 대상화되어 [소외]될 수밖에 없다. 나는 타자들에 의해 [소외]되고 타자들은 나에 의해서 [소외]된다. 따라서 인간이 서로 진실을 담보하지 않는 페르소나의 존재로서 가식적인 소통의 상태를 유지하는 차원에서 [소외]의 발생은 지극히 당연하다. 그리고 실존을 추구하는 인간에게 소외는 자연스러운 문제이며, [소외]의 문제는 인간 각자의 내재적 역량에 따라 달리 다루어져야 할 것이다. 세상에서 소외되는 내가 스스로 소외되지 않을 참여의 수단이 있는가? 타자들과의 관계와 나 자신의 내면을 다룰 진정한 능력이 있는가? 또 인간이 처하는 사회의 일상에서 사회의 강요나 요구에 의해서 임무를 수행했다면 [진정성]의 부재이고, 나의 선택에 의해서 임무를 수행했다면 [진정성]의 존재를 의미한다. 전자는 결단력이 없는 상태(irresolution)이고 후자는 결단력(resolution)이 투기된 상태이다. 인간이 세상에서 [소외]되어 영문도 모르고 살아가는 [부조리]한 존재이기에 인간은 [불안]에 사로잡힌다.

하이데거가 바라보기에 인간이 존재한다는 것은 인간이 [역사적]인 존재라는 것이다. 그러나 인간은 역사의 흐름 속에 매몰되는 허무한 존재가 아니라 역사의 기원이자 원천이다. 역사의 객체가 아니라 역사의 주인 공으로 인간을 바라보는 하이데거에게 중요한 개념은 인간에 대한 개념 이었고, 그가 보기에 적절한 인간의 개념이 사물을 인식할 수 있는 [현존 재](das man)이다. 세상의 규범이 현존재를 지배한다. 세상 속에 살기 위 해서 현존재는 세상과 영합, 적응하지 않을 수 없을 것이다. 이때 현존재 는 세상의 탁류 속에 휘말려 자아를 상실하고 우중(愚衆)으로서의 [세인] 으로 전락한다. 그러나 이 절망적인 상황 속에서도 [현존재]는 본래의 자 아를 회복해야 한다. 그것은 나의 운명을 공적기관이 아니라, 남이 아니 라 나 자신이 선택하는 자발성이다. 이상 실존주의의 대표적인 3인을 통 해서 살펴본 결과 우리가 인식할 가치가 있는 내용은 우리 각자가 위대한 인간으로서 스스로 운명을 선택할 수 있는 자발적인 개체라는 것이다. 그 러나 일방이 제도와 관습으로부터 실존과 자유를 지향하는 것은 타자의 욕망과 상충할 수 있다는 점에서 우리는 절대적인 실존인 [초인]의 추구 보다는 상생을 위한 상대적인 실존으로서의 [초인]을 지향하지 않을 수 없을 것이다. 그리고 실존의 추구를 위해 예수와 석가의 관점을 통해 실 존의 궁극적인 비전을 전망해볼 수 있다.

　인도에서는 실재로 향하는 수단으로서 종교에 대한 두 가지 태도를 제시한다. 그것은 [고양이]의 길과 [원숭이]의 길이다.[75] 전자는 구세주 가 어미 고양이처럼 세인으로서의 새끼 고양이를 목덜미를 물고 안전한 곳으로 인도해주는 것이고, 후자는 어미 등에 새끼 원숭이가 매달린 것으 로 낙상할 가능성이 높다. 이러한 점에서 전자를 기독교의 입장으로, 후 자를 불교적 입장으로 볼 수도 있을 것이다. 전자는 [예수]에게 부활을 간

---

75) 조지프 캠벨. 『신화와 함께 하는 삶』. 이은희 역. 한숲: 서울, 2004.

청하는 것이고, 후자는 [석가]에게 윤회(samsara)로부터의 해방을 간청하는 것이다. 그런데 인간에게 주어진 몸/마음에 대한 양자의 입장은 동일하다. 그것은 인간의 몸이 유한하지만 무한한 마음을 담고 있는 그릇이라는 것이다. 그러니까 육체는 부질없는 껍데기가 아니라 마음을 담고 있기에 실재로 나아가는 데 유용한 수단이 된다는 것이다. 마르크시즘을 옹호하는 듯하지만 몸을 상실하면 마음도 상실되는 것이 당연한 이치이다. 양자의 사물을 바라보는 두 가지 관점은 [세간](世間)보다는 [출세간](出世間)에 초점을 맞춘다. 전자는 세상의 유한한 사물에 대한 인식이고, 후자는 세상을 초월한 인식을 의미한다. 전자의 경우 부서지기 쉬운 몸의 유한성, 즉 촛불과 형광등의 수명에 대해 절망하는 실존주의자들의 입장이고, 후자의 경우 곧 부서져 소멸될 몸의 운명을 직시하는, 즉 부분으로서의 촛불과 형광등이 전체로서의 빛으로 환원되는 차원을 모색하는 초월주의자들의 입장이다. 몸은 세상을 사는 수단에 불과하다고 보지만 한편 몸은 인간을 실재의 피안으로 안내하는 수레이기도 하다. 몸은 학대받을 정도로 무용한 것이 아니라 인간의 마음과 정신을 담고 피안의 언덕으

〈석가의 육체〉

로 안내하는 중차대한 사명을 띠고 있다. 몸은 실재의 반영이자 실재의 거처이고 실재의 마차이다. 그러므로 몸의 차원에서 실재를 인식할 수는 있어도 실재의 차원에서 몸을 인식할 수는 없을 것이다. 이에 극기의 수양으로 피골이 상접한 석가가 지나가는 마을여인으로부터 우유를 받아 마신 것은 마음을 담고 있는 육체의 와해(瓦解)와 누수(漏水)를 처방하는 현명한 조치로 볼 수 있다. 이런 점

에서 석가가 천명한 [중도](middle path)라는 말은 몸을 천한 것으로 학대하고서 마음의 완성을 이룰 수 없다는 이야기와 다름없다.

무색무취와 무기력의 정적이 감도는 항상성의 세계인 실재에서 고통의 수레바퀴인 몸을 굳이 생각할 필요가 없을 것이다. 석가가 중요하게 생각한 점은 인간이 관념의 노예가 된다는 것이고 그것은 언어의 구속을 의미한다. 이 점이 실존주의와 상통하고 가시적인 세상의 언어를 부정하고 비가시적인 피안의 세계를 보아야 한다고 설파한 예수의 말과 교통한다. 인간의 삶의 본질은 언어 속에, 개념 속에, 의미 속에 가려진다. 예수가 광야에서 마귀의 시험을 극복하였고,[76] 석가는 보리수나무 밑에서 마왕의 시험을 물리쳤다. 전자에게 부여된 돌덩이가 떡으로 변하는 것, 절벽으로부터의 낙하, 마귀에게 하는 경배는 모두 세상의 난제들인데 초월적인 관점으로 처방한다. 후자는 미인계를 사용하는 마왕에 대해 무분별의 정신으로 대처한다. 너와 내가 따로 없으니 미인이 무슨 소용이겠는가? 양자의 공통점은 [현존재]로서의 자아를 세간의 시비를 초월하는 실재로, 무

---

76) 예수와 마귀가 투쟁하는 실재계를 소개하는 [Matthew 4: 1-11]의 내용을 참고하자. [1. 그 때에 예수께서 성령에게 이끌리어 마귀에게 시험을 받으러 광야로 가사 / 2. 사십 일을 밤낮으로 금식하신 후에 주리신지라 / 3. 시험하는 자가 예수께 나아와서 이르되 네가 만일 하나님의 아들이어든 명하여 이 돌들로 떡덩이가 되게 하라 / 4. 예수께서 대답하여 이르시되 기록되었으되 사람이 떡으로만 살 것이 아니요 하나님의 입으로부터 나오는 모든 말씀으로 살 것이라 하였느니라 하시니 / 5. 이에 마귀가 예수를 거룩한 성으로 데려다가 성전 꼭대기에 세우고 / 6. 이르되 네가 만일 하나님의 아들이어든 뛰어내리라 기록되었으되 그가 너를 위하여 그의 사자들을 명하시리니 그들이 손으로 너를 받들어 발이 돌에 부딪치지 않게 하리로다 하였느니라 / 7. 예수께서 이르시되 또 기록되었으되 주 너의 하나님을 시험하지 말라 하였느니라 하시니 / 8. 마귀가 또 그를 데리고 지극히 높은 산으로 가서 천하만국과 그 영광을 보여 / 9. 이르되 만일 내게 엎드려 경배하면 이 모든 것을 네게 주리라 / 10. 이에 예수께서 말씀하시되 사탄아 물러가라 기록되었으되 주 너의 하나님께 경배하고 다만 그를 섬기라 하였느니라 / 11. 이에 마귀는 예수를 떠나고 천사들이 나아와서 수종드니라]

〈부활을 확증하는 예수〉

아(無我)로 전환시켰다는 것이다. 따라서 양자에게는 고통의 원인이 되는 세간의 희로애락과 생사화복이 무의미한 것이다. 전자는 본인자체가 실재가 되는 빛·진리·생명이라고 주장하였지만[John 14:6], 후자는 경험의 차안[현실]에서 실재의 피안으로 안내하는 길잡이에 불과하다고 하였다. 전자는 모든 불신의 인간들이 갈망하는 실재의 실제화를 보여주었는데 그것은 죽어서 무덤 속에 있어야 할 시신이 사라진 빈 무덤(vacant tomb)과 시신이 살아난 부활사건(revival event)이다. 이는 죽음의 불가역성에 대한 전복이며, 예수는 하나님의 사랑과 은총에 힘입어 죽음을 물리친다. 한 때 기독교 탄압의 주범으로, 신실한 집사 스데반을 죽인 악마의 괴수로서 속물의 보편자였다가 다메섹 도상에서 예수를 만나 회심한 바울은 논리적으로 세인들에게 선포한다. 그것은 [만일 예수께서 부활하시지 않았다면 우리들의 선교(宣敎)는 헛된 일이며, 또한 여러분의 신앙도 헛된 것이다.](First Corinthians 15:14)라는 단정적인 주장이다.77) 이 고백은 그가 인간들을 바라보는 불신의 관점이자 불신이 인간들의 본래적인 속성임을 극도로 인식한 발로이다. 그러니까 역사적 실존적 인물로서의 바울의 말은 [나 같은 극악무도한 악마도 예수를 만났으니 나머지 보통사람들도 나처럼 예수를 믿어도 무방하다.]라는 것이다. 이에 반해 석가는 무애자재의 깨달음을 얻은 후, 고집멸도(苦集滅道)78)로

---

77) 바울이 예수를 만난 사건과 유사한 한국판 사건으로, 저명한 소설가 김승옥이 예수를 만나서 절필하고 세계각처로 무작정 선교여행을 떠난 사건이 상기된다. 이와 관련한 내용은 그의 출세작인 『무진기행』 서두에 언급되어 있다.

가득 찬 윤회의 사슬을 끊었다고 자신하며, 50여 년간을 대중의 계몽을 위하여 진력하다 범인(凡人)들과 똑같이 화장을 당하고 유골이 천지사방으로 흩어졌다. 이제 예수와 석가는 기호가 되어 인간들이 임의대로 만들어 낸 의미의 무덤 속에 묻혀있다. 만약 지금 예수가 천상에서 재림하고 붓다가 환생한다면 인간을 얽어매는 억압기제(repression system)로 변질된 제도로서 예식으로서의 기독교와 불교를 어떻게 바라볼 것인가?

여태 현실적으로 우리의 눈앞에 놓인 우리들의 실존의 갖가지 비전에 대해 우리가 실존적으로 [선택]할 수 있는 것들에 대해서 논의하였으며 그 방향선택은 각자의 몫이고 [자유]이다. 유사 이래 인간의 실존을 담보한다고 천명한 인식론, 존재론, 무신론적 실존주의, 유신론적 실존주의, 예수, 석가, 마호메트, 동식물, 무생물 가운데 무엇을 믿음의 근거로 선택할지는 전적으로 독자의 몫이고 그것이 각자에게 유한한 세상을 버티고 살아가는 동기가 될 수밖에 없을 것이다. 여기서 필자의 입장은 파스칼의 내기(Pascal's wager)에 입각한 영악하고 이기적인 것으로 성자 바울과 문호 엘리엇(T. S. Eliot)의 선택에 선한 자극을 받아 생자필멸의 존재로서 기왕 죽는 마당에 예수를 안 믿어 지옥가기 보다는 예수를 믿고 천당 가려는 쪽에 위태롭게 서있다.

---

78) 불교용어로, 성자(聖者)가 과보(果報)를 얻는 법문(法文). 고(苦)는 생사의 고과(苦果), 집(集)은 생사의 원인이 되는 번뇌, 멸(滅)은 고집(苦集)이 사라져 버린 오경(悟境), 도(道)는 오경에 도달하는 수행의 도정을 이른다. 고집은 미혹(迷惑)의 결과와 원인이고 멸도는 깨달음의 결과와 원인이다. (naver.com)

▌ 찾아보기

❙ 저자 이규명

부산대학교 교양교육원 내국인 교수
부산외국어대학교 영어학부 외래교수
한국예이츠학회 섭외이사

❙ 논문/저서

- T. S. 엘리엇과 St. 아우구스티누스-이중구속의 비전, 한국엘리엇학회, 2013. 7.
- 엘리엇, 예이츠, 스티븐스와 禪: 경험적 자아의 실존적 경계, 한국동서비교문학학회, 2012. 12.
- 예이츠와 T. 아퀴나스: 존재론적 실재의 향연, 한국예이츠학회, 2012. 8.
- 21세기 포스트-휴먼을 위한 [영미여성시인과 여성이론], 서울: 도서출판 동인, 2011.
- 21세기 문화콘텐츠를 위한 [영/미시와 철학문화], 서울: 도서출판 동인, 2011.
- 21세기 문화인을 위한 [영/미시와 과학문화], 서울: 학술정보, 2011.
- 21세기 교양인을 위한 [영/미시와 문화이론], 서울: 도서출판 동인, 2010.
- 『21세기 신인류의 탄생』: Narcissism의 부활: 주체의 사망과 타자의 부활, 서울: 문예한국, 2008, 봄.
- 영시(英詩)에 대한 다양한 지평들, 부산: 부산외국어대학교 출판부, 2007. 8.
- 『다빈치 코드』: 원형의 경고, 서울: 문예한국, 2007, 봄.
- 『노수부의 노래』다시 읽기: 그 보편주의의 산종(散種)에 대한 탈-식민주의적 저항, 새한영어영문
  학, 2007, 봄.
- 예이츠와 보르헤스의 상호 텍스트성: 그 연접과 이접, 한국예이츠학회, 2006. 12.
- 영화『괴물』버텨보기: 키치[kitsch]에 대한 찬사, 서울: 문예한국, 2006, 겨울.
- 영화『왕의 남자』비딱하게 보기: 그 퍼스나의 진실, 서울: 문예한국, 2006, 가을.
- 「J. 알프레드 프루프록의 연가」에 대한 G. 들뢰즈적 읽기: '이미지 없는 사유'의 비전, 한국엘리엇학
  회, 2005. 12.
- 「학교 아이들 속에서」에 대한 융(C. G. Jung)적 접근: '태모'(Great Mother)와 영웅 신화, 한국예이
  츠학회, 2005. 6.
- 「Ash Wednesday」다시 읽기: 삶의 실재와 그 '궁극적 전략', 한국엘리엇학회, 2004. 12.
- W. 워즈워스 다시 읽기: 퓌지스(physis)와 시뮬라시옹(simulation), 새한영어영문학회, 2004. 8.
- 『예이츠와 정신분석학』, 서울: 도서출판 동인, 2002. 10.
- 텍스트에 대한 라캉(J. Lacan)적 읽기: 「벤 벌벤 아래에서」의 '오브제 쁘띠 아', 새한영어영문학,
  2002. 8.
- A Buddhist Perspective on Kim So-wol's and W. B. Yeats' poems: SC/AAS(미국동아시아학회),
  2002. 1.
- 「Ode on a Grecian Urn」다시 읽기: 그 신화에 대한 저항, 신영어영문학회, 2000. 8.
- 『황무지』에 대한 프로이트적 접근: 초-자아의 전복, 대한영어영문학회, 1999. 8.
- W. 스티븐스의 「일요일 아침」에 대한 정신분석학적 접근, 신영어영문학회, 1999. 8.
- W. B. 예이츠의『장미』에 대한 원형적 접근, 부산외대 어문학연구소, 1999. 2.
- 『The Waste Land』에 대한 정신분석학적 접근, 부산외대, 1992. 6.

21세기 디지털 시대의 실존
영미시에 나타난 '참을 수 없는 존재의 가벼움'과 무거움: 그 아리아드네적 전망

초판1쇄 발행일   2014년 2월 10일

지은이   이규명
발행인   이성모
발행처   도서출판 동인
주   소   서울특별시 종로구 혜화로3길 5 아남주상복합아파트 118호
등   록   제1-1599호
TEL   (02) 765-7145 / **FAX** (02) 765-7165
E-mail   dongin60@chol.com
ISBN   978-89-5506-557-2
정가   16,000원